ein Ullstein Buch

D1669371

ein Ullstein Buch
Nr. 20447
im Verlag Ullstein GmbH,
Frankfurt/M – Berlin – Wien

Eigenständige Neuausgabe
des UB 3394

Umschlagentwurf:
Theodor Bayer-Eynck
© 1926 by August Scherl GmbH, Berlin
Printed in Germany 1984
Gesamtherstellung:
Ebner Ulm
ISBN 3 548 20447 3

April 1984
18.–20. Tsd.

CIP-Kurztitelaufnahme
der Deutschen Bibliothek

**Harbou, Thea von:**
Metropolis: Roman / Thea von Harbou.
Hrsg. u. mit e. Nachw. von Herbert W.
Franke. – Eigenständige Neuausg. –
Frankfurt/M; Berlin; Wien: Ullstein,
1984.
   (Ullstein-Buch; Nr. 20447:
   Ozean. Bibliothek)
   ISBN 3-548-20447-3
NE: GT

# Thea von Harbou

# Metropolis

Roman

Herausgegeben und
mit einem Nachwort von
Herbert W. Franke

Ozeanische Bibliothek
1984

*Ich lege dieses Buch in Deine Hände, Fried*

*Dieses Buch ist kein Gegenwartsbild.*
*Dieses Buch ist kein Zukunftsbild.*
*Dieses Buch spielt nirgendwo.*
*Dieses Buch dient keiner Tendenz,*
*keiner Klasse, keiner Partei.*
*Dieses Buch ist ein Geschehen,*
*das sich um eine Erkenntnis rankt:*
*Mittler zwischen Hirn und Händen*
*muß das Herz sein.*

*Thea von Harbou*

*Die Hauptthese war von Frau von Harbou, aber ich bin wenigstens zu fünfzig Prozent verantwortlich, weil ich den Film gemacht habe. Ich war damals nicht so politisch bewußt, wie ich es heute bin. Man kann keinen gesellschaftlich bewußten Film machen, indem man sagt, der Mittler zwischen Hand und Hirn sei das Herz – ich meine, das ist ein Märchen – wirklich. Aber ich interessierte mich für Maschinen . . .*

*Fritz Lang*

## 1

Jetzt schwoll das Brausen der großen Orgel zu einem Dröhnen an, das sich wie ein aufstehender Riese gegen die Wölbung des hohen Raumes stemmte, um sie zu zersprengen.

Freder beugte den Kopf zurück; seine weit offenen, verbrennenden Augen starrten blicklos nach oben. Seine Hände formten Musik aus dem Chaos der Töne, mit den Erschütterungen des Klanges ringend und bis ins Innerste von ihm durchwühlt.

Er war den Tränen so nahe wie nie in seinem Leben, und in einer seligen Hilflosigkeit unterwarf er sich dem glühend Feuchten, das ihn blendete.

Über ihm das Gewölbe des Himmels aus Lapislazuli; darin schwebend, zwölffaches Geheimnis, die Tierkreisgestalten von Gold. Höher geordnet, über ihnen sieben Gekrönte: die Planeten. Hoch über allem ein silbern strahlendes Tausend-Gestirn: das Weltall.

Vor den betauten Augen des Orgelspielers begannen die Sterne nach seiner Musik den feierlich mächtigen Tanz.

Die Brandung der Töne löste den Raum in Nichts auf. Mitten im Meer stand die Orgel, die Freder spielte. Sie war wie ein Riff, an dem sich die Wogen zerschäumten. Gischtkämme tragend, rannten sie heftig heran, und immer die siebente war die gewaltigste.

Aber hoch über dem Meer, das im Aufruhr der Wogen brüllte, tanzten die Sterne des Himmels den feierlich mächtigen Tanz.

Bis auf den Grund durchrüttelt, schrak die alte Erde aus dem Schlaf. Ihre Ströme versiegten; ihre Berge stürzten zugrunde. Aus aufgerissenen Tiefen quoll das Feuer. Die Erde verbrannte mit allem, was sie trug. Die Wogen des Meeres wurden zu Feuerwogen. Die Orgel flammte, eine dröhnende Fackel Musik. Die Erde, das Meer und die Hymnen lodernde Orgel krachten in sich zusammen und wurden Asche.

Aber hoch über dem Wüsten und Leeren, zu dem die Schöpfung zerbrannt war, tanzten die Sterne des Himmels den feierlich-mächtigen Tanz.

Da, aus der graustiebenden Asche, erhob sich auf zitternden Flügeln, unsäglich schön und einsam, ein Vogel mit Edelsteinfedern. Er stieß einen klagenden Schrei aus. Kein Vogel, der jemals auf Erden lebte, hatte so süß und so qualvoll zu klagen gewußt.

Er schwebte über der Asche der ganz zerstörten Erde. Er schwebte hin und her und wußte nicht, wo er sich niederlassen sollte. Er schwebte über dem Grabe des Meeres und über dem Leichnam der Erde. Niemals, seit die frevelnden Engel vom Himmel zur Hölle stürzten, hatte die Lust solchen Schrei der Verzweiflung gehört.

Da, aus dem feierlich-mächtigen Tanz der Sterne, löste einer sich los und nahte der toten Erde. Sein Licht war sanfter als das Mondlicht und gebieterischer als das Licht der Sonne. Aus der Musik der Sphären war er der himmlischste Ton. Er hüllte den klagenden Vogel in sein liebes Leuchten ein; das war stark wie eine Gottheit und rief: Zu mir . . . zu mir!

Da ließ der Edelsteinvogel das Grab von Meer und Erde und gab seine sinkenden Flügel dem starken Ruf, der ihn trug. In einer Wiege des Lichts ruhend, schwebte er aufwärts und sang und wurde ein Ton der Sphären und entschwand in der Ewigkeit . . .

Freder ließ die Finger von den Tasten gleiten. Er beugte sich vor und barg das Gesicht in den Händen. Er preßte seine Augen, bis er den feurigen Tanz der Sterne hinter den Lidern sah. Nichts half ihm – nichts! Überall, überall in einer martervollen seligkeitgefüllten Allgegenwart stand vor seinem Schauen das eine – eine Antlitz:

Das herbe Antlitz der Jungfrau, das süße Antlitz der Mutter – die Qual und Lust, die er rief und rief nach dem einen, einzigen Sehen, und für die sein gefoltertes Herz nicht einmal einen Namen hatte außer dem einen, ewigen:

Du . . .

Er ließ die Hände sinken und hob die Augen zur Höhe des schön gewölbten Raumes, in dem seine Orgel stand. Aus dem meertiefen Blau des Himmels, aus dem schlackenlosen Gold der Sterngestalten, aus der geheimnisreichen Dämmerung rund um ihn her sah ihn das Mädchen an mit der tödlichen Strenge der Reinheit, ganz Magd und Herrin, Unantastbarkeit – und war auch ganz und gar Holdseligkeit: die schöne Stirn im Diadem der Güte, die Stimme Mitleid, jedes Wort ein Lied. Dann weggewandt und gehend und verschwunden – und nicht mehr aufzufinden – nirgends, nirgends . . .

»Du!« schrie der Mann auf. Der gefangene Ton schlug an die Mauern an, fand keinen Ausweg.

Nun war die Einsamkeit nicht mehr ertragbar. Freder stand auf, stieß die Flügeltür auseinander. In schmetternder Helligkeit lag die Werkstatt vor ihm. Er drückte die Lider zusammen, stand still, kaum atmend. Er fühlte das Nahesein der lautlos wartenden Diener, die auf Befehle harrten, um lebendig werden zu dürfen.

Einer war darunter – der Schmale mit dem höflichen Gesicht, das nie den Ausdruck wechselte –, von dem wußte Freder: ein Wort an ihn, und wenn das Mädchen mit ihren still schreitenden Füßen noch über die Erde ging, dann würde der Schmale sie finden. Aber man setzt keinen Bluthund auf die Fährte einer weißen und heiligen Hindin, wenn man nicht verflucht sein will und all seine Lebtage ein elender, elender Mensch.

Freder sah, ohne ihn anzublicken, wie die Augen des Schmalen an ihm schürften. Er wußte: der lautlose Mensch, von seinem Vater ihm zum allmächtigen Schützer bestellt, war auch sein Wächter zugleich. Am Fieber der schlafberaubten Nächte, am Fieber der Werkstattarbeit, am Fieber des Gott anrufenden Orgelspiels maß der Schmale die Skalen des Blutschlags vom Sohne seines großen Herrn. Er gab keine Berichte ab; die wurden auch nicht verlangt. Aber wenn einmal die Stunde kommen würde, in der man sie von ihm verlangte, hatte er gewiß ein Tagebuch von lückenloser Vollkommenheit vorzulegen, von der Zahl der Schritte an, mit denen ein gepeinigter Mensch Minute um Minute seiner Einsamkeit unter schweren Füßen zertritt, bis zu dem Sinkenlassen einer Stirn in aufgestützte, sehnsuchtmüde Hände.

Konnte es möglich sein, daß dieser Alleswissende von ihr nichts wußte?

Nichts an ihm verriet, daß er den Umsturz in Gemüt und Wesen seines jungen Herrn seit jenem einen Tag im »Klub der Söhne« begriffen hatte. Aber sich nie zu verraten, war eines der starken Geheimnisse des schmalen, stillen Menschen, und, obwohl er zum »Klub der Söhne« keinen Zutritt hatte, war Freder doch keineswegs sicher, daß der geldmächtige Agent seines Vaters vor den Hausgesetzen des Klubs kehrtmachen würde.

Er fühlte sich preisgegeben, kleiderlos. Eine nichts Heimliches schonende, grausame Helligkeit badete ihn und jedes Ding in seiner Werkstatt, die fast der höchstgelegene Raum von Metropolis war.

»Ich möchte ganz allein sein«, sagte er leise.

Lautlos verschwanden die Diener, ging der Schmale. Aber all diese Türen, die sich ohne jedes Geräusch schlossen, konnten auch ohne jedes Geräusch um einen schmalen Spalt wieder geöffnet werden.

Mit schmerzlichen Augen tastete Freder die Türen seiner Werkstatt ab.

Ein Lächeln, das ziemlich viel Bitterkeit enthielt, zog ihm die Mundwinkel nach unten. Er war eine Kostbarkeit, die bewacht werden mußte, wie Kronjuwelen bewacht werden. Der Sohn des großen Vaters; und der einzige Sohn.

Wirklich der einzige?

Da hielten seine Gedanken wieder am Ausgang des Kreislaufs, und das Bild war wieder da und das Schauen und das Erleben . . .

Dem »Klub der Söhne« gehörte vielleicht das schönste Haus von Metropolis, und das war nicht verwunderlich. Denn Väter, für die jede Umdrehung eines Maschinenrades Gold bedeutete, hatten ihren Söhnen dieses Haus geschenkt. Es war weit mehr ein Stadtteil als ein Haus. Es umfaßte Theater und Filmpaläste, Hörsäle und eine Bibliothek, in der jedes Buch zu finden war, das in fünf Erdteilen gedruckt wurde, Rennbahnen und Stadion und die berühmten »Ewigen Gärten«.

Es enthielt sehr ausgedehnte Wohnungen für die jungen Söhne vorsorglicher Väter, und es enthielt die Wohnungen untadelhafter Diener und schöner, wohlerzogener Dienerinnen, zu deren Ausbildung mehr Zeit erforderlich war als zur Züchtung neuer Orchideen.

Ihre oberste Aufgabe bestand in nichts anderem, als zu allen Stunden erquicklich anzusehen und launenlos heiter zu sein, und in ihrer verwirrenden Tracht, den bemalten Gesichtchen und Augenmasken, übertürmt von schneeweißen Perücken und duftend wie Blumen, glichen sie zärtlichen Puppen aus Porzellan und Brokat, von einer Künstlerhand entworfen, nicht käuflich, doch hübsche Geschenke.

Freder war nur ein seltener Gast im »Klub der Söhne«. Er zog seine Werkstatt vor und die Kapelle der Sterne, wo seine Orgel stand. Aber wenn es ihn einmal gelüstete, sich in die strahlende Fröhlichkeit der Stadion-Wettspiele zu werfen, so war er von allen der Strahlendste und der Fröhlichste, und er spielte von Sieg zu Sieg mit dem Lachen eines jungen Gottes.

Auch an jenem Tage . . .

Noch durchströmt von der eisigen Kühle stürzenden Wassers, jeder Muskel noch zuckend in der Berauschung des Sieges, lag er, schlank hingestreckt, ausatmend, lächelnd, trunken, ganz aufgelöst, fast töricht vor Glück. Die milchfarbene Glasdecke über den »Ewigen Gärten« war ein Opal im Licht, das ihn badete. Die kleinen, zärtlichen Frauen bedienten ihn, schalkhaft und eifersüchtig wartend, aus wessen Händen, aus wessen zierlichen Fingerspitzen er die Früchte naschen würde, nach denen er verlangte.

Eine stand abseits und mischte ihm einen Trank. Von Hüften zu

Knien bauschte sich sprühend Brokat. Die schmalen, nackten Beine adlig geschlossen, stand sie wie Elfenbein in purpurnen Schnabelschuhen. Zart aus den Hüften hob sich der helle Leib, der – und das wußte sie nicht – im selben Rhythmus bebte, der im ausstürmenden Atem die Brust des Mannes hob. Sorglich bewachte das kleine, gemalte Gesicht unter der Augenmaske das Werk ihrer sorglichen Hände.

Ungeschminkt war ihr Mund und war doch granatapfelrot. Und er lächelte auf den Trank so selbstvergessen hinab, daß es die anderen Mädchen hell lachen machte.

Angesteckt begann auch Freder zu lachen. Aber der Jubel der Mädchen schwoll zum Sturm an, als der Trankmischerin, die nicht wußte, warum sie lachten, die Röte der Verwirrtheit vom granatapfelfarbenen Mund bis zu den hellen Hüften niederfloß. Das hohe Gelächter lockte die Freunde an, die grundlos, nur weil sie jung und ohne Kummer waren, in den heiteren Lärm einstimmten. Wie ein herzselig klingender Regenbogen wölbte sich Lachen um Lachen bunt über den jungen Menschen.

Doch plötzlich wandte Freder den Kopf. Seine Hände, die an den Hüften der Trankmischerin lagen, ließen sie los und fielen ihm nieder wie tot. Das Gelächter verstummte. Es rührte sich keiner der Freunde. Keine der kleinen, brokatenen, nacktgliedrigen Frauen regte Hand oder Fuß. Sie standen und schauten.

Die Tür der »Ewigen Gärten« hatte sich aufgetan, und von der Tür her kam ein Zug von Kindern. Sie hatten sich alle bei der Hand gefaßt. Sie hatten graue, uralte Zwergengesichter. Sie waren kleine, gespenstische Totengerippe, die in gebleichten Lumpen und Kitteln hingen. Sie hatten farbloses Haar und farblose Augen. Sie gingen auf abgezehrten bloßen Füßen. Lautlos folgten sie ihrer Führerin.

Ihre Führerin aber war ein Mädchen. Das herbe Antlitz der Jungfrau. Das süße Antlitz der Mutter. Sie hielt in jeder Hand eines Kindes magere Hand. Sie stand nun still und blickte die jungen Männer und Frauen nacheinander an mit der tödlichen Strenge der Reinheit. Sie war ganz Magd und Herrin; Unantastbarkeit – und war auch ganz und gar Holdseligkeit: die schöne Stirn im Diadem der Güte; die Stimme Mitleid; jedes Wort ein Lied.

Sie ließ die Kinder los und streckte die Hand aus und sprach, auf die Freunde deutend, zu den Kindern:

»Seht, das sind eure Brüder!«

Sie wartete. Sie stand still, und ihr Blick ruhte auf Freder.

Dann kamen die Diener, die Pförtner kamen. Inmitten dieser

Mauern aus Marmor und Glas, unter der opalenen Kuppel der »Ewigen Gärten« war für kurze Zeit ein nie erlebter Wirrwarr von Lärm, Entrüstung und Verlegenheit. Das Mädchen schien noch immer zu warten. Auch wagte es niemand, sie anzurühren, obgleich sie so wehrlos unter den grauen Kinder-Gespenstern stand. Unablässig ruhten ihre Augen auf Freder.

Dann nahm sie ihre Augen von ihm fort, bückte sich ein wenig und faßte die Kinderhände wieder, wandte sich um und führte den Zug hinaus. Die Tür fiel hinter ihr zu; die Diener verschwanden mit vielen Entschuldigungen, daß sie den Vorfall nicht hatten verhindern können. Alles war Leere und Stummheit. Hätte nicht jeder und jede, vor denen das Mädchen mit seinem grauen Kinderzug erschienen war, so zahlreiche Zeugen des eigenen Erlebens gehabt – sie wären versucht gewesen, an Sinnestäuschung zu glauben.

Neben Freder, auf dem leuchtenden Mosaik des Bodens, kauerte die Trankmischerin und schluchzte fassungslos.

Mit einer trägen Gebärde neigte sich Freder zu ihr und zögerte, wie ein Mensch, der auf etwas horcht, – und nahm ihr plötzlich, mit einem heftigen Ruck, die Maske, die schmale schwarze Maske von den Augen.

Die Trankmischerin schrie auf, wie in letzter Nacktheit überrascht. Ihre Hände flogen greifend hoch und blieben erstarrt in der Luft hängen.

Ein kleines bemaltes Gesicht starrte erschreckt zu dem Mann auf. Die Augen, entkleidet, waren ganz töricht, ganz leer. Ganz geheimnislos war dieses kleine Gesicht, dem man den Maskenreiz genommen hatte.

Freder ließ das schwarze Stoffstück fallen. Die Trankmischerin griff hastig zu, barg ihr Gesicht. Freder sah sich um.

Die »Ewigen Gärten« strahlten. Die schönen Menschen in ihnen, wenn jetzt auch flüchtig verstört, strahlten in ihrer Gepflegtheit, dem sauberen Sattsein. Der Duft der Frische, der über allen war, glich dem Atem eines betauten Gartens.

Freder blickte an sich hinab. Er trug, wie all die Jungen im »Haus der Söhne«, die weiße Seide, die sie nur einmal trugen – die schmiegsam weichen Schuhe mit den lautlosen Sohlen.

Er sah auf die Freunde. Er sah diese Menschen, die nie ermüdeten, es sei denn vom Spielen, – die nie in Schweiß gerieten, es sei denn vom Spielen, – nie außer Atem kamen – es sei denn vom Spielen. Die Menschen, die ihre heiteren Kampfspiele brauchten, damit ihnen

Essen und Trinken gut bekam, damit sie schlafen konnten und leicht verdauten.

Die Tische, von denen sie alle gegessen hatten, waren mit unberührten Speisen bedeckt wie zuvor. Goldwein und Purpurwein, in Eis oder Wärme gebettet, boten sich wartend dar wie die kleinen, zärtlichen Frauen. Nun spielte auch wieder Musik. Die war verstummt, als die Mädchenstimme die fünf leisen Worte sprach:

»Seht, das sind eure Brüder!«

Und noch einmal, während die Augen auf Freder ruhten:

»Seht, das sind eure Brüder!«

Als ein Erstickender sprang Freder auf. Die maskentragenden Frauen starrten ihn an. Er rannte zur Tür. Er lief über Gänge und Treppen, kam zum Eingang.

»Wer war das Mädchen?«

Verlegenes Achselzucken. Entschuldigung. Der Vorfall war unverzeihlich, das wußten die Diener. Es würde Entlassungen in Hülle und Fülle geben. Der Haushofmeister war weiß vor Zorn im Gesicht.

»Ich will nicht«, sagte Freder, ins Leere blickend, »daß dieses Vorfalls wegen ein Mensch zu Schaden kommt. Es soll niemand entlassen werden . . . Ich will es nicht . . .«

Der Haushofmeister verbeugte sich stumm. Er war an Launen gewöhnt im »Klub der Söhne«.

»Und wer das Mädchen ist, kann niemand sagen?«

Nein. Niemand. Aber wenn der Befehl zu Nachforschungen gegeben würde?

Freder blieb stumm. Er dachte an den Schmalen. Er schüttelte den Kopf, erst leise, dann heftig: Nein . . .

Man setzt keinen Bluthund auf die Fährte einer weißen und heiligen Hindin.

»Niemand soll ihr nachforschen«, sagte er tonlos.

Er fühlte die seelenlosen Blicke des fremden, bezahlten Menschen auf seinem Gesicht. Er fühlte sich arm und besudelt. In einer Verstimmung, die ihn elend machte, als hätte er Gift in den Adern, verließ er den Klub. Er ging nach Hause, als ginge er in die Verbannung. Er schloß sich in seiner Werkstatt ein und schaffte. Er hing in den Nächten an seinen Instrumenten und zwang die ungeheuerlichen Einsamkeiten des Jupiter und des Saturn zu sich herab.

Nichts half ihm – nichts! In einer martervollen, seligkeitgefüllten Allgegenwart stand vor seinem Schauen das eine – eine Antlitz: das herbe Antlitz der Jungfrau, das süße Antlitz der Mutter.

Eine Stimme sprach: »Seht, das sind eure Brüder!«

Und die Glorie des Himmels war nichts, und der Rausch der Arbeit war nichts. Und das meerauslöschende Branden der Orgel vermochte nicht, die leise Stimme des Mädchens auszulöschen: »Seht, das sind eure Brüder!«

Mit einem schmerzhaft gewaltsamen Ruck drehte Freder sich um sich selbst und trat vor seine Maschine. Etwas wie Erlösung ging über sein Gesicht, als er dieses helle, nur auf ihn wartende Geschöpf betrachtete, an dem nicht ein Stahlgelenk, nicht eine Niete, nicht eine Feder war, die er nicht errechnet und erschaffen hatte.

Das Geschöpf war nicht groß und erschien noch zierlicher durch den Riesenraum und die Sonnenflut, in der es stand. Aber das weiche Glänzen seiner Metalle und die edle Schwingung, mit der sich der Vorderkörper selbst im Ruhen wie zum Ansprung hob, gaben ihm etwas von der heiteren Göttlichkeit eines vollkommen schönen Tieres, das ganz ohne Furcht ist, weil es sich unbesieglich weiß.

Freder streichelte das Geschöpf. Er drückte den Kopf sacht an die Maschine. Mit einer unaussprechlichen Zärtlichkeit fühlte er ihre kühlen, schmiegsamen Glieder.

»Heute nacht«, sagte er, »werde ich bei dir sein. Ich werde mich ganz von dir umschließen lassen. Ich werde mein Leben in dich ausströmen und ergründen, ob ich dich lebendig machen kann. Ich werde vielleicht dein Zittern spüren und den Beginn der Regsamkeit in deinem beherrschten Körper. Ich werde vielleicht die Trunkenheit empfinden, mit der du dich hinauswirfst in dein grenzenloses Element, mich tragend – mich, den Menschen, der dich schuf – durch das ungeheure Meer der Mitternacht. Das Siebengestirn wird über uns sein und die traurige Schönheit des Mondes. Wir steigen und steigen. Der Gaurisankar bliebe, ein Hügel, unter uns. Du trägst mich, und ich erkenne: du trägst mich, so hoch ich will . . .«

Er stockte, die Augen schließend. Ein Schauder, der ihn durchrüttelte, teilte sich als ein Beben der stummen Maschine mit.

»Aber vielleicht«, fuhr er fort und sprach ohne Laut, »vielleicht empfindest du auch, mein geliebtes Geschöpf, daß du mir nicht mehr das Einziggeliebte bist. Nichts auf der Welt ist rachsüchtiger als die Eifersucht einer Maschine, die sich vernachlässigt glaubt. Ja, das weiß ich . . . Ihr seid sehr herrische Herrinnen . . . ›Du sollst keine anderen Götter haben neben mir‹ . . . Nicht wahr? Ein Gedanke, der von euch abirrt, schon fühlt ihr's und werdet trotzig. Wie sollte dir's verborgen bleiben, daß nicht alle meine Gedanken bei dir sind? Ich kann nichts dafür, Geschöpf. Ich wurde verhext, Maschine. Ich drücke die Stirn an dich, aber meine Stirn sehnt sich nach den Knien des Mädchens, von dem ich nicht einmal den Namen weiß . . .«

Er verstummte und hielt den Atem an. Er hob den Kopf und horchte.

Hundert- und tausendmal schon hatte er in der Stadt den gleichen Laut gehört. Aber hundert- und tausendmal, schien es ihm, hatte er ihn nicht begriffen.

Es war ein über alle Maßen herrlicher und hinreißender Laut, tief und dröhnend und gewaltiger als irgendein Land in der Welt. Die Stimme des Ozeans, wenn er zornig ist, die Stimme von stürzenden Strömen, von sehr nahen Gewittern wäre kläglich ertrunken in diesem Behemot-Laut. Er durchdrang, ohne grell zu sein, alle Mauern und alle Dinge, die, solange er währte, in ihm zu schwingen schienen. Er war allgegenwärtig, kam aus der Höhe und Tiefe, war schön und entsetzlich, war unwiderstehlich Befehl.

Er war hoch über der Stadt. Er war die Stimme der Stadt.

Metropolis erhob ihre Stimme. Die Maschinen von Metropolis brüllten; sie wollten gefüttert sein.

Freder schob die Glastüren auf: er fühlte sie wie Saiten unter Bogenstrichen beben. Er trat auf den schmalen Altan hinaus, der rund um dieses fast höchste Haus von Metropolis herlief. Der brüllende Laut empfing ihn, überschwemmte ihn, nahm kein Ende.

So groß Metropolis war: an allen vier Ecken der Stadt war dieser gebrüllte Befehl gleich stark und gewaltig vernehmbar.

Freder sah über die Stadt auf das Bauwerk hin, das in der Welt »Der Neue Turm Babel« hieß.

In der Hirnschale dieses Turms Babel wohnte ein Mann, der war das Gehirn von Metropolis.

Solange der Mann da drüben, der nichts als Arbeit war, Schlaf verachtete, mechanisch aß und trank, den Fingerdruck auf der blauen Metallplatte ruhen ließ, die außer ihm noch nie ein Mensch berührt hatte, brüllte die Stimme der Maschinenstadt Metropolis nach Futter, nach Futter, nach Futter . . .

Sie wollte lebendige Menschen als Futter haben.

Da schob sich das lebendige Futter in Massen heran. Auf der Straße kam es, auf seiner eigenen Straße, die sich nie kreuzte mit anderen Menschenstraßen. Es wälzte sich breit heran, ein endloser Strom. Zwölf Glieder breit war der Strom. Die gingen im gleichen Schritt. Männer, Männer, Männer – alle in gleicher Tracht; vom Hals bis zu den Knöcheln in dunkelblauem Leinen, die nackten Füße in gleichen harten Schuhen, fest die Haare umschließend die gleichen schwarzen Kappen.

Und sie alle hatten die gleichen Gesichter. Und sie alle schienen gleich alt zu sein. Aufgereckt gingen sie, aber nicht aufrecht. Sie hoben die Köpfe nicht: sie schoben sie vor. Sie setzten die Füße, aber sie gingen nicht. Die offenen Tore des Neuen Turms Babel, des Maschinenzentrums von Metropolis, schlürften die Massen ein.

Ihnen entgegen, aber an ihnen vorüber, schleppte sich ein anderer Zug: die verbrauchte Schicht. Er wälzte sich breit heraus, ein endloser Strom. Zwölf Glieder breit war der Strom. Die gingen im gleichen Schritt. Männer, Männer, Männer – alle in gleicher Tracht. Vom Hals bis zu den Knöcheln in dunkelblauem Leinen, die nackten Füße in gleichen harten Schuhen, fest die Haare umschließend die gleichen schwarzen Kappen.

Und sie alle hatten die gleichen Gesichter. Und sie alle schienen zehntausend Jahre alt zu sein. Sie gingen mit hängenden Fäusten, sie gingen mit hängenden Köpfen. Nein, sie setzten die Füße; aber sie gingen nicht. Das offene Tor des Neuen Turms Babel, des Maschinenzentrums von Metropolis, spie die Massen aus, wie es sie in sich schlürfte.

Als das neue lebendige Futter hinter den Toren verschwand, schwieg endlich die brüllende Stimme. Und das nie unterbrochene, pochende Summen der großen Metropolis wurde wieder vernehmbar und wirkte wie Stille nun, wie eine tiefe Beruhigung. Der Mann, der in der Hirnschale der Maschinenstadt das starke Gehirn war, hatte den Fingerdruck von der blauen Metallplatte gelöst.

In zehn Stunden würde er das Maschinentier von neuem brüllen lassen. Und in abermals zehn Stunden abermals. Und so immer fort, immer fort, ohne die Zehnklammer je zu lösen.

Metropolis wußte nicht, was Sonntag war. Metropolis kannte nicht Feste noch Feiern. Metropolis hatte den heiligsten Dom der Welt, mit gotischem Zierat überreich geschmückt. In Zeiten, von denen nur noch die Chroniken wußten, hatte die sternengekrönte Jungfrau auf seinem Turm wie eine Mutter aus ihrem goldenen Mantel tief, tief hinab gelächelt auf fromme, rote Dächer, und die einzige Gesellschaft ihrer Holdseligkeit waren die Tauben gewesen, die in den Fratzenmäulern der Wasserspeier nisteten, und die Glocken, die nach den vier Erzengeln hießen und von denen St. Michael die herrlichste war.

Es hieß, der Meister, der sie gegossen hatte, wäre um ihretwillen zum Schelm geworden, denn er stahl wie ein Rabe geweihtes und ungeweihtes Silber und goß es der Glocke in den metallenen Leib. Als Lohn seiner Tat erlitt er auf dem Berlach den schweren Tod unter dem Rad der Schmerzen. Aber es hieß, daß er äußerst fröhlich gestorben sei, denn der Erzengel Michael läutete ihm auf dem Todweg so wundergewaltig ergreifend, daß jedermann meinte: Die Heiligen müßten dem Sünder bereits vergeben haben, da sie die himmlischen Glocken zu seinem Empfang bemühten.

Wohl sangen die Erzengel noch mit den alten, erzenen Stimmen; aber wenn Metropolis brüllte, war selbst St. Michael heiser. Der Neue Turm Babel und seine Häusergenossen reckten die nüchterne Höhe hoch über den Turm des Doms, daß die jungen Mädchen der Arbeitssäle und der Radiostationen aus den Fenstern des dreißigsten Stockwerks ebenso tief auf die sternengekrönte Jungfrau hinabblickten wie diese in früheren Tagen auf die frommen roten Dächer. An Stelle der Tauben aber schwärmten die Flugmaschinen über dem Dom und der Stadt und nisteten auf den Dächern, von denen nachts grellschimmernde Pfeile und Kreise den Fliegern Richtung und Landungspunkte wiesen.

Der Herr von Metropolis hatte schon mehr als einmal erwogen, den Dom, der zwecklos war und ein Verkehrshindernis in der Fünfzigmillionenstadt, abtragen zu lassen.

Aber die kleine, rasende Sekte der Gotiker, deren Führer Desertus war, halb Mönch, halb Verzückter, hatte den feierlichen Schwur getan: Wenn eine Hand aus der verruchten Stadt Metropolis es wagen würde, nur einen Stein des Domes anzutasten, dann würden sie nicht rasten und nicht ruhen, bis die verruchte Stadt Metropolis als Trümmerhaufen zu Füßen ihres Domes liegen würde.

Der Herr über Metropolis verachtete Drohungen, aus denen ein Sechstel seiner täglichen Post bestand. Aber er liebte es nicht, mit Gegnern zu kämpfen, denen er mit der Vernichtung um ihres Glaubens willen einen Gefallen erwies. Das große Gehirn, dem die Opferung der Wollust fremd war, schätzte die an sich unberechenbare Macht, die aus Geopferten und Märtyrern auf ihre Fährtenfolger überströmt, lieber zu hoch als zu niedrig ein. Auch war die Frage der Domzertrümmerung noch nicht so brennend, daß sie bereits Gegenstand eines Kostenvoranschlags gewesen wäre. Aber wenn der Zeitpunkt kam, so würden die Kosten dieses Niederreißens den Aufbau von Metropolis übersteigen. Die Gotiker waren Asketen; der Herr über Metropolis wußte aus Erfahrung, daß ein Multimilliardär billiger zu erkaufen war als ein Asket.

Freder erwog, nicht ohne ein fremdes Gefühl der Bitterkeit, wie oft ihm wohl der große Herr über Metropolis noch das Schauspiel bewilligen würde, das der Dom an jedem regenlosen Tage bot: Wenn die Sonne in den Rücken von Metropolis sank, daß die Häuser zu Gebirgen wurden und die Straßen zu Tälern, wenn die Ströme eines Lichts, das vor Kälte zu knistern schien, aus allen Fenstern, von den Häusermauern, von den Dächern und aus dem Bauch der Stadt hervorbrachen, wenn das lautlose Gezeter der Lichtreklamen sich erhob, wenn die Scheinwerfer in allen Farben des Regenbogens um den Neuen Turm Babel zu spielen begannen, die Autobusse zu Ketten lichtspeiender Ungeheuer, die kleinen Autos zu huschenden Leuchtfischen einer wasserlosen Tiefsee wurden, indes aus den unsichtbaren Häfen der Untergrundbahnen ein ewig gleicher magischer Schimmer drang, den hastige Schatten überwellten – dann stand der Dom in diesem randlosen Ozean des Lichts, das alle Formen durch Überstrahlung auflöste, als einzig Dunkles schwarz und beharrend da und schien sich in seiner Lichtlosigkeit von der Erde zu lösen und höher und immer höher zu heben und schien in diesem Malstrom tumultuarischen Lichts das einzig Ruhende, einzig Herrschende zu sein.

Aber die Jungfrau auf der Spitze des Turmes schien ihr eigenes sanftes Sternlicht zu haben und schwebte, losgelöst von der Schwärze des Steins, auf der Sichel des silbernen Mondes über dem Dom.

Nie hatte Freder das Antlitz der Jungfrau gesehen, und doch kannte er es so gut, daß er es hätte zeichnen können: das herbe Antlitz der Jungfrau, das süße Antlitz der Mutter . . .

Er beugte sich, die Handflächen um das Eisengeländer klammernd.

»Sieh mich an, Jungfrau!« bat er. »Mutter, sieh mich an!«

Der Lichtspeer eines Scheinwerfers flog ihm in die Augen, daß er sie zornig schloß. Eine sausende Rakete zischte durch den Himmel und hinterließ in der bleichen Dämmerung des späten Nachmittags das niedertropfende Wort: Yoshiwara . . .

Merkwürdig weiß und mit durchdringenden Strahlen schwebte über einem Haus, das nicht zu sehen war, das hochgetürmte Wort: Kino.

Alle sieben Regenbogenfarben loderten kalt und gespenstisch in lautlos schwingenden Kreisen. Das ungeheuerliche Zifferblatt der

Uhr auf dem Neuen Turm Babel wurde gebadet von dem grellen Kreuzfeuer der Scheinwerfer. Und immer wieder und immer wieder tropfte aus dem bleichen, wesenlosen Himmel das Wort: Yoshiwara . . .

Freders Augen hingen an der Uhr des Neuen Turms Babel, wo die Sekunden als atmende Blitze auffunkten und weggloschen, unaufhaltsam im Kommen wie im Gehen. Er maß die Zeit, die vergangen war, seit die Stimme von Metropolis gebrüllt hatte – nach Futter, nach Futter, nach Futter. Er wußte: Hinter den tobenden Sekundenblitzen auf dem neuen Turm Babel war ein weiter, kahler Raum mit schmalen wandhohen Fenstern, Schalttafeln überall, genau in der Mitte der Tisch, das sinnreichste Instrument, das sich der Herr über Metropolis erschaffen hatte, um als einziger Meister darauf zu spielen.

Auf dem nüchternen Stuhl davor die Verkörperung des großen Gehirns: der Herr über Metropolis. Neben seiner rechten Hand die blaue, empfindliche Metallplatte, nach der er mit der unfehlbaren Sicherheit einer gesunden Maschine die Hand ausstrecken würde, wenn genug der Sekunden sich in die Ewigkeit vertobt hatten, um Metropolis abermals brüllen zu lassen – nach Futter, nach Futter, nach Futter . . .

In diesem Augenblick hatte Freder die unentrinnbare Vorstellung, daß er den Verstand verlieren würde, wenn er die Stimme von Metropolis noch einmal so nach Futter brüllen hören mußte. Und schon überzeugt von der Zwecklosigkeit seines Vorhabens, wandte er sich von dem Bilde der lichttollen Stadt und ging, den Herrn über Metropolis aufzusuchen, der Joh Fredersen hieß und sein Vater war.


2


Die Hirnschale des Neuen Turms Babel war mit Zahlen bevölkert.

Aus einer unsichtbaren Quelle, von einer klaren, nicht lauten, unbewegten Stimme gesprochen, tropften die Zahlen rhythmisch durch die gekühlte Luft des großen Raumes, sammelten sich wie in einem Staubecken auf dem Tisch, an dem das große Hirn von Metropolis arbeitete, wurden gegenständlich unter den Bleifedern seiner Sekretäre. Acht junge Menschen glichen sich wie Brüder, die sie nicht waren. Obwohl sie wie Steinbilder saßen, an denen sich nur die schreibenden Finger der rechten Hand regten, schien jeder einzelne doch mit der schweißbedeckten Stirn und den offenstehenden Lippen eine Verkörperung der Atemlosigkeit zu sein

Keiner hob den Kopf, als Freder eintrat. Auch sein Vater nicht. Die Lampe unter dem dritten Lautsprecher glühte weiß-rot.

New York sprach.

Joh Fredersen verglich die Zahlen der Abendkurse mit den Tabellen, die vor ihm lagen. Einmal klang seine Stimme auf, schwingungslos: »Irrtum. Rückfrage.«

Der Erste Sekretär schrak zusammen, beugte sich tiefer, stand auf und entfernte sich auf unhörbaren Sohlen. Die linke Braue von Joh Fredersen hob sich etwas, als er dem Gehenden nachsah, nur so lange, als es ohne Kopfwendung möglich war.

Ein kleiner, knapper Bleistiftstrich fuhr durch einen Namen.

Das weiß-rote Licht glühte. Die Stimme sprach. Die Zahlen tropften in den großen Raum. In die Hirnschale von Metropolis.

Freder blieb unbeweglich neben der Tür stehen. Er war sich nicht klar darüber, ob sein Vater ihn nicht doch schon wahrgenommen hatte. Sooft er diesen Raum betrat, war er wieder ein Knabe von zehn Jahren und der Grundzug seines Wesens Unsicherheit – dieser großen, geschlossenen und allmächtigen Sicherheit gegenüber, die Joh Fredersen hieß und sein Vater war.

Der Erste Sekretär ging vorüber, stumm und ergeben grüßend. Er glich einem Kämpfer, der besiegt die Bahn verläßt. Das kalkige Gesicht des jungen Menschen stand einen Augenblick lang vor Freders Augen wie eine große Weißlack-Maske. Dann war es ausgelöscht.

Zahlen tropften in den Raum.

Ein Stuhl war leer. Auf sieben anderen saßen sieben und hetzten den Zahlen nach, die pausenlos aus dem Unsichtbaren sprangen.

Eine Lampe glühte weiß-rot.

New York sprach.

Eine Lampe strahlte auf: weiß-grün.

London begann zu sprechen.

Freder sah zu der Uhr hinauf, die, der Tür gegenüber, wie ein Riesenrad die ganze Wand beherrschte. Es war die gleiche Uhr, wie sie von der Höhe des Neuen Turms Babel, von Scheinwerfern gebadet, ihre Sekundenfunken über die große Metropolis verspritzte. Der Kopf Joh Fredersens ragte in sie hinein. Sie hing als ein zermalmender und doch ertragener Schein der Glorie über dem Hirn von Metropolis.

An den raumhohen, schmalen Fenstern vorüber tobten die Scheinwerfer im Delirium der Farbenschlacht. Lichtkaskaden schäumten gegen die Scheiben. Draußen, tief am Fuß des Neuen Turms Babel, kochte Metropolis. Aber in diesem Raum war kein Laut zu hören außer den unablässig tropfenden Zahlen.

Das Rotwangsche Verfahren hatte Mauern und Fenster schalldicht gemacht.

In diesem Raum, der zugleich unterjocht und gekrönt war von der gewalttätigen Zeitmesserin, der zahlenweisenden Uhr, hatte nichts Wichtigkeit außer Zahlen. Der Sohn des großen Herrn von Metropolis begriff, daß, solange die Zahlen aus dem Unsichtbaren tropften, ein Wort, das nicht Zahl war und aus sichtbarem Munde kam, keinen Anspruch auf Gehörtwerden hatte.

Darum stand er still und blickte unablässig auf den dunklen Schädel seines Vaters und sah, wie der ungeheure Zeiger der Uhr, unaufhaltsam vorwärtsschreitend, gleich einer Sichel, einer mähenden Sense, durch den Schädel seines Vaters ging und ihn doch nicht verletzte, sich wieder hinaufschob an der zahlenumbauschten Rundung, die Höhe überkroch und sich abermals senkte, um den vergeblichen Sensenschlag zu wiederholen.

Endlich erlosch das weiß-rote Licht. Eine Stimme verstummte.

Dann erlosch auch Weiß-Grün.

Stille.

Die Hände der Schreibenden stockten, und für die Dauer weniger Augenblicke saßen sie wie Gelähmte, erschlafft und ausgeschöpft. Dann sagte die Stimme Joh Fredersens mit einer trocknen Sanftheit:
»Danke. Auf morgen.«

Und, ohne sich umzusehen: »Was willst du, mein Junge?«

Die sieben Fremden verließen den stumm gewordenen Raum. Freder trat neben seinen Vater; dessen Blick überspülten die Tabellen mit den aufgefangenen Zahlentropfen. Freders Augen hingen an der blauen Metallplatte, neben der rechten Hand seines Vaters.

»Woher wußtest du, daß ich da war?« fragte er leise.

Joh Fredersen sah ihn nicht an. Obwohl sein Gesicht mit der ersten Frage, die der Sohn an ihn richtete, einen Ausdruck von Geduld und Stolz gewonnen hatte, war ihm doch nichts von seiner Wachsamkeit verlorengegangen. Er blickte zu der Uhr auf. Seine Finger glitten über geschmeidige Tastsender des Tisches. Lautlos zuckten Befehle zu wartenden Menschen.

»Die Tür ging auf. Niemand wurde gemeldet. Es kommt niemand unangemeldet zu mir. Nur mein Sohn.«

Ein Licht unter Glas – eine Frage. Joh Fredersen ließ das Licht erlöschen. Der Erste Sekretär trat ein und neben den großen Herrn der großen Metropolis.

»Sie hatten recht. Es war ein Irrtum. Er ist berichtigt«, meldete er tonlos.

»Danke.« Kein Blick. Keine Handbewegung. »Die G-Bank ist angewiesen, Ihnen Ihr Gehalt auszuzahlen. Guten Abend.«

Der junge Mensch stand unbeweglich. Drei, vier, fünf, sechs Sekunden versprühten sich an der riesenhaften Zeitmesserin. In dem kalkigen Gesicht des jungen Menschen brannten zwei leere Augen und drückten das Brandmal ihrer Angst in Freders Blick.

Eine Schulter Joh Fredersens rührte sich träge.

»Guten Abend«, sagte der junge Mensch erwürgt.

Er ging.

»Warum hast du ihn entlassen, Vater?« fragte der Sohn.

»Ich konnte ihn nicht brauchen«, sagte Joh Fredersen, und noch immer hatte er den Sohn nicht angesehen.

»Warum nicht, Vater?«

»Ich kann Menschen nicht brauchen, die zusammenfahren, wenn man sie anspricht«, sagte der Herr über Metropolis.

»Vielleicht fühlte er sich krank . . . Vielleicht hatte er Kummer um jemand, den er lieb hat . . .«

»Möglich. Vielleicht auch war er noch betäubt von der zu langen Nacht in Yoshiwara . . . Hüte dich, Freder, Menschen, nur weil sie leiden, für gut, schuldlos und Opfer zu halten. Wer leidet, ist schuldig geworden; an sich – an andern.«

»Du leidest nicht, Vater?«

»Nein.«

»Du bist ganz schuldlos?«

»Die Zeit der Schuld und des Leidens liegt hinter mir, Freder.«

»Und wenn jetzt dieser Mensch . . . Ich habe es noch nie gesehen, aber ich glaube: so wie er gehen Menschen aus einem Raum, die entschlossen sind, ihrem Leben ein Ende zu machen . . .«

»Vielleicht.«

»Und wenn du morgen früh erführest, daß er tot sei, das würde dich gar nicht berühren?«

»Nein.«

Freder schwieg.

Die Hand seines Vaters glitt über einen Hebel, drückte ihn nieder. In allen Räumen, die der Hirnschale des Neuen Turms Babel vorgelagert waren, erloschen die weißen Lampen. Der Herr über Metropolis hatte der Ringwelt um sich her zu verstehen gegeben, daß er ohne zwingenden Grund nicht gestört sein wollte.

»Ich kann es nicht dulden«, fuhr er fort, »daß ein Mensch, der neben meiner rechten Hand in Gemeinschaft mit mir an Metropolis arbeitet, sich der einzigen Größe begibt, die er vor der Maschine voraus hat.«

»Und was ist das, Vater?«

»Arbeit als Lust zu empfinden«, sagte der Herr über Metropolis.

Freders Hand fuhr über sein Haar und blieb auf dem reinen Blond liegen. Er öffnete die Lippen, als ob er etwas sagen wollte; aber er blieb stumm.

»Meinst du«, fuhr Joh Fredersen fort, »ich brauchte die Bleifedern meiner Sekretäre, um amerikanische Börsenmeldungen zu kontrollieren? Die Schrifttabellen in den Übersee-Drommeten Rotwangs sind hundertmal zuverlässiger und schneller als Schreibergehirne und -hände. Aber an der Präzision der Maschine kann ich die Präzision der Menschen messen – am Atem der Maschine die Lunge der Menschen, die mit ihr um die Wette laufen.«

»Und der Mann, den du eben entlassen hast und der ein Gerichteter ist (denn von dir entlassen sein, Vater, das heißt: Hinunter! Hinunter!), der hat den Atem verloren, nicht wahr?«

»Ja.«

»Weil er ein Mensch und keine Maschine war . . .«

»Weil er sein Menschtum verleugnete vor der Maschine.«

Freder hob den Kopf und die sehr verstörten Augen.

»Nun kann ich dir nicht mehr folgen, Vater«, sagte er gequält.

In Joh Fredersens Gesicht vertiefte sich der Ausdruck der Geduld.

»Der Mann«, sagte er still, »war mein Erster Sekretär. Er bezog das achtfache Gehalt des letzten. Das war gleichbedeutend mit der Verpflichtung, das Achtfache zu leisten. Mir. Nicht sich. Morgen wird der Fünfte Sekretär an seiner Stelle sein. In einer Woche wird er vier der anderen überflüssig gemacht haben. Den Mann kann ich brauchen.«

»Weil er vier andere erspart . . .«

»Nein, Freder. Weil er die Arbeit von vier anderen als Lust empfindet. Weil er sich in die Arbeit verkrampft – lustvoll verkrampft wie in ein Weib.«

Freder schwieg. Joh Fredersen sah seinen Sohn an. Aufmerksam sah er ihn an.

»Du hast etwas erlebt?« fragte er.

Die Augen des Jungen, schön und traurig, glitten über ihn fort ins Leere. Wildes, weißes Licht gischte gegen die Fenster und ließ im Erlöschen den Himmel über Metropolis als sammetschwarzes Tuch zurück.

»Ich habe nichts anderes erlebt«, sagte Freder stockend, »als daß ich glaube, zum erstenmal in meinem Leben das Wesen der Maschine begriffen zu haben . . .«

»Das würde sehr viel bedeuten«, entgegnete der Herr über Metropolis. »Aber wahrscheinlich bist du im Irrtum, Freder. Hättest du das Wesen der Maschine wirklich begriffen, dann wärest du nicht so verstört.«

Langsam wandte ihm der Sohn die Augen zu und die Hilflosigkeit seines Nichtbegreifens.

»Wie kann man anders als verstört sein«, sagte er, »wenn man, wie ich, den Weg zu dir durch die Maschinensäle nimmt, durch die herrlichen Säle deiner herrlichen Maschinen, und die Geschöpfe sieht, die an sie gekettet sind durch Gesetze ewiger Wachsamkeit, lidlose Augen . . .«

Er stockte, seine Lippen waren dürr wie Staub.

Joh Fredersen lehnte sich zurück. Er hatte den Blick nicht von dem Sohn gelassen und hielt ihn jetzt noch fest.

»Warum nahmst du den Weg zu mir durch die Maschinensäle?« fragte er ruhig. »Es ist weder der kürzeste noch der bequemste.«

»Ich wollte«, sagte sein Sohn, die Worte weither suchend, »einmal den Menschen in die Gesichter sehen, deren kleine Kinder meine Brüder, meine Schwestern sind.«

Er machte eine Bewegung, als wollte er die Worte, kaum ausgesprochen, in der Luft noch haschen und zurückholen. Aber sie waren gesprochen. Joh Fredersen rührte sich nicht. »Hm«, machte er mit sehr geschlossenem Munde. Eine Bleifeder, die er zwischen den Fingern hielt, klopfte sacht mit einem trockenen Klang zweimal, dreimal gegen die Tischkante. Joh Fredersens Augen wanderten von dem Sohn zu den zuckenden Blitzen der Sekunden an der Uhr, senkten sich wieder zu ihm.

»Und was hast du gefunden?« fragte er.

Sekunden der Stille. Dann war es, als würfe sich der Sohn, sein ganzes Ich entwurzelnd und losreißend, mit einer Gebärde sich völligen Preisgebens dem Vater hin, und er stand doch still, mit nur wenig gebeugtem Kopf, und sprach so leise, als ersticke jedes Wort zwischen seinen Lippen.

»Vater! Hilf den Menschen, die an deinen Maschinen leben!«

»Ich kann ihnen nicht helfen«, sagte das Hirn von Metropolis. »Niemand kann ihnen helfen. Sie sind, wo sie sein müssen. Sie sind, was sie sein müssen. Zu anderem und mehr sind sie untauglich.«

»Ich weiß nicht, wozu sie tauglich sind«, sagte Freder tonlos; der Kopf fiel ihm auf die Brust wie halb abgemäht. »Ich weiß nur, was ich sah – und daß es furchtbar anzusehen war. Ich ging durch Maschinensäle, die waren wie Tempel. Alle großen Götter wohnten in weißen Tempeln. Baal und Moloch sah ich und Huitzilopochtli und Durgha; manche furchtbar gesellig, manche grauenhaft einsam. Ich habe den Götterwagen von Dschaggernaut gesehen und die Türme des Schweigens, das Sichelschwert Mohammeds und die Kreuze von Golgatha. Und alles Maschinen, Maschinen, Maschinen, die, an ihre Postamente gebannt wie die Gottheiten an ihre Tempelthrone, von den Lagern her, auf denen sie lasteten, ihr gottähnliches Dasein lebten: augenlos, aber alles sehend, ohrenlos, aber alles hörend, ohne Sprache und ganz sich selber verkündender Mund, nicht Mann, nicht Weib und doch zeugend, empfangend, gebärend, leblos und doch die Luft ihrer Tempel erschütternd mit dem niemals ersterbenden Atem ihrer Lebendigkeit. Und neben den Gott-Maschinen die Sklaven der Gott-Maschinen: die Menschen, die wie gemalt sind zwischen Maschinen-Gesellteit, Maschinen-Einsamkeit. Sie haben nicht Lasten zu schleppen: die Lasten schleppt die Maschine. Sie müssen nichts heben noch stemmen, es hebt und stemmt die Maschine. Sie haben nichts anderes zu tun als ewig das eine und gleiche, ein jeder an seinem Platz, ein jeder an seiner Maschine. Nach schmalen Sekunden gemessen immer den gleichen Griff auf die gleiche Sekunde, auf die gleiche Sekunde. Sie haben Augen, aber sie sind wie blind außer für eines: die Skalen der Manometer. Sie haben Ohren, aber sie sind wie taub außer für eines: das Sausen ihrer Maschine. Sie wachen und wachen und haben kein Denken mehr außer dem einen: Wenn ihre Wachsamkeit nachläßt, wacht die Maschine auf aus dem geheuchelten Schlaf und fängt zu rasen an und rast sich selber in Stücke. Und die Maschine, die nicht Kopf noch Hirn hat, saugt und saugt mit der Spannung der Wachsamkeit – ewiger Wachsamkeit – das Hirn ihres Wächters aus dem gelähmten Schädel und läßt nicht nach und saugt und läßt nicht nach, bis an dem ausgesaugten Schädel ein Wesen hängt – nicht Mensch mehr und noch nicht Maschine, leergepumpt, ausgehöhlt, verbraucht. Und die Maschine, die das Rückenmark und Hirn des Menschen geschlürft und aufgefressen hat, die ihm die Schädelhöhle ausgewischt hat mit der langen, weichen Zunge ihres langen, weichen Sausens, die Maschine gleißt in ihrem Sammetsilberglanz, mit Salböl überschüttet, schön und unfehlbar – Baal und Moloch, Huitzilopochtli und Durgha. Und du, Vater, du legst den Fingerdruck auf die kleine, blaue Metallplatte neben deiner rechten Hand, und deine große, herrliche, fürchterliche Stadt Metropolis brüllt auf und verkündet, daß sie Hunger hat nach neuem Menschenmark und Menschenhirn, und das lebendige Futter wälzt sich wie ein Strom in die Maschinensäle, die Tempeln gleichen, und die Verbrauchten werden ausgespien . . .«

Die Stimme versagte ihm. Er schlug die Knöchel der Hände hart gegeneinander und sah seinen Vater an. »Und sind doch Menschen, Vater!«

»Leider. Ja.«

Die Stimme des Vaters klang an das Ohr des Sohnes, als spräche sie hinter sieben verschlossenen Türen.

»Daß sich die Menschen an den Maschinen so rasch verbrauchen, Freder, ist kein Beweis für die Gefräßigkeit der Maschinen, sondern für die Mangelhaftigkeit des Menschenmaterials. Menschen sind Zufallsprodukte, Freder. Ein-für-allemal-Wesen. Wenn sie einen Gußfehler haben, kann man sie nicht in den Schmelzofen zurückschicken. Man ist gezwungen, sie zu verbrauchen, wie sie sind. Wobei es statistisch erwiesen ist, daß die Leistungsfähigkeit der ungeistigen Arbeiter von Monat zu Monat geringer wird . . .«

Freder lachte. Das Lachen kam so trocken, so verdorrt aus seinem Munde, daß Joh Fredersen mit einem Ruck den Kopf hob und den Sohn aus schmalen Lidern betrachtete. Langsam schob sich seine Braue hoch.

»Fürchtest du nicht, Vater – gesetzt den Fall, daß die Statistik recht hat und der Verschleiß an Menschen immer eiliger fortschreitet –, daß eines schönen Tages kein Futter mehr da ist für die menschenfressenden Gott-Maschinen und daß der Moloch aus Glas, Gummi und Stahl, die Durgha aus Aluminium mit den Platin-Venen jämmerlich verhungern müssen?«

»Der Fall ist denkbar«, sagte das Hirn von Metropolis.

»Und was dann?«

»Dann«, sagte das Hirn von Metropolis, »muß man bereits Ersatz für den Menschen geschaffen haben.«

»Den verbesserten Menschen, nicht wahr? Den Maschinenmenschen?«

»Vielleicht«, sagte das Hirn von Metropolis.

Freder strich sich das feuchte Haar aus der Stirn. Er beugte sich vor, daß sein Atem den Vater berührte.

»Dann laß dir nur eines sagen, Vater«, raunte er; blau züngelten ihm die Adern über die Schläfen. »Dann sorge dafür, daß die Maschinenmenschen keinen Kopf bekommen, oder wenigstens kein Gesicht. Oder gib ihnen ein Gesicht, das immer lächelt. Oder Hanswurst-Gesichter. Oder geschlossene Visiere. Daß man sich nicht entsetzt, wenn man sie ansieht! Denn als ich heute durch die Maschinensäle ging, da sah ich die Männer, die deine Maschinen bewachten. Und sie kennen mich doch, und ich grüßte sie, einen nach dem anderen. Aber nicht einer gab mir den Gruß zurück. Allzu eifrig waren die Maschinen dabei, ihre Nervenstränge aufzuhaspeln. Und als ich sie ansah, Vater, ganz nahe – so nahe, wie ich dich jetzt sehe –, da sah ich mir selber ins eigene Gesicht. Jeder einzelne Mensch, Vater, der an deinen Maschinen front, hat mein Gesicht – hat das Gesicht deines Sohnes . . .«

»Dann auch das meine, Freder, denn wir sehen uns ähnlich«, sagte der Herr über die große Metropolis. Er sah auf die Uhr und streckte die Hand aus. In allen Räumen, die der Hirnschale des Neuen Turms Babel vorgelagert waren, flammten die weißen Lampen auf.

»Und dir graut nicht davor«, fragte der Sohn, »so viele Schatten, so viele Gespenster deiner selbst am Werk deines Werkes zu wissen?«

»Die Zeit des Grauens liegt hinter mir, Freder.«

Da wandte sich Freder um und ging, wie ein blinder Mensch mit tappender Hand zuerst die Tür verfehlend, endlich findend. Sie tat sich vor ihm auf, und er ging hinaus. Sie tat sich hinter ihm zu, und er stand still, in einem Raum, der ihm fremd und eisig erschien.

Aus Stühlen, auf denen sie wartend gesessen hatten, erhoben sich Gestalten, verbeugten sich tief vor dem Sohn Joh Fredersens, Herrn über Metropolis.

Freder erkannte nur einen; das war der Schmale.

Er dankte den Grüßenden und stand noch immer, unweit der Tür, und schien den Weg nicht zu wissen. In seinem Rücken drückte sich schmal der Schmale zu Joh Fredersen, der ihn befohlen hatte.

Der Herr über Metropolis stand am Fenster, der Tür den Rücken kehrend.

»Warten!« sagte der dunkle, breiteckige Rücken.

Der Schmale regte sich nicht. Unhörbar ging sein Atem. Mit gesenkten Lidern schien er im Stehen zu schlafen. Aber sein Mund mit der unerhörten Anspannung der Muskeln machte ihn zur Verkörperung des Lauschens.

Joh Fredersen ließ seine Augen über die große Metropolis gehen, die ein ruhelos brausendes Meer war mit einer Brandung von Licht. Unter dem Zucken und Wogen, dem Sturze der Licht-Niagaras, unter dem Farbenspiel um sich selbst geschwungener Türme aus Glast und Glanz schien die große Metropolis durchsichtig geworden zu sein. In Kegel und Würfel zerlegt von den mähenden Sensen der Scheinwerfer, glühten die Häuser, schwebend getürmt, und Licht floß an ihren Flanken hinab wie Regen. Die Straßen leckten das glühende Leuchten auf und leuchteten selbst, und was auf ihnen hinglitt in unablässigem Strom, warf Lichtkegel vor sich her.

Nur der Dom, der die sternengekrönte Jungfrau auf seiner Turmspitze trug, lag breit in die Stadt hineingelagert, als läge ein schwarzer Riese in magischem Schlaf.

Joh Fredersen drehte sich langsam um. Er sah den Schmalen an der Tür stehen. Der Schmale grüßte. Joh Fredersen kam auf ihn zu. Die ganze Weite des Raumes durchmaß er schweigend; langsam ging er, bis er den Mann erreichte. Vor ihm stehend, sah er ihn an, als schäle er mit dem Blick dem Mann das Körperliche herunter vom innersten Innern.

Der Schmale hielt dem schälenden Blicke stand.

Joh Fredersen sagte, ziemlich leise sprechend: »Von jetzt an wünsche ich, über die Wege meines Sohnes genau unterrichtet zu werden.«

Der Schmale verbeugte sich, wartete, grüßte und ging.

Aber er fand den Sohn seines großen Herrn nicht mehr, wo er ihn verlassen hatte. Und es war ihm auch nicht bestimmt, ihn wiederzufinden.


3


Der Mann, der Joh Fredersens Erster Sekretär gewesen war, stand in einer Zelle des Paternoster-Werkes, das den Neuen Turm Babel als nie stillstehendes Schöpfrad durchschnitt – mit dem Rücken gegen die Holzwand gelehnt, machte er die Reise durch das weiße, sausende Haus von der Höhe der Kuppe zur Tiefe des Kellerraumes und wieder zur Höhe der Kuppe zum dreißigsten Male – und rührte sich nicht vom Fleck.

Menschen, gierig nach dem Gewinn von Sekunden, stürzten zu ihm herein und, Stockwerke höher, tiefer wieder hinaus. Keiner achtete seiner. Der eine, die andere erkannte ihn wohl. Aber noch deutete niemand die Tropfen an seinen Schläfen anders als gleiche Gier nach dem Gewinn von Sekunden. Gut, er wollte warten, bis man es besser wußte, bis man ihn packte und aus der Zelle stieß: Was nimmst du uns den Platz weg, Lump, der du Zeit hast? Krieche die Treppen hinunter oder die Feuerleitern . . .

Mit klaffendem Munde lehnte er da und wartete.

Jetzt, wieder aus der Tiefe tauchend, sah er mit seinen verstumpften Augen in den Raum hinein, der die Tür Joh Fredersens bewachte, und sah vor dieser Tür den Sohn Joh Fredersens stehen. Für den Bruchteil einer Minute starrten sie sich in die überschatteten Gesichter, aus denen die Blicke beider wie Notsignale von sehr verschiedener, aber gleich starker Not vorbrachen. Dann trieb das gleichgültige Pumpwerk den Mann in der Zelle aufwärts in die vollkommene Schwärze der Turmdecke, und als er, von neuem niedertauchend, wieder sichtbar wurde auf dem Wege nach unten, stand der Sohn Joh Fredersens vor der Öffnung der Zelle und mit einem Schritt bei dem Mann, dessen Rücken an die Holzwand genagelt schien.

»Wie heißen Sie?« fragte er leise.

Ein Zögern im Atemholen, und die Antwort, die wie ein Aufhorchen war: »Josaphat . . .«

»Was wollen Sie nun anfangen, Josaphat?«

Sie sanken, sie sanken. Als sie die große Halle durchschritten, von der die Riesenfenster breit nach der Straße der Brücken prahlten, sah Freder, die Augen wendend, im Schwarz des Himmels, halb schon verlöschend, das triefende Wort: Yoshiwara . . .

Er sprach, als strecke er beide Hände aus, und auch, als schließe er seine Augen beim Sprechen:

»Wollen Sie zu mir kommen, Josaphat?«

Eine Hand flatterte auf wie ein gescheuchter Vogel.

»Ich?« stöhnte der fremde Mensch.

»Ja, Josaphat!«

Die junge Stimme, die so voll Güte war . . .

Sie sanken, sie sanken. Helle – Dunkel – Helle – wieder Dunkel.

»Wollen Sie zu mir kommen, Josaphat?«

»Ja!«, sagte der fremde Mensch. Mit einer Inbrunst ohnegleichen: »Ja!«

Helle tauchte auf. Freder packte den Mann am Arm, riß ihn mit sich hinaus aus dem großen Pumpwerk des Neuen Turms Babel, hielt ihn, der unter dem Ruck wankte, fest.

»Wo wohnen Sie, Josaphat?«

»Neunzigster Block, Haus sieben, siebenter Stock.«

»Dann gehen Sie heim, Josaphat. Vielleicht komme ich selbst zu Ihnen, vielleicht schicke ich Ihnen einen Boten, der Sie zu mir holt. Ich weiß noch nicht, was in den nächsten Stunden sein wird . . . Aber ich will nicht, daß irgendein Mensch, den ich kenne und bei dem ich es verhindern kann, eine Nacht lang liegt und gegen die Decke starrt, bis sie auf ihn herabzukrachen scheint.«

»Was kann ich tun für Sie?« fragte der Mann.

Freder spürte den schraubenden Druck einer Hand. Er lächelte. Er schüttelte den Kopf.

»Nichts. Gehen Sie heim. Warten Sie. Seien Sie ruhig. Morgen ist wieder ein Tag. Und ich glaube, ein schöner.«

Der Mann löste die Hand und ging. Freder sah ihm nach. Der Mann blieb stehen und blickte auf Freder zurück. Ohne ihm näherzukommen, senkte er Nacken und Kopf mit einem Ausdruck des Ernstes und der Bedingungslosigkeit, daß auf dem Munde Freders das Lächeln erlosch.

»Ja«, sagte er. »Ich nehme dich an, du Mensch!«

In seinem Rücken summte das Paternoster-Werk. Die Zellen – Schöpfeimer – faßten Menschen und gossen sie wieder aus. Aber der Sohn Joh Fredersens sah sie nicht. Unter all den Jägern nach dem Gewinn von Sekunden war er der einzige Stille und horchte nur, wie der Neue Turm Babel in Schwingungen dröhnte. Ihm schien das Dröhnen wie Klang einer Glocke vom Dom – wie die Erzstimme des Erzengels Michael. Aber hoch und süß schwebte ein Singen darüber. In diesem Singen frohlockte sein junges Herz.

»Hab' ich zum ersten Male in deinem Sinne gehandelt, du große Mittlerin – Mitleid du?« fragte er in das Dröhnen der Glockenstimme.

Doch er bekam keine Antwort.

Da ging er den Weg, den er gehen wollte, um eine Antwort zu finden.

Während der Schmale die Wohnung Freders betrat, um die Diener nach ihrem Herrn zu fragen, ging der Sohn Joh Fredersens die Treppen hinab, die in den Unterbau des Neuen Turms Babel führten. Während die Diener dem Schmalen kopfschüttelnd sagten, daß ihr Herr noch nicht heimgekommen sei, ging der Sohn Joh Fredersens leuchtenden Pfeilen nach, die ihm die Richtung wiesen. Während der

Schmale mit einem Blick auf die Uhr sich zum Warten entschloß, zu vorläufigem Warten, schon beunruhigt, schon Möglichkeiten erwägend und wie ihnen zu begegnen sei –, trat der Sohn Joh Fredersens in den Raum, aus dem der Neue Turm Babel die Energien des eigenen Bedarfes schöpfte.

Er hatte lange gezögert, bevor er die Tür aufstieß. Denn hinter dieser Tür war unheimliches Leben lebendig. Es heulte. Es keuchte. Es pfiff. Es stöhnte der ganze Bau. Ein unablässiges Zittern durchrieselte Mauern und Boden. Und zwischen all dem war kein menschlicher Laut. Nur die Dinge brüllten und die wesenlose Luft. Wenn Menschen in diesem Raum jenseits der Tür lebten, dann hatten sie ohnmächtige und versiegelte Lippen. Aber um dieser Menschen willen war Freder gekommen.

Er stieß die Tür auf und beugte sich rückwärts, erstickt. Eine kochende Luft schlug ihm entgegen, tastete ihm nach den Augen, daß er nichts sah. Allmählich nur wurde er Herr seiner Blicke.

Der Raum war schwach erhellt, und die Decke, die aussah, als könnte sie das Gesamtgewicht des Erdballs tragen, schien in bewegter Luft ständig nach unten zu stürzen.

Ein leises Heulen machte das Atmen schwer erträglich. Es war, als tränke der Atem das Heulen mit.

Aus Mäulern von Röhren quoll die zur Tiefe gestampfte Luft, die schon verbraucht aus den Lungen der großen Metropolis kam. Durch den Raum geschleudert, wurde sie von den Mäulern jenseitiger Röhren gierig zurückgesaugt.

Mitten im Raum hockte die Paternoster-Maschine. Sie glich Ganescha, dem Gott mit dem Elefantenkopf. Sie glänzte von Öl. Sie hatte gleißende Glieder. Unter dem hockenden Körper, dem Kopf, der zur Brust geduckt war, stemmten gekrümmte Beine sich gnomhaft gegen die Plattform. Unbeweglich waren der Rumpf, die Beine. Aber die kurzen Arme stießen und stießen und stießen wechselseitig nach vorn, zurück, nach vorn. Ein feines, spitzes Licht funkelte auf dem Spiel der zarten Gelenke. Der Boden, der Stein war, fugenlos, zitterte unter den Stößen der kleinen Maschine, die kleiner war als ein fünfjähriges Kind.

Glut spie von den Mauern, in denen die Öfen kochten. Der Geruch des Öls, das vor Hitze pfiff, hing als dicker Schwaden schichtweise im Raum. Selbst die wilde Jagd der wandernden Luftmassen riß den stickigen Dunst des Öles nicht auf. Selbst das Wasser, das den Raum durchsprühte, kämpfte einen aussichtslosen Kampf gegen die Wut der hitzespeienden Mauern und verdampfte schon, öldunstgesättigt, bevor es die Haut der Menschen in dieser Hölle vor dem Geröstetwerden bewahren konnte.

Menschen glitten als schwimmende Schatten vorbei. Ihre Bewegungen, ihr unhörbares Sichvorüberschieben hatte das schwere Gespenstertum von Tiefseetauchern. Ihre Augen standen offen, als schlössen sie sich nie.

Neben der kleinen Maschine inmitten des Raumes stand ein Mann, der trug die Tracht der Arbeiter aller von Metropolis: vom Hals zu den Knöcheln das dunkelblaue Leinen, an den nackten Füßen die harten Schuhe, straff das Haar umschließend die schwarze Kappe. Der gejagte Strom der wandernden Luft spülte um seine Gestalt und machte die Falten der Leinwand flattern. Der Mann hielt die Hand am Hebel und hielt die Blicke auf eine Uhr geklebt, deren Zeiger wie Magnetnadeln bebten.

Freder tastete sich zu dem Mann hin. Er starrte ihn an. Er konnte sein Gesicht nicht sehen. Wie alt war der Mann? Tausend Jahre? Oder noch keine zwanzig? Er sprach vor sich hin mit plappernden Lippen. Was schwatzte der Mann? Und hatte der Mann auch das Gesicht von Joh Fredersens Sohn?

»Sieh mich an, du!« sagte Freder, sich vorbeugend.

Aber die Blicke des Mannes ließen nicht von der Uhr. Ständig fieberte seine Hand am Hebel. Seine Lippen schwatzten und schwatzten gehetzt.

Freder lauschte. Er fing die Worte auf. Fetzen von Worten, im Luftstrom zerrissen.

»Pater noster . . . das heißt: Vater unser! . . . Vater unser, der du bist im Himmel! Wir sind in der Hölle, Vater unser! . . . Geheiligt werde dein Name! . . .Wie ist dein Name? Heißest du Pater noster, Vater unser? Oder Joh Fredersen? Oder Maschine? . . . Sei uns geheiligt, Maschine, Pater noster! . . . Dein Reich komme . . . Dein Reich komme, Maschine . . . Dein Wille geschehe wie im Himmel also auch auf Erden . . . Was ist dein Wille mit uns, Maschine, Pater noster? Bist du auch im Himmel, wie du auf Erden bist? . . . Vater unser, der du bist im Himmel, werden wir, wenn du uns in den Himmel rufst, dort die Maschinen deiner Welt bewachen – die großen Räder, die deinen Kreaturen die Glieder zerbrechen – die großen Schwungräder, an denen sich deine schönen Sterne drehen – das große Karussell, das Erde heißt? . . . Dein Wille geschehe, Pater noster! . . . Unser täglich Brot gib uns heute . . . Mahle, Maschine, Mehl für unser Brot!

Aus dem Mehl unsrer Knochen wird uns das Brot gebacken . . . Und vergib uns unsre Schuld . . . Welche Schuld, Pater noster? Die Schuld, ein Hirn zu haben und ein Herz, das du nicht hast, Maschine . . .? Und führe uns nicht in Versuchung . . . Führe uns nicht in Versuchung, gegen dich aufzustehen, Maschine, denn du bist stärker als wir, du bist tausendmal stärker, und du bist immer im Recht, wir sind immer im Unrecht, weil wir schwächer sind als du bist, Maschine . . . Sondern erlöse uns von dem Übel, Maschine . . . Erlöse uns von dir, Maschine . . . Denn dein ist das Reich und die Kraft und die Herrlichkeit in Ewigkeit, Amen . . . Pater noster, das heißt: Vater unser . . . Vater unser, der du bist im Himmel . . .«

Freder rührte den Arm des Mannes an. Der Mann fuhr zusammen, verstummte.

Seine Hand löste sich von dem Hebel und prallte in die Luft wie ein Vogel, der einen Schuß bekommen hat. Der Mund des Mannes schien im Krampf zu klaffen. Eine Sekunde lang war in dem steifen Gesicht das Weiße der Augen schreckhaft sichtbar. Dann fiel der Mann zusammen wie ein Tuch, und Freders Arme fingen ihn auf.

Freder hielt ihn fest. Er sah sich um. Niemand achtete auf ihn und den andern. Schwaden von Dampf und Dunst waren um sie wie Nebel. Eine Tür war nahe. Freder trug den Mann, stieß die Tür auf. Sie führte zur Werkzeugkammer. Eine Kiste bot einen harten Sitz. Freder ließ den Mann darauf niedergleiten.

Stumpfe Augen hoben sich zu ihm auf. Das Gesicht, zu dem sie gehörten, war fast noch das eines Knaben.

»Wie heißt du?« fragte Freder.

»11 811.«

»Ich will wissen, wie deine Mutter dich nannte.«

»Georgi.«

»Georgi, kennst du mich?«

In die stumpfen Augen kam das Bewußtsein zurück und das Erkennen.

»Ja, ich kenne dich. Du bist der Sohn von Joh Fredersen . . . von Joh Fredersen, der unser aller Vater ist . . .«

»Ja. Darum bin ich dein Bruder, Georgi, hörst du? Ich habe dein Vaterunser gehört.«

Mit einem Schwung warf sich der Körper hoch.

»Die Maschine!« Er sprang auf die Füße. »Meine Maschine!«

»Laß sie, Georgi, und hör mir zu.«

»Es muß ein Mensch an der Maschine sein!«

»Es wird ein Mensch an der Maschine sein; aber nicht du.«

»Wer sonst?«

»Ich.«

Starrende Augen als Antwort.

»Ich«, wiederholte Freder. »Bist du imstande, mir zuzuhören, und wirst du dir merken können, was ich dir sage? Es ist sehr wichtig, Georgi!«

»Ja«, sagte Georgi gelähmt.

»Wir werden jetzt unsere Leben tauschen, Georgi. Du nimmst das meine, ich das deine. Ich nehme deinen Platz an der Maschine. In meinen Kleidern gehst du ruhig fort. Man hat mich nicht bemerkt, als ich hierher kam. Man wird dich nicht bemerken, wenn du fortgehst. Du mußt nur die Nerven bewahren und ruhig bleiben. Und halte dich dort, wo die Luft wie ein Nebel braut. Hast du die Straße erreicht, dann nimm dir ein Auto. Geld findest du mehr als genug in meinen Taschen. Wechsle den Wagen drei Straßen weiter. Und noch einmal nach wiederum drei Straßen. Dann fährst du zum neunundneunzigsten Block. An der Ecke lohnst du den Wagen ab und wartest, bis der Fahrer sich entfernt hat, daß er dich nicht mehr sieht. Dann suchst du im siebenten Hause den siebenten Stock. Dort wohnt ein Mann, der heißt Josaphat. Zu dem gehst du. Sag ihm, ich schickte dich. Wartet auf mich oder auf Botschaft von mir. Hast du mich gut verstanden, Georgi?«

»Ja.«

Aber das Ja war leer und schien auf etwas ganz anderes Antwort zu geben als auf Freders Frage.

Eine Weile später stand der Sohn Joh Fredersens, des Herrn über die große Metropolis, vor der kleinen Maschine, die Ganescha glich, dem Gott mit dem Elefantenkopf.

Er trug die Tracht der Arbeiter aller von Metropolis: vom Hals bis zu den Knöcheln das blaue Leinen, an den nackten Füßen die harten Schuhe, fest das Haar umschließend die schwarze Kappe. Er hielt die Hand am Hebel und den Blick auf die Uhr gerichtet, deren Zeiger wie Magnetnadeln bebten.

Der gejagte Strom der wandernden Luft umspülte ihn und machte die Falten der Leinwand flattern.

Dennoch fühlte er, wie langsam, würgend, von dem unablässig zitternden Boden her, von den Mauern, darin die Feuer pfiffen, von der Decke, die in einem ewigen Sturz begriffen schien, von den Stößen der kurzen Maschinenarme, ja von dem steten Sichstemmen des gleißenden Rumpfes her Angst an ihm hochquoll bis zur Gewißheit des Todes.

Er fühlte – und sah es zugleich –, wie aus ziehenden Schwaden der lange und weiße Elefantenrüssel des Gottes Ganescha von dem zur Brust geduckten Kopf sich löste und sanft, mit ruhigem, nicht irrendem Finger nach seiner, Freders Stirn tastete. Er spürte die Berührung dieses Saugers fast kühl und gar nicht schmerzhaft, doch entsetzlich. Genau im Zentrum über dem Nasenbein saugte der gespenstische Rüssel sich fest, war kaum ein Schmerz und bohrte doch als feiner, treffsicherer Bohrer nach dem Zentrum seines Gehirns . . .

Wie an das Uhrwerk einer Höllenmaschine angeschlossen, begann sein Herz zu pochen. Pater noster . . . Pater noster . . . Pater noster . . .

»Ich will das nicht«, sagte Freder und riß den Kopf zurück, um den verfluchten Kontakt zu zerreißen. »Ich will das nicht . . . ich will . . . ich will das nicht . . .«

Er fuhr, da er den Schweiß von seinen Schläfen tropfen fühlte wie Blutstropfen, nach allen Taschen der fremden Tracht, die er trug, und spürte in einer ein Tuch und zog es heraus. Die Stirn abtrocknend, fühlte er die scharfe Kante eines festen Papiers, das er zugleich mit dem Tuch gefaßt hielt.

Er steckte das Tuch ein und betrachtete das Papier.

Es war nicht größer als die Hand eines Mannes, zeigte nicht Druck noch Schrift, war über und über mit der Zeichnung eines sonderbaren Symbols und halb zerstört erscheinenden Planes bedeckt.

Freder versuchte, daraus klug zu werden, aber es glückte ihm nicht. Von allen Zeichen, die der Plan wies, war ihm keines bekannt. Wege schienen vermerkt, die Irrwegen glichen, aber alle zu einem Ziele führten: einer Stätte, die mit Kreuzen gefüllt war.

Ein Symbol des Lebens? Sinn im Unsinn?

Als Sohn Joh Fredersens war Freder gewöhnt, alles, was Plan hieß, rasch und rein zu erfassen. Er steckte den Plan ein, doch er blieb ihm im Blick.

An dem beschäftigten, nicht unterjochten Gehirn, das grübelte, zergliederte und suchte, glitt der Sauger des Elefantenrüssels Ganeschas, der Maschine, ab, wie gelähmt. Der gebändigte Kopf duckte sich wieder zur Brust. Gehorsam und eifrig arbeitete die kleine Maschine, die das Paternoster-Werk des Neuen Turms Babel trieb.

Ein kleines, glimmendes Licht spielte auf den zarten Gelenken, fast über dem Scheitel, und war wie ein schmales, tückisches Auge.

Die kleine Maschine hatte Zeit. Es würden noch viele Stunden vergehen, bis der Herr über die große Metropolis, bis Joh Fredersen das Futter, das seine Maschinen eben zerkauten, seinen starken Maschinen aus den Zähnen reißen würde.

Ganz weich, fast lächelnd, blickte das glänzende Auge, das tückische Auge der zierlichen Maschine auf den Sohn Joh Fredersens, der vor ihr stand . . .

Georgi aber hatte den Neuen Turm Babel durch mancherlei Türen unangefochten verlassen, und die Stadt empfing ihn, die große Metropolis, die im Lichttanz schwang und eine Tänzerin war.

Er stand auf der Straße und trank die trunkene Luft. Er spürte weiße Seide an seinem Körper. Er spürte Schuhe, die weich und zärtlich waren. Er atmete tief, und die Fülle des eigenen Atems erfüllte ihn mit höchst berauschendem Rausch.

Er sah eine Stadt, die er niemals gesehen hatte. Er sah sie als ein Mensch, der er niemals gewesen war. Er ging nicht im Strom der andern: Zwölf Glieder breit war der Strom . . . Er trug nicht Blaueinen, nicht harte Schuhe, nicht Kappe. Er ging nicht zur Arbeit: Arbeit war abgetan, ein anderer Mensch tat seine Arbeit für ihn.

Ein Mensch war gekommen und hatte zu ihm gesagt: Wir werden jetzt unsere Leben tauschen, Georgi, du nimmst das meine, ich das deine . . .

Hast du die Straße erreicht, nimm dir ein Auto.

Geld findest du mehr als genug in meinen Taschen . . .

Georgi sah auf die Stadt, die er nie gesehen hatte.

Oh – Rausch des Lichts! Ekstase der Helligkeit! Oh, tausendgliedrige, große Stadt Metropolis, aus Quadern von Licht gebaut! Türme des Strahlens! Steile Gebirge aus Glanz! Aus dem samtenen Himmel über dir stürzt sich goldner Regen unerschöpflich, wie in den offenen Schoß der Danae.

Oh – Metropolis! Metropolis!

Ein Berauschter, tat er die ersten Schritte, sah ein Flammen, das zum Himmel zischte. Eine Rakete schrieb an den samtenen Himmel aus Lichttropfen das Wort: Yoshiwara . . .

Georgi lief über die Straße, erreichte die Treppe, nahm drei Stufen auf einmal, erreichte den Fahrdamm. Weichgeschmeidig, ein schwarzes, dienstwilliges Tier, kam ein Wagen heran, hielt vor seinen Füßen.

Georgi sprang in den Wagen, fiel in die Kissen, und lautlos bebte der Motor des starken Wagens. Eine Erinnerung machte den Körper des Mannes zum Krampf: War nicht irgendwo in der Welt – und gar nicht sehr weit — unter der Sohle des Babelturms ein Raum, den unablässiges Zittern durchrieselte? Stand nicht mitten in diesem Raum eine kleine, zierliche Maschine, glänzend von Öl, mit starken, gleißenden Gliedern? Unter dem hockenden Körper, dem Kopf, der zur Brust geduckt war, stemmten gekrümmte Beine sich gnomenhaft gegen die Plattform. Unbeweglich waren der Rumpf, die Beine. Aber die kurzen Arme stießen und stießen und stießen wechselseitig nach vorn, zurück, nach vorn. Der Boden, der Stein war, fugenlos, zitterte unter den Stößen der kleinen Maschine, die kleiner war als ein fünfjähriges Kind.

Die Stimme des Fahrers fragte: »Wohin, mein Herr?«

Georgi deutete mit der Hand geradeaus. Irgendwohin.

Ihm hatte ein Mensch gesagt: »Wechsle den Wagen nach der dritten Straße . . .«

Aber der Rhythmus des Fahrens umfing ihn zu süß. Dritte Straße . . . sechste . . . zwölfte Straße . . . bis zum neunundneunzigsten Block war es noch sehr weit. Wohligkeit des Gewiegtseins erfüllte ihn, Rausch des Lichts, Lustschauer der Bewegung.

Je weiter er sich mit dem lautlosen Gleiten der Räder vom Neuen Turm Babel entfernte, desto weiter schien er sich auch vom Bewußtsein des eigenen Ichs zu entfernen.

Wer war er? Hatte er nicht eben noch in schmieriger und geflickter Blauleinentracht in einer siedenden Hölle gestanden, mit von ewiger Wachsamkeit zermalmtem Gehirn, mit Knochen, denen der ewig gleiche Takt von ewig gleichen Griffen das Mark aussaugte, mit von unerträglicher Glut geröstetem Gesicht, in dessen Haut der salzige Schweiß seine fressenden Furchen riß?

Wohnte er nicht in einer Stadt, die tiefer unter der Erde lag als die Untergrundbahnhöfe von Metropolis mit ihren tausend Schächten – in einer Stadt, deren Häuser sich ebenso hochgestockt um Plätze und Straßen reihten wie droben im Licht die übereinander getürmten Häuser von Metropolis?

Hatte er je etwas anderes gekannt als die grauenhafte Nüchternheit dieser Häuser, in denen nicht Menschen wohnten, sondern Nummern, kenntlich an riesigen Tafeln neben den Haustüren?

Hatte sein Leben je einen anderen Sinn gehabt, als aus diesen von Nummerntafeln umrahmten Haustüren zur Arbeit zu gehen, wenn die Sirenen von Metropolis nach ihm heulten – und zehn Stunden später, zermalmt und müde auf den Tod in das Haus zu taumeln, an dessen Tür seine Nummer stand?

War er selbst etwas anderes als eine Nummer – Nummer 11 811 –, eingedruckt in seine Wäsche, seine Kleider, seine Schuhe, seine Kappe? Hatte sich ihm die Nummer nicht auch in die Seele gedruckt, ins Gehirn und ins Blut, daß er sich sogar auf seinen eigenen Namen besinnen mußte?

Und jetzt?

Sein Körper, erfrischt von reinem, kühlem Wasser, das ihm den Arbeitsschweiß heruntergespült hatte, fühlte mit einer unerhörten Süßigkeit das nachgebende Schlaffwerden aller seiner Muskeln. Mit einem Schauder, der alle seine Gelenke schwach machte, empfand er die liebkosende Berührung der weißen Seide auf der bloßen Haut seines Körpers, und während er sich völlig widerstandslos dem sanften und gleichmäßigen Rhythmus des Fahrens hingab, übermannte ihn das Bewußtsein erstmaliger und völliger Erlöstheit von allem, was marternder Druck auf seinem Leben war, mit einer so überwältigenden Kraft, daß er unter hemmungslos stürzenden Tränen in das Gelächter eines Narren ausbrach.

Heftig, doch in herrlicher Heftigkeit, drängte sich ihm die große Stadt entgegen, die wie ein Meer war, das um Gebirge brauste.

Der Arbeiter Nr. 11 811, der Mann, der in einem gefängnisähnlichen Hause unter der Tiefbahn von Metropolis wohnte, der keinen anderen Weg kannte als von dem Schlafloch, in dem er hauste, zur Maschine und von der Maschine zurück in sein Schlafloch, der sah zum ersten Male in seinem Leben das Weltwunder von Metropolis: die in Millionen und Abermillionen von Lichtern erstrahlende nächtliche Stadt.

Er sah den Ozean von Licht, der die unendlichen Straßenzüge mit einem silbernen und blitzenden Gleißen erfüllte. Er sah das irrlichternde Gefunkel der Lichtreklamen, die sich in einer Ekstase der Helligkeit, stets unerschöpflich, verschwendeten. Er sah Türme aufragen, die aus Quadern von Licht gebaut erschienen, und er fühlte sich ergriffen, bis zur Schwäche überwältigt von diesem Lichterrausch, fühlte, wie dieser funkelnde Ozean mit hunderttausend spritzenden Wellen nach ihm griff, ihm den Atem vom Munde nahm, ihn durchdrang, erstickte . . .

Und er verstand, daß diese Stadt der Maschinen, diese Stadt der Nüchternheit, diese Fanatikerin der Arbeit in der Nacht das mächtige Gegengewicht für die Besessenheit der Tagesarbeit suchte – daß diese Stadt in ihren Nächten wie eine Rasende, wie eine völlig Sinnberaubte sich an die Trunkenheit eines Genießens verlor, das zu allen Gipfeln hinaufreißend, in alle Tiefe hinunterschleudernd, maßlos beseligend und maßlos vernichtend war.

Georgi zitterte vom Kopf bis zu den Füßen. Und doch war es eigentlich kein Zittern, das seinen widerstandslosen Körper gepackt hielt. Es war, als seien alle Glieder angeschlossen an den lautlosen Gleichlauf des Motors, der sie vorwärtstrug. Nein, nicht an den einzelnen Motor, der das Herz des Wagens war, in dem er saß – an alle diese Hunderte und Tausende von Motoren, die einen endlos gleitenden Doppelstrom glänzender und erleuchteter Wagen durch die Straße der nächtlich fiebernden Stadt jagten. Und zugleich wurde sein Körper durchzuckt von dem Feuerwerk funkensprühender Räder, zehnfarbiger Schriften, schneeweißer Fontänen überlasteter Lampen, hochzischender Raketen, eiskalt lodernder Flammentürme.

Da war ein Wort, das immer wiederkam. Aus unsichtbaren Quellen schoß eine Lichtgarbe hoch, sprühte auf ihrem höchsten Punkt auseinander und ließ in allen sieben Farben des Regenbogens Buchstaben niedertropfen aus dem sammetschwarzen Himmel von Metropolis.

Die Buchstaben formten sich zu dem Wort: Yoshiwara . . .

Was hieß das: Yoshiwara?

Im Gitterwerk einer Hochbahnüberführung hing ein gelbhäutiger Kerl, den Kopf nach unten, sich in den Kniekehlen wiegend, und ließ ein Schneegestöber weißer Blätter auf die Doppelreihe der Autos niederschneien.

Die Blätter gaukelten und fielen. Der Blick Georgis erhaschte das eine. In großer, verzerrter Schrift stand darauf: Yoshiwara.

An einer Straßenkreuzung stoppte der Wagen ab. Gelbhäutige Kerle in bunten, gestickten Seidenjacken wanden sich, geschmeidig wie Aale, durch die zwölffachen Reihen der wartenden Autos. Einer von ihnen schwang sich auf das Trittbrett des schwarzen Wagens, in dem Georgi saß. Eine Sekunde lang starrte die gelbgrinsende Fratze in das junge, weiße, ratlose Gesicht.

Ein Stapel von Blättern wurde durch das Fenster geschleudert, fiel auf die Knie Georgis und vor seine Füße. Mechanisch bückte er sich und hob auf, wonach seine Finger griffen.

Auf diesen Zetteln, denen ein durchdringender, bittersüßer und erschlaffender Duft entströmte, stand in großen, wie verhext wirkenden Buchstaben das Wort: Yoshiwara . . .

Die Kehle Georgis war trocken wie Sand. Er netzte die spröden Lippen mit der Zunge, die ihm schwer und wie verdorrt im Munde lag.

Eine Stimme hatte zu ihm gesagt: »Geld findest du mehr als genug in meinen Taschen.«

Geld genug – wozu? Um diese Stadt – um diese große Himmel-Höllen-Stadt zu sich herzureißen, sie mit beiden Armen, beiden Schenkeln zu umschließen, an der Unmacht, ihrer Herr zu werden, zu verzweifeln, sich ihr hinzuwerfen – nimm mich! Die volle Schale an den Lippen zu spüren – schlürfen, schlürfen ohne Atemholen, in den Rand der Schale festgebissen – ewige, ewige Unersättlichkeit mit dem ewigen Überfließen, Überströmen der Schale des Rausches zu messen . . .

Oh, Metropolis! Metropolis!

Geld mehr als genug . . .

Ein sonderbarer Laut kam aus der Kehle Georgis, und es war darin etwas vom Röcheln eines Menschen, der weiß, daß er träumt und aufwachen möchte – und auch etwas vom Kehllaut der Raubtiere, wenn sie Blut wittern. Seine Hand warf die Zettel fort und raffte sie wieder auf. Sie knüllte sie zusammen zwischen glühenden und krampf-haften Fingern.

Er wandte den Kopf hin und her, als suche er einen Ausweg, den zu finden er doch befürchtete.

Dicht neben seinen Wagen glitt ein anderer lautlos heran, ein großer und schwarzglänzender Schatten, ein auf vier Räder gestellter, blumengeschmückter, von matten Lampen erhellter Ruheplatz einer Frau. Georgi sah die Frau sehr deutlich. Und die Frau sah ihn an. In den Kissen des Wagens mehr kauernd als sitzend, hatte sie sich ganz in den strahlenden Mantel gewickelt, aus dem sich eine nackte Schulter mit der matten Weiße einer Schwanenfeder hob.

Sie war auf eine verwirrende Art geschminkt, so, als wollte sie nicht Mensch, nicht Weib sein, sondern ein fremdartiges, vielleicht zum Spiel, vielleicht zum Morden aufgelegtes Tier.

Den Blick des Mannes ruhevoll festhaltend, ließ sie ihre rechte Hand, die von Steinen funkelte, und den schmalen Arm, der ganz nackt und mattweiß wie die Schulter war, sacht aus der Hülle des Mantels schlüpfen und begann, sich auf lässige Art mit einem der Blätter zu fächeln, auf denen das Wort Yoshiwara stand.

»Nein!« sagte der Mann. Er keuchte und wischte sich den Schweiß von der Stirn. Kühle entquoll dem feinen, fremden Stoff, mit dem er sich den Schweiß von der Stirn abtrocknete.

Augen starrten ihn an. Verschwimmende Augen. Eines geschmink-ten Mundes allwissendes Lächeln.

Mit einem keuchenden Laut wollte Georgi die Tür aufstoßen, um auf die Straße zu springen. Doch die Bewegung des Wagens warf ihn in die Kissen zurück. Er ballte die Fäuste und drückte sie vor beide Augen. Ganz nebelhaft, ganz umrißlos schoß ihm ein Bild durch den Kopf: eine kleine, starke Maschine, nicht größer als ein fünfjähriges Kind. Ihre kurzen Arme stießen und stießen und stießen wechselseitig nach vorn, zurück, nach vorn . . . Grinsend hob sich der zur Brust geduckte Kopf . . .

»Nein!« schrie der Mann, schlug in die Hände und lachte. Er war frei geworden von der Maschine. Er hatte sein Leben getauscht.

Getauscht – mit wem?

Mit einem, der zu ihm gesprochen hatte: »Geld findest du mehr als genug in meinen Taschen . . .«

Der Mann im Wagen beugte den Kopf in den Nacken und stierte die Decke an, die über ihm hing.

An der Decke flammte das Wort: Yoshiwara . . .

Das Wort Yoshiwara wurde zu Lichtraketen, die ihn umsprühten, die seine Glieder bannten. Er saß unbeweglich, mit kaltem Schweiß bedeckt. Er krallte die Fingerspitzen in das Leder der Kissen. Sein Rücken war steif, als wäre die Wirbelsäule aus kaltem Eisen gemacht. Seine Kinnladen schnatterten.

»Nein!« sagte Georgi, die Fäuste niederreißend. Aber vor seinen ins Leere starrenden Augen flammte das Wort: Yoshiwara . . .

Musik war in der Luft, von ungeheuerlichen Lautsprechern in die nächtlichen Straßen geschleudert. Frech war die Musik, von heißestem Rhythmus, von schreiender und peitschender Fröhlichkeit.

»Nein!« keuchte der Mann. Blut quoll in großen Tropfen aus seinen zerbissenen Lippen.

Eine Rakete stieg auf und schrieb an den Himmel über Metropolis: Yoshiwara . . .

Georgi stieß das Fenster auf. Die herrliche Stadt Metropolis, die im Lichtrausch tanzte, warf sich ihm stürmisch entgegen, als sei er, er allein der Einziggeliebte, Einzigerwartete. Er beugte sich aus dem Fenster und schrie: »Yoshiwara!«

Er fiel in die Kissen zurück. Der Wagen bog in weicher Kurve in neue Richtung ein.

Eine Rakete stieg auf und schrieb an den Himmel über Metropolis: Yoshiwara . . .

## 4

Es gab ein Haus in der großen Metropolis, das war älter als die Stadt. Viele sagten, daß es älter sei als selbst der Dom, und bevor der Erzengel Michael noch seine Stimme als Rufer im Streite für Gott erhob, stand das Haus in seiner bösen Düsterkeit und trotzte den Dom aus trüben Augen an.

Es hatte die Zeit des Rauchs und des Rußes durchlebt. Jedwedes Jahr, das über die Stadt hinging, schien sich im Sterben in dieses Haus zu verkriechen, so daß es zuletzt ein Friedhof der Jahre war, ein Sarg, gefüllt mit toten Jahrzehnten.

Ins schwarze Holz der Tür eingedrückt stand kupferrot, geheimnisvoll, das Siegel Salomonis, das Pentagramm.

Es hieß, ein Magier, der aus dem Morgenlande gekommen war (in den Spuren seiner roten Schuhe wanderte die Pest), habe das Haus in sieben Nächten gebaut. Aber die Maurer und Zimmerleute der Stadt wußten nicht, wer die Steine gemörtelt oder das Dach errichtet hatte. Kein Meisterspruch und kein gebänderter Strauß hatten nach frommem Brauch das Richtfest geheiligt. Die Chronik der Stadt berichtete nichts davon, wann der Magier gestorben war und wie. Eines Tages fiel es den Bürgern befremdlich auf, daß die roten Schuhe des Magiers so lange schon das abscheuliche Pflaster der Stadt gemieden hatten. Man drang in das Haus ein und fand keine lebende Seele darin. Doch schienen die Räume, die weder bei Tag noch bei Nacht von den großen Lichtern des Himmels ein Strahlen empfingen, in Schlaf versenkt auf ihren Meister zu warten. Pergamente und Folianten lagen aufgeschlagen, mit Staub bedeckt wie mit silbergrauem Samt.

In alle Türen eingedrückt stand kupferrot, geheimnisvoll, das Siegel Salomonis, das Pentagramm.

Dann kam eine Zeit, die Altes niederriß. Da wurde der Spruch gefällt: Das Haus muß sterben! Aber das Haus war stärker als der Spruch, wie es stärker war als die Jahrhunderte. Es erschlug die Menschen, die Hand an seine Mauern legten, mit jählings niederbrechenden Steinen. Es öffnete den Boden unter ihren Füßen und riß sie in einen Schacht hinunter, von dem kein Mensch zuvor ein Wissen gehabt hatte. Es war, als hocke die Pest, die einst den roten Schuhen des Magiers nachgewandert war, noch in den Winkeln des schmalen Hauses und spränge den Menschen von rückwärts ins Genick. Sie starben, und kein Arzt erkannte die Krankheit. Es wehrte sich das Haus so hart und mit so großer Gewalt gegen seine Zerstörung, daß der Ruf seiner Bosheit über die Grenzen der Stadt weit ins Land hinaus ging und sich zuletzt kein redlicher Mann mehr fand, der es gewagt hätte, den Kampf mit ihm aufzunehmen. Ja, selbst die Diebe und Schelme, denen man Erlaß der Strafe versprach, falls sie sich bereit erklärten, das Haus des Magiers niederzureißen, wollten lieber an den Pranger oder selbst auf die Richtstätte hinaus, als in die Gewalt dieser hämischen Mauern, dieser klinkenlosen Türen, die mit dem Siegel Salomonis versiegelt waren.

Die kleine Stadt um den Dom wurde zur großen Stadt und wuchs zur Metropolis und zum Zentrum der Welt.

Da kam eines Tages ein Mann von fernher in die Stadt, der sah das Haus und sagte: »Das will ich haben.«

Man weihte ihn in die Geschichte des Hauses ein. Er lächelte nicht. Er bestand auf seinem Vorsatz. Er kaufte das Haus um sehr geringen Preis, bezog es sogleich und ließ es unverändert.

Der Mann hieß Rotwang. Wenige kannten ihn. Nur Joh Fredersen kannte den Mann sehr gut. Er hätte sich leichter entschlossen, den Kampf um den Dom mit der Sekte der Gotiker auszufechten, als mit Rotwang den Kampf um das Haus des Magiers.

Es gab in Metropolis, in dieser Stadt sinnvoller und geregelter Eile, sehr viele Menschen, die lieber einen weiten Umweg machten, als daß sie am Hause Rotwangs vorübergingen. Es reichte den Häuserriesen, die neben ihm lagen, bis kaum zu den Knien. Es stand schiefab von der Straße. Es war für die reine Stadt, die nicht Rauch noch Ruß mehr kannte, ein Fleck und ein Ärgernis. Aber es blieb bestehen. Wenn Rotwang, was selten geschah, das Haus verließ und über die Straße ging, so gab es viele, die heimlicherweise nach seinen Füßen sahen, ob er vielleicht in roten Schuhen schritt.

Vor der Tür dieses Hauses, an der das Siegel Salomonis glühte, stand Joh Fredersen, Herr über Metropolis.

Er hatte den Wagen fortgeschickt und klopfte.

Er wartete und klopfte wieder.

Eine Stimme fragte, als spräche das Haus im Schlaf: »Wer ist da?«

»Joh Fredersen«, sagte der Mann.

Die Tür ging auf.

Er trat ein. Die Tür ging zu. Er stand im Dunkeln. Aber Joh Fredersen kannte das Haus genau. Er ging geradeaus, und wie er ging, leuchteten vor ihm auf den Fliesen des Ganges zwei Schimmerspuren schreitender Füße auf, und der Rand einer Treppenstufe begann zu glühen. Wie ein fährtenweisender Hund lief das Glühen vor ihm her die Treppe hinauf, um hinter ihm zu erlöschen.

Er erreichte das Ende der Treppe und sah sich um. Er wußte, hier mündeten viele Türen. Aber an der, die ihm gegenüberlag, glühte das kupferne Siegel wie ein verzerrtes Auge, das ihn ansah.

Er trat darauf zu. Die Tür ging vor ihm auf.

So viele Türen das Haus von Rotwang auch besaß, war dies doch die einzige, die sich für Joh Fredersen öffnete, obwohl – und vielleicht sogar, weil der Besitzer dieses Hauses sehr genau wußte, daß es für Joh Fredersen jedesmal eine nicht geringe Überwindung bedeutete, diese Schwelle zu überschreiten.

Mit einem scharfen Laut schnappte hinter ihm die Tür ins Schloß.

Er sog die Luft des Raumes zögernd und doch tief in sich ein, als suche er in ihr den Hauch eines anderen Atems.

Seine gleichgültige Hand warf den Hut auf einen Stuhl. Langsam, in einer plötzlichen und traurigen Müdigkeit, wanderten seine Augen durch das Zimmer.

Es war fast leer. Ein großer, von der Zeit geschwärzter Stuhl, wie sie in alten Kirchen zu finden sind, stand vor einem geschlossenen Vorhang. Dieser Vorhang verbarg eine Nische, so breit wie die Wand.

Joh Fredersen blieb eine Zeit nahe der Tür stehen, ohne sich zu rühren. Er hatte die Augen geschlossen. Mit einer Qual ohnegleichen, mit einer Ohnmacht ohnegleichen atmete er den Duft von Hyazinthen ein, der die unbewegliche Luft dieses Raumes zu erfüllen schien.

Und ohne die Augen zu öffnen, ein wenig schwankend, aber doch zielsicher, ging er auf den schweren, schwarzen Vorhang zu und zog ihn auseinander.

Dann tat er die Augen auf und stand ganz still.

Auf mauerbreitem Sockel ruhte der steinerne Kopf einer Frau.

Es war nicht das Werk eines Künstlers, es war das Werk eines Mannes, der in Qualen, für die der menschlichen Sprache die Worte fehlen, mit dem weißen Stein unmeßbare Tage und Nächte hindurch gerungen hatte, bis es schien, als habe der weiße Stein nun endlich begriffen und bilde die Form des Frauenkopfes von selbst. Es war, als sei hier kein Werkzeug am Werk gewesen – nein, als hätte ein Mensch, unaufhörlich mit aller Kraft, mit aller Sehnsucht, mit aller Verzweiflung seines Hirnes, Blutes und Herzens vor diesem Stein liegend, die Frau bei Namen gerufen, bis der ungeformte Stein sich seiner erbarmte und aus sich selbst heraus das Bild der Frau entstehen ließ, die für zwei Menschen den ganzen Himmel und die ganze Hölle bedeutet hatte.

Die Augen Joh Fredersens senkten sich auf die Worte, die roh, wie unter Flüchen gemeißelt, in dem Sockel eingegraben standen.

Hel.
Geboren
mir zum Glück, allen Menschen zum Segen.
Verloren
an Joh Fredersen.
Gestorben,
als sie seinem Sohne Freder das Leben schenkte.

Ja, damals starb sie. Aber Joh Fredersen wußte nur zu gut, daß sie nicht an der Geburt ihres Kindes gestorben war. Sie starb daran, weil sie getan hatte, was sie tun mußte. Sie starb in Wahrheit schon an dem Tag, an dem sie von Rotwang zu Joh Fredersen ging und sich wunderte, daß ihre Füße auf diesem Weg keine blutigen Spuren hinterließen. Sie starb, weil sie der großen Liebe Joh Fredersens nicht hatte widerstehen können und weil sie von ihm gezwungen worden war, einem anderen das Leben mitten auseinanderzureißen.

Nie war auf dem Gesicht eines Menschen der Ausdruck endlicher Erlöstheit stärker gewesen als auf dem Gesicht der Hel, als sie wußte, daß sie sterben würde.

Aber in der gleichen Stunde hatte der mächtigste Mann von Metropolis am Boden gelegen und geschrien wie ein wildes Tier, dem bei lebendigem Leibe die Glieder zerbrochen werden.

Und als er, viele Wochen später, Rotwang begegnete, fand er das verwilderte und dichte Haar über der wundervollen Stirn des Erfinders schlohweiß und in den Augen unter dieser Stirn das Schwelen eines Hasses, der sehr nahe verwandt mit dem Wahnsinn war.

In dieser großen Liebe, in diesem großen Haß war die arme, tote Hel für beide Männer lebendig geblieben.

»Du mußt ein Weilchen warten«, sagte die Stimme, die klang, als spräche das Haus aus dem Schlaf.

»Höre, Rotwang«, sagte Joh Fredersen, »du weißt, daß ich Geduld mit deinen Taschenspielereien habe und daß ich zu dir komme, wenn ich etwas von dir will, und daß du der einzige Mensch bist, der dies von sich sagen kann. Aber du wirst mich nie dazu bringen, mitzuspielen, wenn du den Narren spielst. Auch weißt du, daß ich nicht Zeit zu verschwenden habe. Mach uns beide nicht lächerlich, sondern komm!«

»Ich habe dir gesagt, daß du warten sollst«, erklärte die Stimme und schien sich zu entfernen.

»Ich werde nicht warten, sondern gehen.«

»Tu das, Joh Fredersen!«

Er wollte es tun. Aber die Tür, durch die er eingetreten war, hatte nicht Schlüssel, nicht Klinke. Das kupferrot glühende Siegel Salomonis blinzelte ihn an.

Eine leise, ferne Stimme lachte.

Joh Fredersen war stehengeblieben, den Rücken zum Zimmer gewandt. Über diesen Rücken ging ein Rieseln und lief an den hängenden Armen entlang zu den geballten Fäusten nieder.

»Man müßte dir den Schädel einschlagen«, sagte Joh Fredersen sehr leise. »Man müßte dir den Schädel einschlagen, wenn er nicht ein so kostbares Gehirn enthielte.«

»Du kannst mir nicht mehr antun, als du mir schon angetan hast«, sagte die ferne Stimme.

Joh Fredersen schwieg.

»Oder was glaubst du«, fuhr die ferne Stimme fort, »daß schmerzhafter ist: den Schädel einschlagen – oder das Herz aus dem Leibe reißen?«

Joh Fredersen schwieg.

»Ist dir der Witz erfroren, daß du nicht antwortest, Joh Fredersen?«

»Ein Hirn wie das deine müßte vergessen können«, sagte der Mann an der Tür, auf das Siegel Salomonis starrend.

Die leise, ferne Stimme lachte.

»Vergessen? Ich habe zweimal im Leben etwas vergessen. Einmal, daß Ätro-Öl und Quecksilber eine Idiosynkrasie gegeneinander haben; das kostete mich den Arm. Zweitens, daß Hel ein Weib war und du ein Mann; das kostete mich das Herz. Das dritte Mal, fürchte ich, würde es den Kopf kosten. Ich werde nie mehr etwas vergessen, Joh Fredersen!«

Joh Fredersen schwieg.

Auch die ferne Stimme schwieg.

Joh Fredersen wandte sich um und trat an den Tisch. Er stapelte Bücher und Pergamente übereinander, setzte sich und nahm ein Papier aus der Tasche. Er legte es vor sich hin und betrachtete es.

Es war nicht größer als die Hand eines Mannes, zeigte nicht Druck noch Schrift, war über und über mit der Zeichnung eines sonderbaren

Symbols und halb zerstört erscheinenden Planes bedeckt. Wege schienen vermerkt, die Irrwegen glichen, aber alle zu einem Ziele führten: einer Stätte, die mit Kreuzen gefüllt war.

Plötzlich fühlte er, wie sich ihm vom Rücken eine sanfte, aber bestimmte Kälte näherte. Unwillkürlich hielt er den Atem an.

An seinem Kopf vorüber griff eine Hand, eine zierliche Knochenhand. Durchsichtige Haut umspannte die schmalen Gelenke, die unter ihr wie mattes Silber schimmerten. Finger, schneeweiß und fleischlos, schlossen sich um den Plan, der auf dem Tisch lag, hoben ihn auf und nahmen ihn mit sich fort.

Joh Fredersen fuhr herum. Er stierte das Wesen, das vor ihm stand, mit Augen an, die sich verglasten.

Das Wesen war ein Weib, unzweifelhaft. In dem zarten Gewande, das es trug, stand ein Leib wie der Leib einer jungen Birke, auf geschlossenen Füßen wankend. Aber obwohl es ein Weib war, war es kein Mensch. Wie aus Kristall gemacht erschien der Körper, den die Gebeine silbern durchleuchteten. Kälte strömte aus von der gläsernen Haut, die nicht einen Tropfen Blut verwahrte. Die schönen Hände hielt das Wesen mit einer Gebärde der Entschlossenheit, beinahe des Trotzes, gegen die Brust gedrückt, die sich nicht regte.

Aber das Wesen hatte kein Gesicht. Die edle Biegung des Halses trug einen Klumpen lässig geformter Masse. Der Schädel war kahl, Nase, Lippen, Schläfen nur angedeutet. Augen, wie auf geschlossene Lider gemalt, starrten blicklos mit dem Ausdruck eines stillen Wahnsinns auf den nicht atmenden Mann.

»Sei höflich, meine schöne Parodie«, sagte die ferne Stimme, die klang, als spräche das Haus aus dem Schlaf. »Grüße Joh Fredersen, den Herrn über die große Metropolis!«

Das Wesen verneigte sich langsam vor dem Mann. Die wahnsinnigen Augen näherten sich ihm wie zwei Stichflammen. Der Klumpenkopf begann zu sprechen; er sagte mit einer Stimme voll entsetzlicher Zärtlichkeit:

»Guten Abend, Joh Fredersen . . .«

Und diese Worte waren schwerer an Lockung als ein halb geöffneter Mund.

»Gut, meine Perle! Gut, mein Krongeschmeide!« sagte die ferne Stimme voller Lob und Stolz.

Aber im selben Augenblick verlor das Wesen das Gleichgewicht. Es stürzte, vornüberfallend, gegen Joh Fredersen. Der streckte die Hände aus, es aufzufangen, und fühlte sie im Augenblick der Berührung verbrannt von einer unerträglichen Kälte, deren Brutalität in ihm ein Gefühl des Zornes und des Ekels auslöste.

Er stieß das Wesen von sich weg und Rotwang zu, der wie aus der Luft gefallen neben ihm stand. Rotwang faßte das Wesen bei den Armen.

Er schüttelte den Kopf. »Zu heftig!« sagte er. »Zu heftig! Meine schöne Parodie, ich fürchte, dein Temperament wird dir noch manchen Streich spielen.«

»Was ist das?« fragte Joh Fredersen und stemmte die Hände gegen die Tischplatte, die er hinter sich fühlte.

Rotwang wandte ihm das Gesicht zu, in dem die herrlichen Augen glühten, wie Wachfeuer glühen, wenn sie der Wind mit kalten Peitschen peitscht.

»Wer das ist?« entgegnete er. »Futura, Parodie . . . wie du sie nennen willst. Auch: Täuschung . . . Summa: Es ist ein Weib. Jeder Mann-Schöpfer schafft sich zuerst ein Weib. Ich glaube nicht an den Schwindel, daß der erste Mensch ein Mann war. Falls ein männlicher Gott die Welt erschaffen hat (was zu hoffen steht, Joh Fredersen), dann schuf er ganz gewiß zuerst, zärtlich und schwelgend in schöpferischer Spielerei, das Weib. Du kannst es prüfen, Joh Fredersen: Es ist makellos. Ein wenig kühl, das gebe ich zu. Das liegt an der Materie, die mein Geheimnis ist. Aber sie ist ja noch nicht vollkommen fertig. Sie ist noch nicht entlassen aus der Werkstatt ihres Schöpfers. Ich kann mich nicht dazu entschließen – verstehst du das? Vollendung ist gleich Loslösung. Ich will mich von ihr nicht loslösen. Darum habe ich ihr auch noch kein Gesicht gegeben. Das solltest du ihr geben, Joh Fredersen. Denn du warst ja der Besteller des neuen Menschen.«

»Ich habe Maschinenmenschen bei dir bestellt, Rotwang, die ich an meinen Maschinen brauchen kann. Kein Weib, das ein Spielzeug ist.«

»Kein Spielzeug, Joh Fredersen, nein . . . Du und ich, wir beide spielen nicht mehr. Um nichts mehr. Einmal haben wir's getan. Einmal und nicht wieder. Kein Spielzeug, Joh Fredersen. Aber ein Werkzeug. Weißt du, was das heißt: ein Weib als Werkzeug haben? Und ein Weib wie dieses, makellos und kühl? Und gehorsam, von bedingungslosem Gehorsam . . . Warum kämpfst du mit den Gotikern und dem Mönch Desertus um den Dom? Schicke ihnen das Weib, Joh Fredersen! Schicke ihnen das Weib, wenn sie auf den Knien liegen und sich geißeln. Laß dies makellose, kühle Weib auf seinen silbernen Füßen durch ihre Reihen gehen, Duft aus den Gärten des Lebens in seinen Gewandfalten (wer auf der Welt weiß, wie die Blüten des Baums dufteten, an dem der Apfel der Erkenntnis reifte? Das Weib ist beides: Duft der Blüte und der Frucht) . . .

Soll ich dir die neueste Schöpfung Rotwangs, des Genies, erklären, Joh Fredersen? Es wird ein Sakrileg sein. Aber das bin ich dir schuldig. Denn du hast den Schöpfergedanken in mir entzündet, Maschinenmensch du . . . Soll ich dir zeigen, wie gehorsam mein Geschöpf ist? Gib mir, was du in der Hand hältst, Parodie!«

»Warte noch«, sagte Joh Fredersen etwas heiser. Aber der unfehlbare Gehorsam des Wesens, das vor den beiden Männern stand, duldete kein Zögern im Gehorchen. Es öffnete sein Hände, in denen die zarten Gebeine silbern schimmerten, und reichte seinem Schöpfer das Blatt Papier, das es vor den Augen Joh Fredersens vom Tisch genommen hatte.

»Das ist Betrug, Rotwang«, sagte Joh Fredersen.

Der große Erfinder sah ihn an. Er lachte. Das lautlose Gelächter zog ihm den Mund bis zu den Ohren.

»Kein Betrug, Joh Fredersen, Tat eines Genies! Soll Futura vor dir tanzen? Soll meine schöne Parodie die Zärtliche spielen? Oder die Schmollende? Kleopatra oder Damayanti? Soll sie die Gebärde der gotischen Madonnen haben? Oder die Liebesgebärden asiatischer Tänzerinnen? Was für Haar soll ich deinem Werkzeug auf den Schädel pflanzen? Soll es keusch sein oder frech? Verzeih mir die vielen Worte, du Mann der wenigen! Ich bin berauscht, begreifst du? Berauscht vom Schöpfer-Sein. Ich betrinke mich, ich besaufe mich an deinem erstaunten Gesicht! Ich habe deine Erwartungen übertroffen, Joh Fredersen, nicht wahr? Und du weißt noch nicht alles: Auch singen kann meine schöne Parodie! Sie kann auch lesen. Der Mechanismus ihres Gehirns ist unfehlbarer als das deine, Joh Fredersen!«

»Wenn dem so ist«, sagte der Herr über die große Metropolis mit einer gewissen Trockenheit in seiner Stimme, die heiser geworden war, »dann befiehl ihr, den Plan zu enträtseln, den du in der Hand hältst, Rotwang . . .«

Rotwang stieß ein Gelächter aus, das dem Gelächter eines Trunkenen glich. Er warf einen Blick auf das Papier, das seine Finger ausgebreitet hielten, und wollte es dem Wesen, das neben ihm stand, im voraus triumphierend, hinreichen.

Aber er stockte mitten in der Bewegung. Offenen Mundes starrte er auf das Papier, das er näher und näher vor seine Augen hob.

Joh Fredersen, der ihn beobachtete, beugte sich vor. Er wollte etwas sagen, eine Frage stellen. Doch bevor er die Lippen öffnen konnte, warf Rotwang den Kopf auf und begegnete dem Blick Joh Fredersens mit solch einer grünen Glut in den Augen, daß der Herr über die große Metropolis stumm blieb.

Zweimal und dreimal flog dieses grüne Glühen zwischen dem Blatt Papier und dem Gesicht Joh Fredersens hin und her. Und während all der Zeit war in dem Raum kein Laut vernehmbar als das Atmen, das aus der Brust Rotwangs in Stößen heraufquoll wie aus einer kochenden und vergifteten Quelle.

»Woher hast du den Plan?« fragte der große Erfinder endlich. Doch war es weniger eine Frage als ein Ausdruck verwunderten Zornes.

»Darum handelt es sich nicht«, antwortete Joh Fredersen. »Seinetwegen bin ich zu dir gekommen. In ganz Metropolis scheint nicht ein Mensch zu sein, der etwas damit anzufangen weiß.«

Das Gelächter Rotwangs unterbrach ihn.

»Deine armen Gelehrten!« rief das Gelächter. »Vor welch eine Aufgabe hast du sie gestellt, Joh Fredersen! Wie viele Zentner bedruckten Papiers hast du sie gezwungen umzuwälzen! Ich bin sicher, es gibt keine Stadt auf dem Globus, vom Bau des Alten Turms Babel an, die sie nicht von Nord nach Süd durchschnüffelt haben! Ach, daß du lächeln könntest, Parodie! Daß du schon Augen hättest, mit denen du mir zuzwinkern könntest! Aber lache wenigstens, Parodie! Lache silbern-erquicklich über die großen Gelehrten, denen die Erde fremd ist, auf der ihre Schuhe gehen!«

Das Wesen gehorchte. Es lachte, silbern-erquicklich.

»Du kennst also den Plan – oder was er darstellt?« fragte Joh Fredersen in das Lachen hinein.

»Ja, bei meiner armen Seele, ich kenne ihn«, antwortete Rotwang. »Aber, bei meiner armen Seele! Ich werde dir nicht sagen, was es ist, bevor ich nicht weiß, woher du den Plan hast!«

Joh Fredersen überlegte. Rotwang ließ den Blick nicht von ihm.

»Versuche nicht, mich zu belügen, Joh Fredersen«, sagte er leise und mit einer wunderlichen Schwermut.

»Man hat das Papier gefunden«, begann Joh Fredersen.

»Wer – man?«

»Einer meiner Werkmeister.«

»Grot?«

»Ja, Grot.«

»Wo hat er den Plan gefunden?«

»In der Tasche eines Arbeiters, der an der Geisyr-Maschine verunglückte.«

»Grot hat dir das Papier gebracht?«

»Ja.«

»Und die Bedeutung des Planes schien ihm unbekannt zu sein?«

Joh Fredersen zögerte einen Augenblick mit der Antwort.

»Die Bedeutung – ja. Aber nicht der Plan. Er sagte mir, daß er dieses Papier schon öfter in der Hand von Arbeitern gesehen habe und daß man es ängstlich geheimhalte und daß sich die Leute um den, der es hält, zusammenzurotten pflegen . . .«

»Man hat also den Sinn des Planes vor deinem Werkmeister geheimgehalten?«

»Es scheint so, denn er konnte ihn mir nicht erklären.«

»Hm.«

Rotwang wandte sich dem Wesen zu, das unweit von ihm in der Haltung einer Lauschenden stand.

»Was sagst du dazu, meine schöne Parodie?« fragte er.

Das Wesen stand unbeweglich.

»Nun!« sagte Joh Fredersen mit einem scharfen Ausdruck der Ungeduld.

Rotwang sah ihn an, ruckhaft den großen Schädel nach ihm wendend. Die herrlichen Augen verkrochen sich hinter den Lidern, als wollten sie nichts gemeinsam haben mit den starken weißen Zähnen und den Kinnladen des Raubtieres. Aber zwischen den fast geschlossenen Lidern hervor blickten sie auf Joh Fredersen, als suchten sie in seinem Gesicht die Tür zu dem großen Gehirn.

»Wobei soll man dich halten, Joh Fredersen?« murmelte er. »Was ist dir ein Wort – oder ein Schwur, Gott du mit deinen eigenen Gesetzen? Welches Versprechen würdest du halten, wenn sein Bruch dir zweckmäßig erschiene?«

»Schwatze nicht, Rotwang«, sagte Joh Fredersen. »Ich werde schweigen, denn ich brauche dich noch. Ich weiß sehr gut, daß die Menschen, die wir brauchen, unsere einzigen Tyrannen sind. Also wenn du etwas weißt, dann sprich!«

Noch immer zögerte Rotwang; aber allmählich ergriff ein Lächeln Besitz von seinen Zügen, ein gutmütiges und geheimnisvolles Lächeln, das sich an sich selbst belustigte.

»Du stehst auf dem Eingang«, sagte er.

»Was soll das heißen?«

»Wörtlich zu nehmen, Joh Fredersen! Du stehst auf dem Eingang!«

»Welchem Eingang, Rotwang? Du verschwendest Zeit, die dir nicht gehört . . .«

Das Lächeln auf Rotwangs Gesicht vertiefte sich zur Heiterkeit.

»Entsinnst du dich, Joh Fredersen, wie hartnäckig ich mich seinerzeit geweigert habe, den Weg der Tiefbahn unter meinem Haus durchführen zu lassen?«

»Allerdings. Ich weiß auch die Summe noch, die mich der Umweg kostete.«

»Das Geheimnis war kostspielig, ich gebe es zu, aber es ist seinen Preis wert. Sieh dir den Plan an, Joh Fredersen, was ist das hier?«

»Vielleicht eine Treppe . . .«

»Ganz gewiß eine Treppe. Sie ist sehr liederlich ausgeführt, auf der Zeichnung wie in Wirklichkeit.«

»Du kennst sie also?«

»Ich habe die Ehre, Joh Fredersen, ja. Nun komm zwei Schritte seitwärts. Was ist das?«

Er hatte Joh Fredersen am Arm gefaßt; der fühlte die Finger der künstlichen Hand wie Fänge eines Raubvogels in seine Muskeln eindringen. Mit der Rechten deutete Rotwang auf die Stelle, wo Joh Fredersen gestanden hatte.

»Was ist das hier?« fragte er, den Arm, den er gepackt hielt, rüttelnd.

Joh Fredersen bückte sich. Er richtete sich wieder auf.

»Eine Tür?«

»Richtig, Joh Fredersen! Eine Tür! Eine sehr genau gefügte und gut schließende Tür! Der Mann, der dieses Haus gebaut hat, war ein ordentlicher und sorgfältiger Mensch. Nur einmal ließ er die Sorgfalt außer acht, und das mußte er büßen. Er ging die Treppe hinab, die unter dieser Tür ist, und folgte den nachlässigen Stufen und den Gängen, die sich an sie anschließen, verirrte sich und fand den Rückweg nicht mehr. Es ist auch nicht ganz leicht, ihn zu finden, denn die Leute, die dort gehaust haben, legten keinen Wert darauf, Fremde in ihre Bauten eindringen zu lassen . . . Ich habe meinen wißbegierigen Vorgänger gefunden, Joh Fredersen, und ihn gleich erkannt: an seinen spitzen roten Schuhen, die sich wunderbar erhalten haben. Er sah als Leichnam friedlich und christlich aus, was er beides im Leben sicher nicht gewesen ist. Die Gefährten seiner letzten Stunde haben wohl ein gut Teil zur Bekehrung des einstigen Teufelsschülers beigetragen . . .«

Er tippte mit dem Nagel seines rechten Zeigefingers auf ein Gewirr von Kreuzen im Mittelpunkt des Planes.

»Hier liegt er. Genau an dieser Stelle. Sein Schädel muß ein Gehirn umschlossen haben, das dem deinen würdig gewesen wäre, Joh Fredersen, und mußte doch so jämmerlich zugrunde gehen, weil er sich einmal verirrt hatte . . . Schade um ihn.«

»Wohin hat er sich verirrt?« fragte Joh Fredersen.

Rotwang sah ihn lange an, bevor er sprach.

»In die Gräberstadt, auf der Metropolis steht«, sagte er endlich. »Tief unter den Maulwurfsgängen deiner Tiefbahn, Joh Fredersen, liegt die tausendjährige Metropolis von tausendjährigen Toten . . .«

Joh Fredersen schwieg. Langsam hob sich seine linke Braue, während er die Lider zusammendrückte. Er richtete den Blick auf Rotwang, der ihn nicht aus den Augen gelassen hatte.

»Was hat der Plan dieser Gräberstadt in den Händen und Taschen meiner Arbeiter zu tun?«

»Das gilt es herauszubekommen«, antwortete Rotwang.

»Du wirst mir helfen?«

»Ja.«

»Heute nacht noch?«

»Gut.«

»Ich werde zurückkommen nach dem Schichtwechsel.«

»Tu das, Joh Fredersen. Und wenn du einen Rat annehmen willst . . .«

»Nun?«

»Komm in der Tracht deiner Arbeiter, wenn du wiederkommst!«

Joh Fredersen hob den Kopf, aber der große Erfinder ließ ihm nicht Zeit zu Worten. Er hob die Hand wie einer, der Ruhe gebietet und mahnt.

»Auch der Schädel des Mannes mit den roten Schuhen umschloß ein starkes Gehirn, Joh Fredersen, und doch konnte er von denen, die da unten hausen, nicht wieder heimwärts finden.«

Joh Fredersen überlegte. Dann nickte er und wandte sich zum Gehen.

»Sei höflich, meine schöne Parodie«, sagte Rotwang. »Öffne dem Herrn über die große Metropolis die Türen!«

Das Wesen blickte an Joh Fredersen vorüber. Er spürte den Atem der Kälte, die von ihm ausging. Er sah das stumme Gelächter zwischen den halboffenen Lippen Rotwangs, des großen Erfinders. Er wurde blaß vor Zorn, aber er blieb stumm.

Das Wesen streckte die durchsichtige Hand aus, in der die zarten Gebeine silbern schimmerten, und berührte mit den Fingerspitzen tastend das Siegel Salomonis, das kupfern glühte.

Die Tür wich zurück. Joh Fredersen ging hinaus, dem Wesen nach, das vor ihm her die Treppe hinunterschritt.

Es war kein Licht auf der Treppe noch im schmalen Gang. Aber von dem Wesen ging ein Schimmer aus, nicht stärker als von einer grün brennenden Kerze, doch stark genug, die Stufen und die schwarzen Wände zu erhellen.

An der Haustür blieb das Wesen stehen und erwartete Joh Fredersen, der ihm langsam nachgegangen war. Die Haustür öffnete sich vor ihm, doch nicht weit genug, daß er durch den Spalt hätte hinausgehen können.

Er blieb stehen.

Aus dem Klumpengesicht des Wesens starrten ihn die Augen an, Augen wie auf geschlossene Lider gemalt, mit dem Ausdruck eines stillen Wahnsinns.

»Sei höflich, meine schöne Parodie«, sagte eine leise, ferne Stimme, die klang, als spräche das Haus aus dem Schlaf.

Das Wesen verbeugte sich. Es streckte die Hand aus, eine zierliche Knochenhand. Durchsichtige Haut umspannte die schmalen Gelenke, die unter ihr wie mattes Silber schimmerten. Finger, schneeweiß und fleischlos, öffneten sich wie die Blüten einer kristallenen Lilie.

Joh Fredersen legte seine Hand hinein und fühlte sie im Augenblick der Berührung verbrannt von einer unerträglichen Kälte. Er wollte das Wesen von sich wegstoßen, aber Silber-Kristall-Finger hielten ihn fest.

»Auf Wiedersehen, Joh Fredersen«, sagte der Klumpenkopf mit einer Stimme voll entsetzlicher Zärtlichkeit. »Gib mir bald ein Gesicht, Joh Fredersen!«

Eine leise, ferne Stimme lachte, als lachte das Haus aus dem Schlaf.

Die Hand ließ los, die Tür öffnete sich, Joh Fredersen taumelte auf die Straße.

Hinter ihm schloß sich die Tür. Kupferrot glühte in dem düsteren Holz das Siegel Salomonis, das Pentagramm.

Als Joh Fredersen die Hirnschale des Neuen Turms Babel betreten wollte, stand der Schmale vor ihm und schien noch schmaler als sonst.

»Was ist?« fragte Joh Fredersen.

Der Schmale wollte reden, aber der Anblick seines Herrn verschlug ihm die Worte auf den Lippen.

»Nun!« sagte Joh Fredersen zwischen den Zähnen.

Der Schmale holte Atem.

»Ich muß Ihnen melden, Herr Fredersen«, sagte er, »daß Ihr Sohn,

seit er diesen Raum verlassen hat, verschwunden ist . . .« Joh Fredersen drehte sich schwerfällig um.

»Was heißt das, verschwunden?«

»Er ist nicht nach Hause gekommen, und keiner unserer Leute hat
ihn gesehen.«

Joh Fredersen verzog den Mund.

»Sucht ihn!« sagte er heiser. »Wozu seid ihr da? Sucht ihn!«

Er trat in die Hirnschale des Neuen Turms Babel ein. Sein erster
Blick fiel auf die Uhr. Er eilte an den Tisch und streckte die Hand nach
der kleinen blauen Metallplatte aus.

5

Der Mann vor der Maschine, die Ganescha glich, dem Gott mit dem
Elefantenkopf, war kein Mensch mehr. Nur noch ein triefendes Stück
Erschöpfung, aus dessen Poren die letzte Willenskraft in großen
Tropfen Schweißes wegtropfte. Überronnene Augen sahen das Manometer nicht mehr. Die Hand hielt den Hebel nicht, sie krallte sich an
ihm fest als an dem letzten Halt, der das zerstampfte Mann-Geschöpf
davor bewahrte, der Maschine in die zermalmenden Arme zu stürzen.

Das Paternoster-Werk des Neuen Turms Babel drehte seine
Schöpfeimer in gemächlichem Gleichmaß. Das Auge der kleinen
Maschine lächelte sanft und tückisch auf den Mann, der vor ihr stand
und der nur noch ein Lallen war.

»Vater!« lallte der Sohn Joh Fredersens. »Heute zum ersten Male,
seit Metropolis steht, hast du vergessen, deine Stadt und deine großen
Maschinen rechtzeitig nach neuem Futter brüllen zu lassen . . . Ist
Metropolis stumm geworden, Vater? Sieh uns an! Sieh deine Maschinen an! Deine Gott-Maschinen ekeln sich vor den zerkauten Bissen in
ihrem Munde, vor dem zerstampften Futter, das wir sind . . . Warum
würgst du ihre Stimme tot? Nehmen zehn Stunden niemals – niemals
ein Ende? Vater unser, der Du bist im Himmel . . .«

Aber in dieser Sekunde hatte Joh Fredersen den Finger auf die
kleine blaue Metallplatte gelegt, und die Stimme der großen Metropolis erhob ihren Behemot-Schrei, daß die Mauern bebten. Bis in den
Grund seines Baues erbebte der Neue Turm Babel unter der Stimme
der großen Metropolis.

»Danke, Vater!« sagte der zermalmte Mensch vor der Maschine,
die Ganescha glich. Er lächelte. Er spürte Salzgeschmack auf seinen

Lippen und wußte nicht, war es von Blut, Schweiß oder Tränen. Aus rotem Nebel, aus langgeflammten Schwaden schoben sich neue Menschen an ihn heran. Er ließ die Hand vom Hebel und sackte zusammen. Arme rissen ihn hoch und führten ihn weg. Er wandte den Kopf ab, um sein Gesicht zu bergen.

Das Auge der kleinen Maschine, das sanfte, tückische Auge, blinzelte hinter ihm drein.

»Auf Wiedersehen, Freund!« sagte die kleine Maschine.

Freders Kopf fiel zur Brust. Er fühlte sich weitergeschleppt, hörte das dumpfe Gleichmaß vorwärtstrottender Füße, fühlte sich selbst als ein Glied von zwölf Gliedern im Trott. Unter seinen Füßen begann der Boden zu rollen, wurde aufgespult und riß ihn mit nach unten.

Tore standen offen, zweigeflügelte. Ihnen entgegen kam ein Zug von Menschen.

Immer noch brüllte die große Metropolis.

Plötzlich verstummte sie, und in der Stille spürte Freder an seinem Ohr den Atem eines Menschen und eine Stimme, die – nur hauchend – fragte: »Sie hat gerufen . . . Kommst du mit?«

Er wußte nicht, was die Frage bedeuten sollte; aber er nickte. Er wollte die Wege derer kennenlernen, die wie er in blauem Leinen, in der schwarzen Kappe, in den harten Schuhen gingen.

Mit fest geschlossenen Lidern tappte er weiter, Schulter an Schulter mit einem Unbekannten.

Sie hat gerufen, dachte er, halb schlafend. Wer ist das, sie?

Er ging und ging in schwelender Müdigkeit. Der Weg nahm kein Ende. Er wußte nicht, wo er schritt. Er hörte das Trotten derer, die mit ihm gingen, wie das Geräusch von unablässig stürzendem Wasser.

Sie hat gerufen, dachte er. Wer ist das: sie, deren Stimme so mächtig ist, daß diese Menschen, von Müdigkeit bis auf den Tod erschöpft, freiwillig den Schlaf wegstoßen, der Müden das Süßeste ist, um ihr zu folgen, wenn ihre Stimme ruft?

Es kann nicht mehr sehr weit bis zum Mittelpunkt der Erde sein . . .

Noch tiefer? Noch immer tiefer hinab?

Kein Licht mehr ringsum, nur hier und da aufblitzende Taschenlampen in Menschenhänden.

Endlich, in weiter Ferne, ein matter Schimmer.

Sind wir so weit gewandert, um der Sonne entgegenzugehen, dachte Freder, und wohnt die Sonne im Nabel der Welt?

Der Zug geriet ins Stocken. Auch Freder blieb stehen. Er torkelte gegen trockenes und kühles Gestein.

Wo sind wir? dachte er. In einer Höhle? Wenn die Sonne hier wohnt, dann ist sie jetzt nicht zu Hause. Ich fürchte, wir haben den Weg umsonst gemacht. Wir wollen umkehren, Brüder . . . Wir wollen schlafen . . .

Er glitt an der Mauer entlang, fiel in die Knie, lehnte den Kopf ans Gestein. Wie lind das war . . .

Ein Murmeln von Menschenstimmen war um ihn her wie Rauschen von Bäumen, die der Wind bewegt.

Er lächelte friedlich. Schön ist's, müde zu sein . . .

Dann hob eine Stimme zu sprechen an.

Ach, süße Stimme, dachte Freder verträumt. Zärtlich geliebte Stimme. Deine Stimme, Jungfrau-Mutter! Ich bin eingeschlafen. Ja, ich träume! Deine Stimme träume ich, Geliebte!

Aber ein feiner Schmerz an seiner Schläfe ließ ihn denken: Ich lehne die Stirn an Stein! Ich bin mir der Kälte bewußt, die von dem Stein ausgeht. Ich spüre kalte Steine unter meinen Knien. Ich schlafe also nicht, ich träume nur . . . Oder, wenn das kein Träumen ist? Wenn das Wirklichkeit ist?

Mit einer Willensanstrengung, die ihn stöhnen machte, riß er die Augen auf und sah sich um.

Ein Gewölbe wie eine Gruft, Menschenköpfe, so dicht gedrängt, daß sie wie Schollen eines frisch gepflügten Ackers wirkten. Alle Gesichter zu einem Punkt gewandt: zu der Quelle eines gottmilden Lichts.

Kerzen brannten, die Flammen wie Schwerter geformt. Schmale leuchtende Schwerter des Lichts standen im Kreis um den Kopf eines Mädchens, dessen Stimme war wie das Atmen Gottes.

Die Stimme sprach, aber Freder hörte die Worte nicht. Er hörte nichts als einen Klang, dessen gebenedeiter Wohllaut von Süßigkeit gesättigt war wie die Luft eines Blütengartens mit Duft. Und plötzlich stürzte über diesen Wohllaut her das tosende Brausen seines Herzschlags. Die Luft dröhnte von Glocken. Die Wände bebten unter der Brandung einer unsichtbaren Orgel. Müdigkeit, Erschöpfung – ausgelöscht! Er fühlte seinen Körper vom Kopf bis zu den Füßen als ein einziges Instrument der Glückseligkeit, alle Saiten bis zum Zerreißen gespannt und doch zusammengestimmt in den reinsten, heißesten, strahlendsten Akkord, in dem sein ganzes Wesen dröhnend schwang.

Er sehnte sich danach, die Steine, auf denen er kniete, mit seinen Händen zu streicheln. Er sehnte sich danach, die Steine, an die er die Stirn lehnte, in grenzenloser Zärtlichkeit zu küssen. Gott – Gott!

schlug ihm das Herz in der Brust, und jeder Herzschlag war anbetende Dankbarkeit. Er sah das Mädchen an und sah es nicht. Er sah nur einen Schimmer; davor lag er auf den Knien.

Holdselige, formte sein Mund. Meine! Geliebte! Wie konnte die Welt bestehen, als du noch nicht warst? Wie muß das Lächeln Gottes gewesen sein, als er dich schuf? Du sprichst? Was sprichst du? Das Herz schreit in mir – ich kann deine Worte nicht fassen . . . Habe Geduld mit mir, Holdselige, Geliebte!

Ohne daß er es wußte, von einem unsichtbaren, nicht zu zerreißenden Seil gezogen, schob er sich auf den Knien näher und näher dem Schimmer, der das Gesicht des Mädchens für ihn war. Zuletzt war er ihr so nahe, daß er mit ausgestreckter Hand den Saum ihres Kleides hätte berühren können.

»Sieh mich an, Jungfrau!« beteten seine Augen. »Mutter, sieh mich an!«

Aber ihre sanften Augen blickten über ihn fort. Ihre Lippen sagten: »Meine Brüder . . .«

Mit einer Gebärde schmerzlichen Gehorsams, bedingungsloser Unterwerfung senkte Freder den Kopf und legte seine glühenden Hände vor sein glühendes Gesicht.

»Meine Brüder«, sagte die holde Stimme über ihm.

Und verstummte, wie erschrocken.

Freder hob den Kopf. Es war nichts geschehen – nichts, was sich hätte sagen lassen. Nur daß die Luft, die durch den Raum hinstrich, plötzlich wie ein gesteigerter Atem hörbar geworden war, und daß sie kühl war, wie durch geöffnete Türen kommend.

Mit zartem Knistern beugten sich die Schwertflammen der Kerzen. Dann standen sie wieder still.

Sprich, meine Geliebte! sagte Freders Herz.

Ja, nun sprach sie. Dies war, was sie sprach:

»Wollt ihr wissen, wie der Turmbau zu Babel begann, und wollt ihr wissen, wie er endete? Ich sehe einen Menschen, der aus dem Morgenrot der Welt stammt. Er ist schön wie die Welt und hat ein brennendes Herz. Er liebt es, auf Bergen zu gehen und seine Brust dem Wind zu bieten und mit den Sternen zu sprechen. Er ist sehr stark und meistert alle Geschöpfe. Er träumt von Gott und fühlt sich ihm nah verwandt. Seine Nächte sind mit Gesichten angefüllt.

Eine heilige Stunde sprengt ihm das Herz. Der Sternenhimmel ist über ihm und seinen Freunden. Ach, Freunde! Freunde! ruft er und zeigt nach den Sternen. Groß ist die Welt und ihr Schöpfer! Groß ist der Mensch! Auf, lasset uns einen Turm bauen, dessen Spitze bis an den Himmel reicht! Und wenn wir auf seiner Spitze stehen und die Sterne über uns klingen hören, dann wollen wir unser Bekenntnis in goldenen Zeichen an die Spitze des Turms schreiben: Groß ist die Welt und ihr Schöpfer! Und groß ist der Mensch!

Und sie machten sich auf, eine Handvoll Männer, die einander vertrauten, und brannten Ziegel und huben die Erde aus. Nie haben Menschen eiliger geschafft, denn sie alle hatten einen Gedanken, ein Ziel und einen Traum. Wenn sie am Abend ruhten von ihrer Arbeit, wußte jeder, woran der andere dachte. Sie brauchten die Sprache nicht, um sich zu verständigen. Aber nach kurzer Zeit schon wußten sie: Das Werk war größer als ihre schaffenden Hände. Da warben sie neue Freunde für ihr Werk. Da wuchs das Werk. Da wuchs es übergewaltig. Da schickten die Bauenden ihre Boten nach allen vier Winden der Welt und warben um Hände, um schaffende Hände für ihr gewaltiges Werk.

Die Hände kamen. Die Hände schafften um Lohn. Die Hände wußten nicht einmal, woran sie schafften. Es kannte keiner von denen, die südwärts bauten, einen von denen, die gen Norden gruben. Das Hirn, das den Turmbau zu Babel geträumt, war denen, die ihn bauten, unbekannt. Hirn und Hände waren einander fern und fremd. Feindlich wurden sich Hirn und Hände. Lust des einen wurde Last des andern. Lobgesang des einen wurde Fluch des andern.

›Babel!‹ schrie der eine, und er meinte: Gottheit, Krönung, ewiger Triumph!

›Babel!‹ schrie der andere, und er meinte: Hölle, Fron, ewige Verdammnis!

Gleiches Wort war Gebet und Lästerung. Gleiche Worte sprechend, verstanden die Menschen sich nicht.

Daß die Menschen sich nicht mehr verstanden – daß sich Hirn und Hände nicht mehr verstanden, das ist schuld daran, daß der Turm Babel der Zerstörung preisgegeben wurde, daß auf seiner Spitze nie in goldenen Zeichen die Worte dessen standen, der sie geträumt: Groß ist die Welt und ihr Schöpfer! Und groß ist der Mensch!

Daß sich Hirn und Hände nicht mehr verstehen, das wird einst den Neuen Turm Babel zerstören.

Einen Mittler brauchen Hirn und Hände. Mittler zwischen Hirn und Händen muß das Herz sein.«

Sie schwieg. Ein Atmen, das wie ein Seufzen war, kam von den stummen Lippen der Horchenden.

Dann stand einer langsam auf, stemmte die Fäuste auf die Schultern derer, die vor ihm kauerten, und fragte, das magere Gesicht mit den fanatischen Augen zu dem Mädchen erhebend: »Und wo ist unser Mittler?«

Das Mädchen sah ihn an, und über ihr süßes Gesicht ging das Leuchten einer grenzenlosen Zuversicht.

»Wartet auf ihn!« sagte sie. »Er kommt gewiß!«

Ein Murmeln ging durch die Reihen der Männer. Freder senkte den Kopf bis zu den Füßen des Mädchens. Seine ganze Seele sprach: »Ich will es sein . . .«

Aber sie sah ihn nicht und hörte ihn nicht.

»Habt Geduld, meine Brüder!« sagte sie. »Der Weg, den euer Mittler gehen muß, ist weit. Viele sind unter euch, die schreien: Kämpfen! Zerstören! Kämpft nicht, meine Brüder, denn das macht euch schuldig. Glaubt mir: Es wird einer kommen, der für euch spricht, der ein Mittler sein wird zwischen euch, den Händen – und dem Mann, dessen Hirn und Willen über euch allen ist. Er wird euch etwas schenken, das kostbarer ist als alles, was euch sonst ein Mensch zu schenken vermöchte: frei zu werden, ohne schuldig zu werden.«

Sie stand auf von dem Stein, auf dem sie gesessen hatte. Bewegung durchlief die zu ihr gewandten Köpfe. Eine Stimme wurde laut. Man sah den Sprecher nicht. Es war, als sprächen alle: »Wir werden warten. Aber nicht lange mehr!«

Das Mädchen schwieg. Mit ihren traurigen Augen schien sie den Sprecher unter der Menge zu suchen.

Ein Mann, der vor ihr stand, sprach zu ihr hinauf: »Und wenn wir kämpfen – wo wirst du dann sein?«

»Bei euch!« sagte das Mädchen, die Hände öffnend mit der Gebärde einer Opfernden. »Habt ihr mich jemals ungetreu gefunden?«

»Niemals!« sagten die Männer. »Du bist wie Gold. Wir werden tun, was du von uns erwartest.«

»Danke«, sagte das Mädchen, die Augen schließend. Mit gesenktem Kopf stand sie da, auf den Trott sich entfernender Füße horchend, Füße, die in harten Schuhen gingen.

Erst als es ganz stille um sie geworden war und der Hall des letzten Schrittes erstorben, seufzte sie und schlug die Augen auf.

Da sah sie einen Menschen, der das Blauleinen trug und die schwarze Kappe und die harten Schuhe, ihr zu Füßen auf den Knien liegend.

Sie bückte sich zu ihm. Er hob den Kopf. Sie sahen sich an. Und da erkannte sie ihn.

Hinter ihnen, in einer Totenkammer, die wie ein spitzes Teufelsohr geformt war, faßte die Hand eines Mannes nach eines andern Mannes Arm.

»Still! Sei still!« flüsterte eine Stimme, die lautlos war und doch wie Gelächter wirkte, wie das Gelächter schadenfrohen Hohns.

Das Gesicht des Mädchens war wie ein Kristall, der mit Schnee gefüllt ist. Sie hatte eine Bewegung zur Flucht gemacht. Aber die Knie waren ihr nicht gehorsam. Schilf, das in bewegtem Wasser steht, bebt nicht mehr, als ihre Schultern bebten.

»Wenn du zu uns gekommen bist, um uns zu verraten, Sohn Fredersens, dann wirst du wenig Segen davon haben«, sagte sie leise, aber mit klarer Stimme.

Er stand auf und blieb vor ihr stehen.

»Ist das all dein Glaube an mich?« fragte er ernsthaft.

Sie schwieg und sah ihn an. Ihre Augen füllten sich mit Tränen.

»Du«, sagte der Mann. »Wie soll ich dich nennen? Ich weiß deinen Namen nicht. Ich habe dich immer nur ›Du‹ genannt. In allen schlimmen Tagen und schlimmeren Nächten, da ich nicht wußte, ob ich dich wiederfinden würde, hab' ich dich immer nur ›Du‹ genannt. Willst du mir nicht endlich sagen, wie du heißt?«

»Maria«, antwortete das Mädchen.

»Maria . . . So mußtest du wohl heißen. Du hast es mir nicht leichtgemacht, den Weg zu dir zu finden, Maria.«

»Warum hast du den Weg zu mir gesucht? Und warum trägst du die Blauleinentracht? Die verurteilt wurden, sie ein Leben lang zu tragen, wohnen in einer unterirdischen Stadt, die in allen fünf Erdteilen als ein Weltwunder gilt. Sie ist ein Wunder der Baukunst, das ist wahr! Sie ist sauber und strahlend hell und ein Muster an Ordnung. Nichts fehlt ihr als die Sonne – und der Regen – und der Mond in der Nacht – nichts als der Himmel. Davon haben die Kinder, die dort geboren werden, ihre Gnomengesichter. Willst du hinunter in diese Stadt unter der Erde, um dich dann doppelt an deiner Behausung zu freuen, die so hoch über der großen Metropolis im Licht des Himmels liegt? Trägst du die Tracht, die du heute trägst, zum Spiel?«

»Nein, Maria. Ich will sie nun immer tragen.«

»Als Sohn Joh Fredersens?«

»Er hat keinen Sohn mehr, außer du selbst gibst ihm den Sohn zurück.«

Hinter ihnen, in einer Totenkammer, die wie ein spitzes Teufelsohr geformt war, legte sich die Hand eines Mannes auf eines anderen Mannes Mund.

»Es steht geschrieben«, flüsterte ein Gelächter: »»Darum wird ein Mann seinen Vater und seine Mutter verlassen und am Weibe hangen . . .‹«

»Willst du mich nicht begreifen?« fragte Freder. »Warum siehst du mich mit so strengen Augen an? Du willst, daß ich zwischen Joh Fredersen und denen, die du deine Brüder nennst, ein Mittler sein soll. Es kann keiner Mittler sein zwischen Himmel und Hölle, der nicht im Himmel und in der Hölle war. Ich habe bis gestern die Hölle nicht gekannt. Darum versagte ich gestern auch so kläglich, als ich bei meinem Vater für deine Brüder sprach. Bis du zum ersten Male vor mir standest, Maria, habe ich das Leben eines sehr geliebten Sohnes gelebt. Ich wußte nicht, was das war: ein unerfüllbarer Wunsch. Ich hab' keine Sehnsucht gekannt, denn alles war mein. Ich habe, so jung ich bin, die Lust der Erde bis auf den Grund erschöpft. Ich hatte ein Ziel – das war ein Spiel mit dem Tode: der Flug zu den Sternen . . . Und dann kamst du und zeigtest mir meine Brüder. Von diesem Tag an habe ich dich gesucht. Ich habe mich so sehr nach dir gesehnt, daß ich gern und ohne Zögern gestorben wäre, wenn ein Mensch zu mir gesagt hätte, das sei der Weg zu dir. So aber mußte ich leben und einen andern Weg suchen.«

»Zu mir – oder zu deinen Brüdern?«

»Zu dir, Maria. Ich will mich vor dir nicht besser machen, als ich bin. Ich will zu dir, Maria, und ich will dich. Ich liebe die Menschen nicht um ihretwillen, sondern um deinetwillen – weil du sie liebst. Ich will den Menschen nicht helfen um ihretwillen, sondern um deinetwillen – weil du es willst. Ich habe gestern zwei Menschen Gutes getan: Ich half einem, den mein Vater entlassen hat. Und ich tat die Arbeit für den, dessen Tracht ich trage. Das war der Weg zu dir. Gott segne dich . . .«

Die Stimme versagte ihm. Das Mädchen trat auf ihn zu. Sie nahm seine Hände in ihre beiden Hände. Sie wandte die Handflächen sanft nach oben und betrachtete sie, sah ihn an mit ihren Marienaugen und faltete ihre Hände sacht um die seinen, die sie behutsam ineinander legte.

»Maria«, sagte er ohne einen Laut.

Sie ließ seine Hände los und hob die ihren zu seinem Kopf. Sie legte ihre Finger an seine Wangen. Sie strich mit ihren Fingerspitzen über seine Brauen, über seine Schläfen, zweimal, dreimal.

Da riß er sie an sein Herz, und sie küßten sich.

Er fühlte die Steine unter den Füßen nicht mehr. Eine Woge trug ihn, ihn und das Mädchen, das er umklammert hielt, als wollte er daran sterben, und die Woge kam vom Grund des Ozeans und dröhnte, als sei das ganze Meer eine Orgel, und die Woge war Feuer und schlug bis zum Himmel hinauf.

Dann Sinken . . . Sinken . . . Endloses Niedergleiten bis in den Schoß der Welt, den Ursprung des Anfangs . . . Durst und erlösender Trank . . . Hunger und Sättigung . . . Schmerz und Befreiung davon . . . Tod und Wiedergeburt . . .

»Du«, sprach der Mann zu den Lippen des Mädchens, »du bist in Wahrheit die große Mittlerin. Alles Heiligste, das auf der Welt ist, bist du. Alle Güte bist du. Alle Gnade bist du . . . An dir irre werden, heißt: Irre werden an Gott . . . Maria – du hast mich gerufen, da bin ich!«


Hinter ihnen, in einer Totenkammer, die wie ein spitzes Teufelsohr geformt war, beugte ein Mann sich zum Ohr eines anderen Mannes.

»Du wolltest von mir das Gesicht der Futura haben. Da hast du das Vorbild.«

»Ist das ein Auftrag?«

»Ja.«


»Nun mußt du gehen, Freder«, sagte das Mädchen. Ihre Marienaugen sahen ihn an.

»Gehen – und dich hier lassen?«

Sie wurde ernst und schüttelte den Kopf.

»Mir geschieht nichts«, sagte sie. »Es ist kein Mensch unter denen, die diese Stätte kennen, dem ich nicht vertrauen könnte, als ob er mein leiblicher Bruder wäre. Aber was zwischen dir und mir ist, geht keinen an; es würde mich kränken, erklären zu müssen« (nun lächelte sie wieder), »was unerklärlich ist. Begreifst du das?«

»Ja«, sagte er. »Vergib mir.«

Ihre Marienhände hielten die seinen.

»Du weißt den Weg nicht. Ich will ihn dir zeigen, bis du dich nicht mehr irren kannst. Komm.«

Hinter ihnen, in einer Totenkammer, die wie ein spitzes Teufelsohr geformt war, löste sich ein Mann von der Mauer.

»Du weißt, was du zu tun hast«, sagte er halblaut.

»Ja«, kam die Stimme des andern träge, wie schläfrig aus der Dunkelheit. »Aber warte noch, Freund. Ich muß dich etwas fragen . . .«

»Nun?«

»Hast du dein eigenes Glaubensbekenntnis vergessen?«

»Was für ein Glaubensbekenntnis?«

Eine Sekunde lang blitzte eine Lampe durch den Raum, der einem Teufelsohr glich, und spießte das Gesicht des Mannes, der schon zum Gehen gewandt war, auf die spitze Nadel ihres Lichtscheins.

»Daß Schuld und Leiden Zwillingsschwestern sind. Du willst an zwei Menschen schuldig werden, Freund.«

»Was geht das dich an?«

»Nichts. Oder wenig: Freder ist der Sohn der Hel.«

»Und meiner.«

»Ja.«

»Den will ich nicht verlieren.«

»Lieber noch einmal schuldig werden?«

»Ja.«

»Und –«

»Leiden. Ja.«

»Gut, Freund.« Und, mit einer Stimme, die ein unhörbares Gelächter des Hohns war: »Dir geschehe nach deinem Glauben!«

Das Mädchen schritt durch die Gänge, die ihm vertraut waren. Die kleine, helle Lampe in seiner Hand streifte die Decke aus Stein, die steinernen Mauern, wo in Nischen die tausendjährigen Toten schliefen.

Nie hatte das Mädchen Furcht vor den Toten gekannt; Ehrfurcht nur und Ernst vor ihrem Ernste. Heute sah sie Steinwand und Tote nicht. Sie ging und lächelte und wußte nicht, daß sie's tat. Ihr war zum Singen zumute. Mit einem Ausdruck des Glücks, das noch ungläubiger war und doch vollkommen, sprach sie den Namen des Liebsten vor sich hin.

»Freder . . .«

Und hob aufhorchend den Kopf, verhielt den Schritt.

Hauchend kam es zurück: ein Echo? Nein.

Fast unhörbar hauchte es: »Maria?«

Sie wandte sich um, selig erschreckt. War es möglich, daß er zurückkam?«

»Freder!« rief sie. Lauschte.

Keine Antwort.

»Freder!«

Nichts.

Doch plötzlich, kühl, ein Luftzug, der das Haar in ihrem Nacken zittern machte und an ihrem Rücken niederstrich, eine Hand aus Schnee. Qualvoll tief ein Seufzen, das kein Ende nahm.

Das Mädchen stand ganz still. Die kleine, helle Lampe, die es in der Hand hielt, ließ ihren Schein mit einem Zittern um seine Füße spielen.

»Freder?«

Jetzt war ihre Stimme auch nur ein Hauch.

Keine Antwort. Aber hinter ihr, in der Tiefe des Ganges, den sie durchschreiten mußte, ließ sich ein sachtes, gleitendes Schleichen vernehmen: Füße in weichen Schuhen, auf rauhen Steinen . . .

Das war . . . Ja, das war seltsam. Diesen Weg ging nie ein Mensch außer ihr. Hier konnte kein Mensch sein. Und wenn einer hier war, dann war es kein Freund . . .

Sicher kein Mensch, dem sie gern begegnen würde.

Sollte sie ihn vorüberlassen? Ja.

Ihr zur Linken öffnete sich ein zweiter Gang. Sie kannte ihn nicht genau. Aber sie wollte ihm ja auch nicht folgen. Sie wollte in ihm nur warten, bis der Mensch da draußen – der Mensch hinter ihr – vorübergegangen war.

Sie drückte sich gegen die Wand des fremden Ganges und hielt sich still und wartete, ganz lautlos. Sie atmete nicht. Sie hatte die Lampe gelöscht. Sie stand in völliger Finsternis, unbeweglich.

Sie hörte: Die schleichenden Füße näherten sich. Sie gingen im Dunkeln, wie sie im Dunkeln stand. Jetzt waren sie da. Jetzt mußten sie – mußten sie doch vorübergehen . . . Aber sie gingen nicht. Sie standen ganz still: Vor der Mündung des Ganges, in den sie sich duckte, standen die Füße still und schienen zu warten.

Worauf? Auf sie?

In der vollkommenen Lautlosigkeit hörte das Mädchen plötzlich sein eigenes Herz. Wie ein Pumpwerk hörte sie ihr Herz, immer schneller, immer dröhnender. Diesen Herzschlag, der ein Dröhnen war, mußte auch der Mensch hören, der die Mündung des Ganges bewachte. Und wenn er nicht mehr da stand . . . Wenn er herein-kam . . . Sie konnte sein Kommen nicht hören, so dröhnte ihr Herz.

Sie griff mit tastender Hand an der Steinwand entlang. Ohne zu atmen, setzte sie Fuß vor Fuß! Nur fort von dem Eingang, fort von der Stelle, wo der andere stand.

Täuschte sie sich? Oder kamen die Füße ihr nach? Weiche, schleichende Schuhe auf rauhen Steinen? Jetzt: das qualvoll tiefe Atemholen, schwerer noch und näher, kalter Atem ihr im Nacken. Dann –

Nichts mehr. Lautlosigkeit. Und Warten. Und Bewachen. Auf-der-Lauer-Liegen . . .

War es nicht, als ob sich ein Geschöpf, wie die Welt noch keins gesehen hatte: rumpflos, nichts als Arme, Beine, Kopf . . . aber welch ein Kopf! Gott im Himmel! . . . vor ihr auf den Boden kauerte, bis zum Kinn die Knie hochgezogen und die feuchten Arme rechts und links neben ihren Hüften an die Steinwand stemmend, daß sie wehrlos, eingefangen stand? Sah sie nicht den Gang vom bleichen Schimmer aufgehellt – und ging der Schimmer nicht von dem Quallenkopf des Wesens aus?

Freder, dachte sie. Sie biß den Namen zwischen ihren Kiefern fest und hörte doch den Schrei, mit dem ihr Herz ihn schrie.

Sie warf sich vorwärts, fühlte: sie war frei – noch war sie frei – lief und stolperte, riß sich wieder hoch und taumelte von Steinwand zu Steinwand, stieß sich blutig, griff jäh ins Leere, stürzte, schlug zu Boden, fühlte: Da lag etwas . . . Was? Nein!

Längst war ihr die Lampe aus der Hand gefallen. Sie hob sich zu den Knien auf und schlug die Fäuste vor die Ohren, nur um nicht zu hören, wie die Füße, die schleichenden Füße wieder näherkamen. Sie wußte sich eingekerkert in Finsternis und riß doch die Augen auf, weil sie die Feuerkreise, die Flammenräder hinter ihren geschlossenen Lidern nicht mehr ertrug.

Und sah ihren eigenen Schatten riesengroß an die Steinwand vor sich geworfen; hinter ihr war Licht, und vor ihr lag ein Mensch.

Ein Mensch? Das war kein Mensch. Das waren Überbleibsel von einem Menschen, mit dem Rücken halb gegen die Wand gelehnt, halb niedergerutscht, und an den Knochenfüßen, die fast an die Knie des Mädchens rührten, staken die schmalen Schuhe spitz und purpurrot.

Mit einem Schrei, der ihr die Gurgel zerriß, warf sich das Mädchen rückwärts in die Höhe – und vorwärts, vorwärts, ohne umzuschauen . . . Gejagt von dem Licht, das ihr den eigenen Schatten in wilden Sprüngen vor die Füße peitschte, gejagt von langen, weichen, federnden Füßen, die in roten Schuhen gingen, vom Eishauch, der ihr in den Nacken blies.

Sie rannte, schrie und rannte: »Freder!«

Sie röchelte. Sie fiel.

Da war eine Treppe, bröckelnde Stufen . . . Sie stemmte die blutenden Hände rechts und links an das Gemäuer, an die Steine der Treppe. Sie zerrte sich hinauf. Sie taumelte, Stufe um Stufe . . . Da war das Ende.

In steinerner Falltür endete die Treppe.

Das Mädchen stöhnte: »Freder . . .«

Es reckte beide Hände über sich. Es stemmte Kopf und Schultern gegen die Falltür. Da hob sich die Tür, schlug krachend rückwärts.

Unten tief ein Gelächter.

Das Mädchen schwang sich über den Rand der Falltür. Es lief mit ausgestreckten Händen hierhin, dorthin. Es lief an Wänden hin und fand keine Tür. Es sah den Lichtschein, der aus der Tiefe quoll. Es sah im Licht eine Tür, die war klinkenlos. Die hatte nicht Riegel noch Schloß.

Im düstern Holz glühte, kupferrot, das Siegel Salomonis, das Pentagramm.

Das Mädchen wandte sich um.

Es sah einen Mann auf dem Rande der Falltür sitzen und sah sein Lächeln. Da war es, als lösche sie aus, und sie stürzte ins Nichts.


6


Der Besitzer von Yoshiwara pflegte auf mancherlei Arten Geld zu verdienen. Eine davon – und ganz gewiß die harmloseste – war, Wetten darüber abzuschließen, daß kein Mensch, so weltbefahren er auch war, imstande sei zu erraten, welcher vertrackten Rassenmischung er sein Gesicht verdankte. Bisher hatte er noch jede dieser Wetten gewonnen und pflegte das Geld, das sie ihm brachten, mit Händen einzustreichen, deren grausamer Schönheit sich kein Ahnherr der Borgias geschämt hätte, deren Nägel aber einen unverwischbaren Blauschimmer zeigten; dagegen war die Höflichkeit seines Lächelns bei so gewinnbringenden Anlässen ganz unverkennbar von jener zierlichen Inselwelt gebürtig, die vom Ostrand Asiens her sanft und wachsam nach dem mächtigen Amerika hinüberlächelt.

Es vereinigte in sich hervorragende Eigenschaften, die ihn als einen Generalvertreter von Großbritannien und Irland erscheinen ließen, denn er war rothaarig, spottlustig und trinkfest, als hieße er O'Byrn, geizig und abergläubisch wie ein Schotte und – in gewissen Situationen, die es erforderlich machten – von jener hochgezüchteten Ahnungslosigkeit, die ein Ergebnis des Willens und ein Grundstein des englischen Imperiums ist. Er sprach so ziemlich alle lebendigen Sprachen, als hätte ihn seine Mutter darin beten und sein Vater fluchen gelehrt. Seine Habgier schien von der Levante zu stammen, seine Genügsamkeit aus China. Und über all dem wachten zwei ruhige, aufmerksame Augen mit deutscher Geduld und Beharrlichkeit.

Im übrigen wurde er aus unbekannten Gründen September genannt.

Die Besucher von Yoshiwara hatten September schon in mancherlei Gemütsbewegungen getroffen – vom stumpfsinnigen Vor-sich-hin-Dösen eines zufriedenen Buschmanns an bis zur Tanz-Ekstase des Ukrainers.

Aber seine Züge im Ausdruck eines vollkommenen Verstörtseins zu überraschen, blieb dem Schmalen vorbehalten, als er am Morgen, nachdem er seinen jungen Herrn aus den Augen verloren hatte, den Riesengong von Yoshiwara, Einlaß fordernd, erdröhnen machte.

Es war schon etwas Ungewöhnliches, daß die sonst sehr bereitwillige Tür von Yoshiwara erst auf das vierte Gongzeichen geöffnet wurde, und daß dies durch September selbst geschah und noch dazu mit solcher Miene, verstärkte den Eindruck schlecht überwundener Katastrophen. Der Schmale grüßte. September starrte ihn an. Eine Messingmaske schien über sein Gesicht zu fallen. Aber ein zufälliger Blick auf den Fahrer des Mietwagens, mit dem der Schmale gekommen war, riß sie ihm wieder herunter.

»Wollte Gott, dein Spinett wäre in die Luft geflogen, ehe du mir gestern abend den Verrückten ins Haus bringen konntest«, sagte er. »Er hat mir die Gäste vertrieben, bevor sie ans Zahlen dachten. Die Mädchen kleben in den Ecken herum wie Bündel nasser Lappen, soweit sie nicht Schreikrämpfe haben. Wenn ich die Polizei nicht rufen will, dann kann ich das Haus zumachen, denn es sieht nicht aus, als ob der Kerl bis heute abend seine fünf Sinne wiederfinden wollte.«

»Von wem sprechen Sie, September?« fragte der Schmale.

September sah ihn an. Das kleinste Nest in Sibirien hätte sich in diesem Augenblick geweigert, als Geburtsort eines so idiotisch dreinschauenden Menschen verschrien zu werden.

»Wenn es der Mann ist, den ich bei Ihnen suche«, fuhr der

Schmale fort, »dann werde ich Sie auf angenehmere und raschere Art von ihm befreien als die Polizei.«

»Und was für einen Mann suchen Sie, Herr?«

Der Schmale zögerte. Er räusperte sich leicht. »Sie kennen die weiße Seide, die für verhältnismäßig wenig Menschen in Metropolis gewebt wird?«

In der langen Ahnenreihe, deren mannigfache Niederschläge sich in September kristallisiert hatten, mußte auch ein Pelzhändler aus Tarnopol vertreten sein und lächelte jetzt aus den verschmitzten Augenwinkeln seines Urenkels.

»Kommen Sie herein, mein Herr!« forderte der Besitzer von Yoshiwara den Schmalen mit einer wahrhaft singhalesischen Sanftmut auf.

Der Schmale trat ein. September schloß die Tür hinter ihm.

Im Augenblick, da das morgendliche Gebrüll der großen Metropolis nicht mehr aus den Straßen heraufgellte, ließ sich vom Innern des Hauses her ein anderes Brüllen vernehmen, das Brüllen einer Menschenstimme, heiser wie die Stimme eines Raubtieres, rauschtoll vor Triumph.

»Wer ist das?« fragte der Schmale, unwillkürlich die eigene Stimme dämpfend.

»Er!« antwortete September, und es blieb sein Geheimnis, wie er in das einsilbige Wort die schlichte und sachliche Rachsucht von ganz Korsika verstauen konnte.

Der Blick des Schmalen wurde unsicher, aber er sagte nichts. Er folgte September über sanfte und glänzende Strohmatten, an Wänden entlang, die aus geöltem Papier bestanden, schmal in Bambus gerahmt.

Hinter einer dieser Papierwände erklang das Weinen einer Frau, eintönig, hoffnungslos und herzzerreißend wie eine lange Reihe von Regentagen, die den Gipfel des Fudji verhüllen.

»Es ist Yuki«, murmelte September mit einem grimmigen Blick gegen das papierne Gefängnis dieses armen Weinens. »Seit Mitternacht heult sie, als wollte sie die Quelle eines neuen Salzmeeres werden. Sie wird heute abend eine geschwollene Kartoffel im Gesicht haben statt einer Nase . . . Wer hat den Schaden davon? Ich!«

»Warum weint die kleine Schneeflocke?« fragte der Schmale halb gedankenlos, denn das Gebrüll der Menschenstimme aus der Tiefe des Hauses beschäftigte alles, was er an Ohren und Aufmerksamkeit hatte.

»Oh, sie ist nicht die einzige«, antwortete September mit der toleranten Miene eines Mannes, der eine gutgehende Hafenkneipe in Schanghai besitzt. »Aber sie ist wenigstens sanftmütig. Pflaumenblüte hat um sich gebissen wie ein junger Puma, und Fräulein Regenbogen hat die Sake-Schale in den Spiegel geworfen und versucht, sich mit den Scherben die Pulsadern aufzuschneiden – und alles wegen dieses weißseidenen Burschen.«

Der beirrte Ausdruck im Gesicht des Schmalen verstärkte sich. Er schüttelte den Kopf.

»Wie hat er das über sie vermocht . . .«, sagte er, und es war keineswegs eine Frage.

September zuckte die Achseln.

»Maohee«, sagte er singenden Tones, als begänne er eines jener grönländischen Märchen, die um so höher geschätzt werden, je rascher man bei ihnen einschläft.

»Was ist das: Maohee?« fragte der Schmale gereizt.

September zog den Kopf zwischen die Schultern. Die irischen und die britischen Blutkörperchen in seinen Adern schienen in schweren Streit zu geraten; aber das undurchdringliche japanische Lächeln deckte ihn mit seinem Mantel zu, bevor er gefährlich werden konnte.

»Sie wissen nicht, was Maohee ist? Niemand weiß es in der großen Metropolis, kein Mensch. Nur hier in Yoshiwara wissen es alle.«

»Ich wünsche es auch zu wissen, September«, sagte der Schmale.

Generationen römischer Lakaien verbeugten sich in September, als er: »Gewiß, Herr«, sagte; aber sie kamen gegen das Augenzwinkern einiger trinkfester und lügenhafter Großväter in Kopenhagen nicht auf. »Maohee, das ist . . . Ist es nicht sonderbar, daß all die hunderttausend Menschen, die schon zu Gast in Yoshiwara waren und hier sehr genau erfahren haben, wie es sich mit Maohee verhält, draußen plötzlich nichts mehr davon wissen? Gehen Sie nicht so schnell, Herr! Der brüllende Kerl da unten läuft uns nicht weg, und wenn ich Ihnen erklären soll, was Maohee ist . . .«

»Rauschgift, September, wie?«

»Lieber Herr, ein Löwe ist auch eine Katze. Maohee ist ein Rauschgift; aber wo bleiben die Katzen neben den Löwen? Maohee ist von jenseits der Erde. Es ist das Göttliche, das einzige, weil es das einzige ist, das uns den Rausch der anderen empfinden läßt.«

»Den Rausch der anderen?« wiederholte der Schmale, stehenbleibend.

September lächelte wie der Glücksgott Hotei, der die kleinen

Kinder gern hat. Er legte die Hand der Borgia mit den verdächtig blauschimmernden Nägeln auf den Arm des Schmalen.

»Den Rausch der anderen. Wissen Sie, mein Herr, was das heißt: Nicht eines anderen, nein, der Masse, die sich zu einem Klumpen ballt, den zusammengeballten Rausch der Masse gibt Maohee seinen Freunden.«

»Hat Maohee viele Freunde, September?«

Der Besitzer von Yoshiwara grinste apokalyptisch.

»In diesem Hause, Herr, ist ein Rundraum. Sie werden ihn sehen. Er hat nicht seinesgleichen. Er baut sich wie eine gewundene Muschel auf; wie eine Mammutmuschel, in deren Windungen kauern die Menschen so dicht gedrängt, daß ihre Gesichter wie eines erscheinen. Keiner kennt den anderen, aber alle sind Freunde. Alle fiebern. Alle sind bleich vor Erwartung. Alle haben sich an den Händen gefaßt. Durch die Windungen der Mammutmuschel rinnt das Zittern derer, die ganz unter dem Rande der Muschel sitzen, bis zu denen hinauf, die aus der gleißenden Spitze der Spirale ihnen ihr Zittern entgegenschicken . . .«

September schluckte nach Atem. Der Schweiß stand ihm als dünne Perlenkette auf der Stirn. Ein internationales Lächeln des Irrsinns teilte ihm den schwatzenden Mund.

»Weiter, September!« sagte der Schmale.

»Weiter? Plötzlich beginnt der Muschelrand sich zu drehen, sanft . . . oh, sanft . . . nach einer Musik, die einen zehnfachen Raubmörder zum Schluchzen bringen würde und seine Richter dazu, daß sie ihn auf dem Schafott begnadigten – nach einer Musik, bei der sich geschworene Feinde küssen, bei der die Bettler glauben, Könige zu sein, bei der die Hungrigen vergessen, daß sie Hunger haben; nach dieser Musik schwingt sich die Muschel um ihren ruhenden Kern, bis sie sich vom Erdboden loszulösen scheint und schwebend um sich selbst schwingt. Die Menschen schreien – nicht laut, nein, nein –, sie schreien wie Vögel, die auf dem Meer baden. Die verschlungenen Hände krampfen sich zu Fäusten. Die Körper wiegen sich in einem Rhythmus. Dann kommt das erste Stammeln: Maohee . . . Das Stammeln schwillt, wird Spritzwelle, wird Springflut. Die schwingende Muschel dröhnt: Maohee . . . Maohee . . .! Es ist, als müßten auf den Scheiteln der Menschen kleine Flammen stehen wie St.-Elms-Feuer. Maohee . . . Maohee . . .! Sie rufen nach ihrem Gott. Sie rufen nach dem, den der Finger des Gottes heute anrührt. Niemand weiß, woher er heute kommt. Er ist da. Sie wissen, er ist in ihrer Mitte.

Er muß aus ihren Reihen hervorbrechen. Er muß, denn sie rufen ihn: Maohee . . . Maohee! Und plötzlich . . .«

Die Hand der Borgia schlug hoch und hing in der Luft wie eine braune Kralle.

»Und plötzlich steht ein Mensch inmitten der Muschel in dem gleißenden Rund, auf der milchweißen Scheibe. Aber es ist kein Mensch. Es ist der menschgewordene Inbegriff des Rausches aller . . . Er weiß nichts von sich . . . Leichter Schaum steht ihm vor dem Mund. Seine Augen sind starr und gebrochen und sind doch wie sausende Meteore, die auf der Bahn vom Himmel zur Erde wehende Feuerspuren hinter sich lassen. Er steht und lebt seinen Rausch. Er ist, was sein Rausch ist. Aus den tausend Augen, die Anker warfen in seiner Seele, strömt die Rauschkraft in ihn. Keine Herrlichkeit in der Schöpfung Gottes, die sich nicht, durch das Medium dieser Berauschten übersteigert, offenbarte. Was er spricht, wird allen sichtbar; was er hört, wird allen hörbar. Was er fühlt: Macht, Lust, Raserei, das fühlen alle. Auf der schimmernden Arena, um die sich nach unsäglicher Musik die sanft erdröhnende Muschel schwingt, durchlebt ein Ekstatiker die tausendfache Ekstase, die sich für Tausende in ihm verkörpert . . .«

September schwieg und lächelte den Schmalen an.

»Dies, mein Herr, ist Maohee.«

»Es muß in der Tat ein starkes Rauschgift sein«, sagte der Schmale mit einem Gefühl der Trockenheit im Halse, »da es den Besitzer von Yoshiwara zu einer Hymne begeistert. Glauben Sie, daß der brüllende Mensch da unten in diesen Lobgesang einstimmen würde?«

»Fragen Sie ihn selbst, Herr«, sagte September.

Er öffnete eine Tür und ließ den Schmalen eintreten. Dicht hinter der Schwelle blieb der Schmale stehen, weil er zunächst nichts sah. Eine Dämmerung, schwermütiger als das tiefste Dunkel, lagerte über einem Raum, dessen Ausmaß er nicht zu erkennen vermochte. Der Boden unter seinen Füßen neigte sich etwas in kaum fühlbarer Schräge. Da, wo er aufhörte, schien dämmernde Leere zu sein. Rechts und links wichen schräge Wände, nach außen weggebauscht, zur Seite.

Dies war alles, was der Schmale sah. Aber aus der leeren Tiefe vor ihm kam ein weißer Schimmer, nicht stärker, als er von einem Schneefeld ausgeht. Auf diesem Schimmer schwamm eine Stimme wie eines Mörders und eines Gemordeten Stimme.

»Licht, September!« sagte der Schmale und schluckte. Ein unerträgliches Durstgefühl fraß ihm an der Kehle.

Der Raum erhellte sich langsam, als käme das Licht nicht gern. Der Schmale sah: Er stand in einer Windung des Rundraums, der wie eine Muschel geformt war. Er stand zwischen Höhe und Tiefe, durch niedrige Brüstung von der Leere getrennt, aus der das Schneelicht kam und die Stimme des Mörders und die Stimme seines Opfers. Er trat an die Brüstung und beugte sich tief hinab. Eine milchweiße Scheibe von unten erhellt und leuchtend. Am Rand der Scheibe, gleich dunklem Rankenmuster auf einem Tellerrand, kauernde, kniende Frauen, wie ertrunken in ihren Prunkgewändern. Manche hatten die Stirn zu Boden gesenkt und die Hände verkrampft über den Ebenholzhaaren. Manche hockten zu Bündeln zusammengerafft, Kopf an Kopf gedrückt, Sinnbilder der Furcht. Manche verneigten sich rhythmisch, als riefen sie Götter. Manche weinten. Manche waren wie tot.

Aber alle erschienen als Mägde des Mannes, der auf der schneelichtleuchtenden Scheibe stand.

Der Mann trug die weiße Seide, die für verhältnismäßig wenige Menschen in der großen Metropolis gewebt wurde. Er trug die weichen Schuhe, in denen die beliebten Söhne mächtiger Väter bei jedem Schritt die Erde zu streicheln schienen. Aber die Seide hing in Fetzen um den Körper des Mannes, und die Schuhe sahen aus, als bluteten die Füße, die in ihnen standen.

»Ist das der Mann, den Sie suchen, mein Herr?« fragte ein levantinischer Vetter aus September, zutraulich an das Ohr des Schmalen gebeugt.

Der Schmale antwortete nicht. Er sah den Mann an.

»Zum mindesten«, fuhr September fort, »ist es der Bursche, der gestern im gleichen Wagen kam wie heute Sie. Und zur Hölle mit ihm dafür! Er hat meine schwingende Muschel zum Vorhof der Hölle gemacht! Er hat Seelen geröstet! Ich habe wohl schon erlebt, daß im Maohee-Rausch sich Menschen als Könige dünkten, als Götter, als Feuer und Stürme, und daß sie die andern zwangen, sich als Könige, als Götter, als Feuer und Stürme zu fühlen. Ich habe wohl schon erlebt, daß Ekstatiker der Luft Frauen vom höchsten Punkt der Muschelwände zu sich herunterzwangen, daß sie, mit ausgebreiteten Händen springend, wie weiße Möwen ihm zu Füßen stürzten, ohne sich nur ein Glied zu versehren, wo andere sich zu Tode gefallen hätten. Der Mann da war nicht Gott, nicht Sturm und nicht Feuer, und

73

ganz gewiß verspürt er im Rausch keine Lust. Er kommt aus der Hölle, scheint mir, und brüllt im Rausch der Verdammnis. Er hat wohl nicht gewußt, daß für Menschen, die verdammt sind, auch die Ekstase Verdammnis ist. Der Narr! Das Gebet, das er betet, wird ihn nicht erlösen. Er glaubt, Maschine zu sein und betet sich selbst an. Er hat die anderen gezwungen, ihn anzubeten. Er hat sie zermahlen. Er hat sie zu Staub zerstampft. Heute schleppen sich viele Menschen durch Metropolis, die sich nicht erklären können, wovon ihre Glieder wie zerbrochen sind.«

»Schweigen Sie, September!« sagte der Schmale heiser. Er fuhr sich mit der Hand nach der Kehle, die sich wie ein glühender Kork, wie eine glimmende Holzkohle anfühlte.

September verstummte, die Achseln zuckend. Aus der Tiefe brodelten Worte von Lava.

»Ich bin Drei-geeint: Luzifer – Belial – Satan! Ich bin der ewige Tod! Ich bin der ewige Nicht-Weg! Zu mir her, was in die Hölle will! Meine Hölle hat viele Wohnungen! Ich will sie euch anweisen! Ich bin der große König aller Verdammten! Ich bin Maschine! Ich bin ein Turm über euch! Ich bin ein Hammer, ein Schwungrad, ein feuriger Ofen! Mörder bin ich und brauche nicht, was ich morde. Opfer will ich, und Opfer versöhnen mich nicht! Betet mich an und wißt: Ich höre euch nicht! Schreit zu mir: Pater noster! Wißt: Ich bin taub!«

Der Schmale wandte sich um; er sah das Gesicht Septembers als eine kalkige Masse an seiner Schulter. Es mochte sein, daß unter den Ahnfrauen Septembers eine war, die von den Inseln in der Südsee stammte, wo Götter wenig bedeuten, Gespenster alles.

»Das ist kein Mensch mehr«, flüsterte er mit Lippen aus Asche. »Ein Mensch wäre längst daran gestorben . . . Sehen Sie seine Arme, Herr? Glauben Sie, daß ein Mensch durch Stunden und Stunden das Stoßen einer Maschine nachahmen kann, ohne daran zu sterben? Er ist tot wie ein Stein. Wenn Sie ihn anrufen, fällt er um und zerbricht wie ein Bildwerk aus Ton.«

Es hatte nicht den Anschein, als ob die Worte Septembers zum Bewußtsein des Schmalen durchdrängen. Sein Gesicht trug einen Ausdruck von Haß und Leiden, als er wie ein Mensch sprach, der mit Schmerzen spricht.

»Ich hoffe, September, daß Sie heute nicht zum letzten Male Gelegenheit hatten, die Wirkung des Maohee auf Ihre Gäste zu beobachten.«

September lächelte ein Japan-Lächeln.

Er antwortete nicht.

Der Schmale trat nahe an die Brüstung des Muschelrandes, in dem er stand. Er beugte sich zu der milchigen Schale hinunter. Er rief in einem hohen und scharfen Ton, der wie ein Pfiff wirkte: »11811!«

Der Mann auf der schimmernden Scheibe drehte sich um sich selbst, als habe er seitlich einen Stoß bekommen. Der höllische Rhythmus seiner stoßenden Arme stockte und rann in ein Zittern aus. Wie ein Klotz schlug der Mann zu Boden und regte sich nicht mehr.

Der Schmale rannte den Gang hinab, erreichte das Ende und drängte den Kreis der Frauen auseinander, die, ganz erstarrt, vom Ende dessen, was sie mit Entsetzen erfüllt hatte, in tieferes Grauen gestoßen schienen als vom Anfang. Er kniete bei dem Mann nieder, sah ihm ins Gesicht und schob die zerfetzte Seide über dem Herzen fort. Er ließ seiner Hand nicht Zeit, den Blutschlag zu prüfen. Er hob den Mann auf und trug ihn auf seinen Armen fort. Das Seufzen der Frauen wehte hinter ihm drein wie ein dichter, nebelfarbener Vorhang.

September trat ihm in den Weg. Er wich zur Seite, als der Schmale ihn ansah. Er lief wie ein geschäftiger Hund neben ihm her, hastig atmend; aber er sagte nichts.

Der Schmale erreichte die Tür von Yoshiwara. September öffnete sie selbst vor ihm. Der Schmale trat auf die Straße. Der Fahrer riß den Schlag des Autos auf; er sah verstört auf den Mann, der, grausiger als ein Toter anzusehen, in Fetzen von weißer Seide, mit denen der Wind spielte, in den Armen des Schmalen hing.

Der Besitzer von Yoshiwara verbeugte sich oftmals, während der Schmale in den Wagen stieg. Aber der Schmale warf keinen Blick mehr auf ihn. Sein Gesicht, das grau war wie Stahl, erinnerte an die Klingen jener uralten Schwerter, die aus indischem Stahl in Schiras oder in Ispahan geschmiedet wurden und auf denen, unter Schmuk-kornamenten verborgen, höhnische und tödliche Sprüche stehen.

Der Wagen glitt davon; September schaute ihm nach. Er lächelte das friedliche Lächeln Ostasiens.

Der Wagen hielt vor der nächsten Ärztestation. Pfleger kamen und trugen das Bündel Mensch, das in den Fetzen der weißen Seide fror, zu dem diensttuenden Arzt. Der Schmale sah sich um. Er winkte dem Polizisten, der neben der Tür stand.

»Protokoll aufnehmen«, sagte er. Die Zunge gehorchte ihm kaum, gedörrt von Durst.

Der Polizist trat hinter ihm ins Haus.

»Warten Sie!« sagte der Schmale, mehr mit der Kopfbewegung als mit Worten. Er sah auf dem Tisch einen gläsernen Krug voll Wasser stehen, die Kühle des Wassers hatte ihn mit tausend Perlen beschlagen.

Der Schmale trank wie ein Tier, das aus der Wüste zur Tränke kommt. Er setzte den Krug ab und fror. Als ein kurzer Schauder ging das Frieren durch ihn hin.

Er wandte sich um und sah den Mann, den er hergebracht hatte, auf einem Bett liegen, über das ein junger Arzt sich beugte.

Die Lippen des Kranken waren von Wein benetzt. Die Augen standen ihm offen und starrten zur Decke, und aus den Augenwinkeln rannen sanft und unaufhaltsam Tränen um Tränen über seine Schläfen. Es war, als hätte der Mensch keinen Teil an ihnen, als tropften sie aus einem zerbrochenen Gefäß und könnten nicht eher mit Tropfen innehalten, bis das Gefäß ganz leergeronnen war.

Der Schmale sah dem Arzt ins Gesicht; der hob die Achseln. Der Schmale beugte sich über den Liegenden.

»Georgi«, sagte er halblaut. »Hören Sie mich?«

Der Kranke nickte; es war ein Schatten von Nicken.

»Wissen Sie, wer ich bin?«

Ein zweites Nicken.

»Sind Sie imstande, mir auf zwei oder drei Fragen Antwort zu geben?«

Abermals Nicken.

»Wie kamen Sie zu der weißseidenen Tracht?«

Für lange Zeit erhielt er keine Antwort außer dem sachten Fallen der Tränentropfen. Dann kam die Stimme, leiser als ein Hauch: »Er tauschte mit mir . . .«

»Wer?«

»Freder . . . Joh Fredersens Sohn.«

»Und dann, Georgi?«

»Er sagte mir, ich sollte auf ihn warten.«

»Wo warten, Georgi?«

Eine lange Stille. Dann kaum vernehmbar: »Neunundneunzigster Block. Haus sieben. Siebenter Stock.«

Der Schmale fragte nicht weiter. Er wußte, wer dort wohnte. Er sah den Arzt an; der machte ein völlig undurchdringliches Gesicht.

Der Schmale holte Atem, als ob er seufzte. Er sagte, mehr beklagend als sich erkundigend: »Warum sind Sie nicht lieber dorthin gegangen, Georgi?«

Er wandte sich zum Gehen und hielt still, als ihm Georgis Stimme tastend nachkam.

»Die Stadt . . . Das viele Licht . . . Geld, mehr als genug . . . Es steht geschrieben: Vergib uns unsere Schuld, und führe uns nicht in Versuchung . . .«

Seine Stimme losch aus. Der Kopf fiel auf die Seite. Er atmete, als weine seine Seele, da seine Augen es nicht mehr vermochten.

Der Arzt räusperte sich vorsichtig.

Der Schmale hob den Kopf, als sei er angerufen worden, und senkte ihn wieder.

»Ich komme noch einmal zurück«, sagte er sehr leise. »Er bleibt in Ihrer Obhut.«

Georgi schlief.

Der Schmale verließ das Zimmer, gefolgt von dem Polizisten.

»Was wollen Sie?« fragte der Schmale mit einem zerstreuten Blick.

»Das Protokoll, Herr.«

»Was für ein Protokoll?«

»Ich sollte ein Protokoll aufnehmen, Herr.«

Der Schmale sah den Polizisten an, sehr aufmerksam, fast grübelnd. Er hob die Hand und rieb sich über die Stirn.

»Ein Irrtum«, sagte er. »Das war ein Irrtum.«

Etwas verwundert, denn er kannte den Schmalen, grüßte der Polizist und entfernte sich.

Der Schmale blieb auf derselben Stelle stehen. Immer wieder, mit der gleichen, ratlosen Gebärde, rieb er sich über die Stirn.

Denn er wußte nicht (was aber September wußte und was sein Lächeln so friedlich sein ließ), daß mit dem ersten Schluck von Wein oder Wasser jegliches Erinnern an das Rauschgift Maohee, das in der Luft von Yoshiwara lebte, auslosch.

Er schüttelte den Kopf, stieg in den Wagen und sagte: »Neunundneunzigster Block.«


7


»Wo ist Georgi?« fragte Freder und ließ die Augen durch die drei Zimmer von Josaphat gleiten, die sich schön, mit etwas verwirrender Überfülle von Sesseln, Diwanen und Seidenkissen, mit Vorhängen, die das Licht goldig verdunkelten, vor ihm ausbreiteten.

»Wer?« fragte Josaphat unaufmerksam. Er hatte gewartet und nicht geschlafen, und die Augen standen ihm übergroß in dem mageren, fast weißen Gesicht. Seine Blicke, die nicht von Freder ließen, waren wie Hände, die sich erheben und anbeten.

»Georgi«, wiederholte Freder. Er lächelte glücklich mit seinem müden Mund.

»Wer ist das?« fragte Josaphat.

»Ich habe ihn zu Ihnen geschickt.«

»Es ist niemand gekommen.«

Freder sah ihn an, ohne zu antworten.

»Ich habe die ganze Nacht in diesem Stuhl gesessen«, fuhr Josaphat fort, das Schweigen Freders mißverstehend. »Ich habe nicht einen Augenblick lang geschlafen. Ich erwartete jede Sekunde, daß Sie kämen, oder daß ein Bote von Ihnen käme, oder daß Sie mich anrufen würden. Ich hatte auch die Wächter verständigt. Es ist niemand gekommen, Herr Freder.«

Freder schwieg noch immer. Langsam, beinahe stolpernd, trat er über die Schwelle in das Zimmer hinein, fuhr sich mit der rechten Hand nach dem Kopf, als wollte er den Hut abnehmen, und merkte, daß er die Kappe trug, die schwarze Kappe, die straff das Haar umspannte. Er streifte sie sich vom Kopf; sie fiel zu Boden. Seine Hand sank von der Stirn auf die Augen und blieb dort eine kleine Weile liegen. Dann gesellte sich die andere zu ihr, als wollte sie die Schwester trösten. Seine Gestalt glich einem jungen Baum, den ein starker Wind seitwärts drückt.

Josaphats Augen hingen an der Tracht, die Freder trug.

»Herr Freder«, begann er vorsichtig, »wie kommen Sie in diese Kleidung?«

Freder blieb von ihm abgewandt stehen. Er nahm die Hände von den Augen und drückte sie in sein Genick, als spüre er dort einen Schmerz.

»Georgi trug sie«, antwortete er. »Ich gab ihm meine.«

»Georgi ist also ein Arbeiter?«

»Ja. Ich fand ihn vor der Paternoster-Maschine. Ich nahm seinen Platz ein und schickte ihn zu Ihnen.«

»Vielleicht kommt er noch«, antwortete Josaphat.

Freder schüttelte den Kopf.

»Er müßte schon seit vielen Stunden hier sein. Hätte man ihn entdeckt, als er den Neuen Turm Babel verließ, dann wäre man auch zu mir gekommen, als ich vor der Maschine stand. Es ist sonderbar zu denken, doch man muß damit fertigwerden: Er ist nicht gekommen.«

»War viel Geld in dem Anzug, den Sie mit Georgi tauschten?« fragte Josaphat vorsichtig, wie man eine wunde Stelle entblößt.

Freder nickte.

»Dann dürfen Sie sich nicht wundern, daß Georgi nicht gekommen ist«, meinte Josaphat. Aber der Ausdruck der Scham und des Gequältseins in Freders Gesicht ließ ihn nicht weitersprechen.

»Wollen Sie sich nicht setzen, Herr Freder?« fragte er. »Oder sich niederlegen? Sie sehen so müde aus, daß es einem weh tut, Sie anzusehen.«

»Ich habe keine Zeit, mich niederzulegen, und habe auch keine Zeit, mich hinzusetzen«, antwortete Freder. Er ging durch das Zimmer, ziellos, sinnlos, stehenbleibend, wo ein Sessel, ein Tisch ihm Halt gebot. »Die Sache liegt so, Josaphat: Ich habe Georgi gesagt, daß er hierher gehen soll und hier auf mich warten – oder auf eine Botschaft von mir. Es ist tausend gegen eins zu wetten, daß der Schmale auf der Suche nach mir jetzt schon auf der Spur Georgis liegt, und es ist tausend gegen eins zu wetten, daß er aus ihm herausbekommt, wohin ich ihn bestellt habe.«

»Und Sie wollen nicht, daß der Schmale Sie findet?«

»Er darf mich nicht finden, Josaphat, um keinen Preis der Welt.«

Der andere schwieg, etwas ratlos. Freder sah ihn mit einem zitternden Lächeln an.

»Wie werden wir uns nun Geld verschaffen, Josaphat?«

»Das dürfte für den Sohn Joh Fredersens keine Schwierigkeiten haben.«

»Mehr als Sie glauben, Josaphat, denn ich bin nicht mehr Joh Fredersens Sohn.«

Josaphat hob den Kopf.

»Das verstehe ich nicht«, sagte er nach einer Pause.

»Es ist gar nicht mißzuverstehen, Josaphat. Ich habe mich von meinem Vater gelöst und gehe meinen eigenen Weg.«

Der Mann, der Erster Sekretär des Herrn über die große Metropolis gewesen war, hielt den Atem in den Lungen zurück und gab ihn strömend frei.

»Darf ich Ihnen etwas sagen, Herr Freder?«

»Nun?«

»Von seinem Vater löst man sich nicht los. Er ist es, der bestimmt, ob man bei ihm bleibt oder von ihm fort muß. Es gibt keinen Menschen, der stärker wäre als Joh Fredersen. Er ist wie die Erde. Wir haben der Erde gegenüber auch keinen Willen. Ihre Gesetze halten uns ewig senkrecht zum Nabel der Erde, auch wenn wir uns auf den Kopf stellen. Wenn Joh Fredersen seinen Menschen losläßt, so bedeutet das ebensoviel, als wenn die Erde einem Menschen ihre Anziehungskraft entzöge. Es bedeutet, ins Nichts zu fallen. Joh Fredersen mag loslassen, wen er will; seinen Sohn läßt er nicht los.«

»Wie aber nun«, antwortete Freder und sprach wie im Fieber, »wenn ein Mensch die Gesetze der Erde überwindet?«

»Utopie, Herr Freder.«

»Es gibt für den Erfindungsgeist des Menschen keine Utopie; es gibt nur ein Noch-nicht. Ich bin entschlossen, den Weg zu wagen. Ich muß ihn gehen, ja, ich muß ihn gehen! Ich kenne den Weg noch nicht, aber ich werde ihn finden, weil ich ihn finden muß.«

»Wohin Sie wollen, Herr Freder, gehe ich mit Ihnen.«

»Danke!« sagte Freder und streckte die Hand aus. Er fühlte sie ergriffen und mit schraubendem Druck umklammert.

»Das wissen Sie, Herr Freder, nicht wahr«, sagte Josaphats erstickte Stimme, »daß Ihnen alles gehört, alles, was ich bin und habe. Es ist nicht viel, denn ich habe wie ein Verrückter gelebt. Aber für heute und morgen und übermorgen . . .«

Freder schüttelte den Kopf, ohne die Hand Josaphats loszulassen.

»Nein, nein!« sagte er, eine Sturzflut von Rot im Gesicht. »So fängt man neue Wege nicht an. Wir müssen schon andere Mittel suchen. Es wird nicht leicht sein. Der Schmale versteht sein Geschäft.«

»Vielleicht wäre der Schmale für Sie zu gewinnen«, meinte Josaphat zögernd. »Denn, so sonderbar es klingen mag: Er liebt Sie.«

»Der Schmale liebt alle seine Opfer. Was ihn nicht hindert, als der rücksichtsvollste und zärtlichste Henker sie meinem Vater vor die Füße zu legen. Er ist das geborene Werkzeug, aber das Werkzeug des Stärksten. Er würde sich nie zum Werkzeug des Schwächeren machen, weil er sich selbst damit erniedrigte. Und Sie haben mir eben gesagt, Josaphat, um wieviel mein Vater stärker ist als ich.«

»Wenn Sie sich nun einem Ihrer Freunde anvertrauen?«

»Ich habe keine Freunde, Josaphat.«

Josaphat wollte widersprechen, aber er schwieg. Freder wandte ihm die Augen zu. Er richtete sich auf und lächelte, noch immer die Hand des anderen in der seinen.

»Ich habe keine Freunde, Josaphat, und, was schwerer wiegt, ich habe keinen Freund. Ich hatte Spielkameraden, Spaßkameraden . . . Aber Freunde? Einen Freund? Nein, Josaphat! Kann man sich einem Menschen anvertrauen, von dem man nichts weiß, als wie sein Lachen klingt?«

Er sah die Augen des anderen auf sich gerichtet und erkannte die Inbrunst darin und den Schmerz und die Wahrheit.

»Ja«, sagte er mit einem gehetzten Lächeln, »dir möchte ich mich wohl anvertrauen. Ich muß mich dir anvertrauen, Josaphat. Ich muß ›du‹ zu dir sagen und ›Freund‹ und ›Bruder‹, weil ich einen Menschen brauche, der mit mir geht in Glauben und Zuversicht bis an der Welt Ende. Willst du der Mensch sein?«

»Ja.«

»Ja?« Er kam auf ihn zu und legte die Hände auf seine Schultern. Er sah ihm ganz nah ins Gesicht. Er rüttelte ihn. »Du sagst ja, aber weißt du, was das heißt – für dich und für mich? Was für ein letztes Senkblei-Werfen das ist, was für ein Verankern? Ich kenne dich kaum, ich wollte dir helfen – ich kann dir nicht einmal mehr helfen, weil ich in dieser Stunde ärmer bin als du – aber vielleicht ist das ganz gut. Den Sohn Joh Fredersens kann man vielleicht verraten, aber mich, Josaphat? Einen Menschen, der nichts hat als einen Willen und ein Ziel? Den zu verraten kann sich nicht lohnen, wie, Josaphat?«

»Gott soll mich erschlagen, wie man einen räudigen Hund erschlägt . . .«

»Es ist gut, es ist gut . . .« Freders Lächeln kam wieder und stand ihm klar und schön im müden Gesicht. »Ich gehe nun, Josaphat. Ich will zur Mutter meines Vaters gehen, um ihr etwas zu bringen, das mir sehr heilig ist. Ich bin vor Abend wieder da. Werde ich dich dann hier finden?«

»Ja, Herr Freder, ganz gewiß!«

Sie reichten sich die Hände. Hand hielt Hand umklammert. Sie sahen sich an. Blick hielt Blick umklammert. Dann lösten sie sich stumm, und Freder ging.

Eine kleine Weile später – Josaphat stand noch auf demselben Fleck, auf dem Freder ihn verlassen hatte –, klopfte es an die Tür.

Obwohl das Klopfen sanft war, so bescheiden wie das Klopfen eines Bittenden, war doch etwas in ihm, das einen Schauder über den Rücken Josaphats jagte. Er stand still und blickte gegen die Tür, unfähig ›Herein‹ zu rufen oder selbst zu öffnen.

Das Klopfen wiederholte sich und wurde um nichts lauter. Es kam zum dritten Male und war noch immer ebenso sanft. Aber gerade das verstärkte den Eindruck seiner Unentrinnbarkeit und daß es zwecklos sein würde, sich auf die Dauer taub zu stellen.

»Wer ist da?« fragte Josaphat heiser. Er wußte ganz genau, wer da draußen stand. Er fragte nur, um Zeit zu gewinnen, um Atem zu holen, was er sehr nötig hatte. Er erwartete keine Antwort und bekam sie auch nicht.

Die Tür ging auf.

In der Tür stand der Schmale.

Sie grüßten einander nicht; keiner grüßte. Josaphat: weil ihm der Schlund zu trocken war; der Schmale: weil seine Greifaugen in der Sekunde, da er auf die Schwelle trat, das Zimmer durchflogen und etwas gefunden hatten: eine schwarze Kappe, die am Boden lag.

Josaphat folgte dem Blick des Schmalen mit den Augen. Er regte sich nicht. Mit stillen Schritten ging der Schmale auf die Kappe zu, beugte sich und hob sie auf. Er drehte sie sacht hin und her, drehte sie um.

Im schweißgetränkten Futter der Kappe stand die Zahl: 11811.

Der Schmale wog die Mütze in fast zärtlichen Händen. Er richtete die wie von Müdigkeit verschleierten Augen auf Josaphat und fragte, nur halblaut sprechend: »Wo ist Freder, Josaphat?«

»Ich weiß es nicht.«

Der Schmale lächelte schläfrig. Er streichelte die schwarze Kappe. Josaphats heisere Stimme fuhr fort: »Aber wenn ich es wüßte, so würden Sie es nicht aus mir herausbekommen . . .«

Der Schmale sah Josaphat an, noch immer lächelnd, noch immer die schwarze Kappe streichelnd.

»Sie haben recht«, sagte er höflich. »Verzeihen Sie! Es war eine müßige Frage. Natürlich werden Sie mir nicht sagen, wo Herr Freder ist. Das ist auch gar nicht nötig. Es handelt sich um etwas ganz anderes.«

Er steckte die Kappe ein, sie sorglich zusammenrollend, und sah sich im Zimmer um. Er ging auf einen Sessel zu, der an einem schwarzblanken, niedrigen Tische stand.

»Sie erlauben?« sagte er höflich, indem er sich setzte.

Josaphat machte eine Kopfbewegung; aber das »Bitte!« verdorrte ihm in der Kehle. Er rührte sich nicht vom Fleck.

»Sie wohnen schön hier«, sagte der Schmale, sich zurücklehnend und mit weiter Kopfbewegung die Räume überschauend. »Alles ist auf Weichheit und Halbdunkel gestimmt. Die Atmosphäre über diesen Kissen ist ein lauer Duft. Ich kann es begreifen, daß es Ihnen schwerfallen wird, diese Wohnung aufzugeben.«

»Ich habe auch gar nicht die Absicht«, sagte Josaphat. Er schluckte.

Der Schmale drückte die Lider zu, als wollte er schlafen.

»Nein, noch nicht. Aber bald.«

»Ich denke ja gar nicht daran«, antwortete Josaphat. Seine Augen röteten sich, und er sah den Schmalen mit Blicken an, in denen der Haß schwelte.

»Nein, noch nicht. Aber bald.«

Josaphat stand ganz still; doch plötzlich schlug er mit der Faust durch die Luft, als tobe er gegen eine unsichtbare Tür.

»Was wollen Sie eigentlich?« fragte er keuchend. »Was soll das heißen?«

Es hatte zunächst den Anschein, als hätte der Schmale das Fragen nicht gehört. Schläfrig, mit geschlossenen Lidern, saß er da und atmete unhörbar. Aber als das Leder einer Sessellehne unter dem Griff Josaphats kreischte, sagte der Schmale sehr langsam, aber sehr klar: »Ich will von Ihnen den Preis dafür wissen, daß Sie diese Wohnung aufgeben, Josaphat.«

»Wann?«

»Sofort.«

»Was heißt das: sofort?«

Der Schmale schlug die Augen auf, sie waren kalt und blank wie Kiesel in einem Bach.

»Sofort heißt: binnen einer Stunde. Sofort heißt: lange vor heute abend.«

Über den Rücken Josaphats ging ein Zittern. Langsam zogen sich die Hände an seinen hängenden Armen zu Fäusten zusammen.

»Gehen Sie, Herr . . .« sagte er lautlos. »Machen Sie, daß Sie hinauskommen! Augenblicklich! Sofort!«

»Die Wohnung ist schön«, sagte der Schmale. »Sie geben sie ungern her. Sie hat Liebhaberwert. Auch bleibt Ihnen nicht genügend Zeit, große Koffer zu packen. Sie können nur mitnehmen, was Sie in vierundzwanzig Stunden brauchen. Die Reise, Neuanschaffungen, Aufenthalt eines Jahres – das alles im Preis einbezogen: Was kostet Ihre Wohnung, Josaphat?«

»Ich werde Sie auf die Straße schmeißen«, stammelte Josaphats fiebernder Mund. »Ich werde Sie sieben Stockwerke tief auf die Straße hinunterschmeißen, durchs Fenster, Herr! Durch das geschlossene Fenster, wenn Sie nicht augenblicklich machen, daß Sie hinauskommen . . .«

»Sie lieben eine Frau. Die Frau liebt Sie nicht. Frauen, die nicht lieben, sind kostspielig. Sie wollen diese Frau kaufen. Gut. Das verdreifacht den Preis der Wohnung. Das Leben an der Adria, in Rom, auf Teneriffa, auf einem schönen Schiff rund um die Erde – mit einer Frau, die täglich neu gekauft sein will . . . Begreiflich, Josaphat, daß Wohnung teuer wird. Aber, um die Wahrheit zu sagen, ich muß sie haben, also muß ich sie bezahlen.«

Er griff in die Tasche und holte ein Bündel Banknoten heraus. Er schob es Josaphat hin, über den schwarzblanken, spiegelnden Tisch. Josaphat krallte danach, daß seine Nägel Spuren auf der Tischplatte hinterließen, und warf es dem Schmalen nach dem Gesicht. Der fing es ab, mit einer ganz kleinen, gedankenschnellen Bewegung, und legte es sacht auf den Tisch zurück. Er legte ein zweites daneben.

»Genügt das?« fragte er schläfrig.

»Nein!« schrie Josaphat.

»Vernünftig!« sagte der Schmale. »Sehr vernünftig! Warum sollen Sie Ihren Vorteil nicht ausnützen? Eine Gelegenheit wie diese, Ihr ganzes Leben um hundert Stufen zu erhöhen, unabhängig, glücklich, frei zu werden, die Erfüllung aller Wünsche, die Befriedigung jeder Laune – der eigenen und einer schönen Frau – vor sich zu haben, bietet sich Ihnen im Leben nur einmal und niemals wieder. Greifen Sie zu, Josaphat, wenn Sie kein Narr sind! Im Vertrauen gesagt: Die schöne Frau, von der wir vorhin sprachen, ist schon verständigt und erwartet Sie neben dem Flugzeug, das bereitsteht . . . Dreifachen Preis, Josaphat, wenn Sie die schöne Frau nicht warten lassen!«

Er legte das dritte Paket mit Banknoten auf den Tisch. Er sah Josaphat an. Josaphats gerötete Augen fraßen sich in die seinen. Josaphats Hände faßten blind zutappend nach den drei braunen Bündeln. Die Zähne standen weiß unter seinen Lippen, während seine Finger die Scheine zerfetzten, als bissen sie sie zu Tode.

Der Schmale schüttelte den Kopf. »Das tut nichts«, sagte er friedlich. »Ich habe hier ein Bankbuch, das auf etlichen Blättern die Blanko-Unterschrift Joh Fredersens trägt. Wir setzen eine Summe auf dieses erste Blatt, eine Summe, die das Doppelte des bisherigen Betrages ausmacht. Nun, Josaphat?«

»Ich will nicht!« sagte der andere, von Kopf bis Fuß geschüttelt.

Der Schmale lächelte.

»Nein«, sagte er. »Noch nicht. Aber bald.«

Josaphat antwortete nicht. Er stierte auf das weiße, bedruckte und beschriebene Blatt Papier, das vor ihm auf dem schwarzblanken Tisch lag. Er sah nicht die Zahl, die darauf stand. Er sah nur den Namen, der darauf stand: Joh Fredersen. Wie mit der Schneide einer Axt geschrieben . . .

Josaphat drehte den Kopf hin und her, als spüre er die Schneide dieser Art im Genick.

»Nein«, röchelte er. »Nein!«

»Noch nicht genug?« fragte der Schmale.

Josaphats Kopf fiel zur Seite. Der Schweiß lief über seine Schläfen.

»Doch!« sagte er lallend. »Doch! Es ist genug.«

Der Schmale erhob sich. Etwas glitt von seinen Knien herunter, das er mit den Banknotenbündeln aus der Tasche gezogen hatte, ohne es zu merken. Josaphats Augen fielen darauf.

Es war eine schwarze Kappe, wie sie die Arbeiter in den Werken Joh Fredersens trugen.

Josaphat heulte auf. Er warf sich auf beide Knie. Er griff mit beiden Händen nach der schwarzen Kappe. Er riß sie an seinen Mund. Er stierte den Schmalen an. Er schnellte sich auf. Er sprang wie ein Hirsch vor der Meute, um die Tür zu gewinnen.

Aber der Schmale kam ihm dennoch zuvor. Mit weitem Satz flog er über den Tisch, den Diwan, prallte gegen die Tür, stand vor Josaphat. Für den Bruchteil eines Augenzwinkerns starrten sie sich in die Gesichter. Dann fuhren Josaphats Hände dem Schmalen an die Gurgel. Der Schmale senkte den Kopf. Er warf die Arme vor wie Fangarme eines Polypen. Sie hielten sich gepackt und rangen miteinander, glühend und eiskalt, rasend und überlegen, zähnekirschend und lautlos, Brust an Brust.

Sie rissen sich los und stürmten gegeneinander. Sie stürzten und rangen, sich über den Boden wälzend. Josaphat zwang seinen Gegner unter sich. Sie stemmten sich kämpfend aneinander hoch. Sie stolperten und rollten über Sessel und Diwan. Der schöne Raum, in Wüstheit verwandelt, erschien zu klein für die beiden verflochtenen Körper, die sich wie Fische schnellten, wie Stiere stampften, wie kämpfende Bären nacheinander schlugen.

Aber der unerschütterlichen, grausigen Kälte des Schmalen hielt der weißglühende Wahnsinn seines Gegners nicht stand. Plötzlich, als hätte ihm einer die Kniegelenke durchschlagen, sackte Josaphat unter den Händen des Schmalen zusammen, fiel in die Knie und lag, mit glasigen Augen nach oben starrend, da.

Der Schmale löste die Hände. Er sah auf ihn nieder.

»Genug jetzt?« fragte er und lächelte schläfrig.

Josaphat gab keine Antwort. Er bewegte die rechte Hand. In aller Wut des Kampfes hatte er doch die schwarze Kappe nicht losgelassen, die Freder getragen hatte, als er zu ihm kam.

Er hob die Kappe mühsam auf seinen Schoß, als sei sie ein

Zentnergewicht. Er drehte sie zwischen den Fingern. Er streichelte sie.

»Kommen Sie, Josaphat, stehen Sie auf!« sagte der Schmale. Er sprach sehr ernst und sanft und ein wenig traurig. »Darf ich Ihnen helfen? Geben Sie mir die Hände! Nein, nein, ich nehme Ihnen die Kappe nicht weg. Ich glaube, ich habe Ihnen sehr weh tun müssen. Das ist nicht gern geschehen. Aber Sie haben mich dazu gezwungen.«

Er ließ den nun Aufrechtstehenden los und sah sich mit trübem Lächeln um.

»Gut, daß wir uns vorher über den Preis geeinigt hatten«, meinte er. »Jetzt wäre die Wohnung erheblich billiger.«

Er seufzte ein wenig und blickte Josaphat an.

»Wann sind Sie bereit zum Gehen?«

»Jetzt«, sagte Josaphat.

»Sie nehmen nichts mit?«

»Nein.«

»Sie wollen gehen, so wie Sie sind – mit allen Spuren des Kampfes, zerfetzt und zerrissen?«

»Ja.«

»Ist das höflich gegen die Frau, die auf Sie wartet?«

In Josaphats Augen kam der Blick zurück. Mit roten Augen starrte er auf den Schmalen.

»Wenn Sie nicht wollen, daß ich an der Frau den Mord begehe, der mir an Ihnen nicht geglückt ist, dann schicken Sie sie weg, bevor ich komme«, sagte er lautlos.

Der Schmale schwieg. Er wandte sich zum Gehen. Er nahm den Bankschein, faltete ihn zusammen und steckte ihn in Josaphats Tasche.

Josaphat leistete keinen Widerstand.

Er ging vor dem Schmalen her zur Tür. Dort blieb er noch einmal stehen und sah sich um.

Er schwenkte die Mütze, die Freder getragen hatte, zum Abschied gegen das Zimmer und brach in ein Gelächter aus, das kein Ende nehmen wollte. Er schlug mit der Schulter gegen den Türpfosten . . .

Dann ging er hinaus. Der Schmale folgte ihm.

## 8

Freder ging die Stufen zum Dom hinauf, zögernd; er ging den Weg zum erstenmal. Hel, seine Mutter, war oft in den Dom gegangen. Aber ihr Sohn noch nie. Nun sehnte er sich, ihn mit den Augen seiner Mutter zu sehen und mit den Ohren Hels, seiner Mutter, die Steingebete der Säulen zu hören, deren jede ihre besondere Stimme hatte.

Er trat in den Dom wie ein Kind, nicht fromm, doch nicht ohne Scheu, bereit zur Andacht, aber furchtlos. Er hörte wie Hel, seine Mutter, das Kyrie eleison der Steine und das Tedeum laudamus, das De profundis und das Jubilate. Und er hörte, gleich seiner Mutter, wie der gewaltig klingende steinerne Chor gekrönt wurde vom Amen des Kreuzgewölbes . . .

Er suchte Maria, die an der Treppe zum Glockenturm auf ihn warten wollte; aber er fand sie nicht. Er wanderte durch den Dom, der menschenleer schien. Einmal blieb er stehen, da stand er dem Tod gegenüber.

In einer Seitennische stand der gespenstische Spielmann, holzgeschnitten, in Hut und weitem Mantel, die Sense geschultert, am Gürtelstrick baumelnd das Stundenglas, und der Spielmann spielte auf einem Knochen wie auf einer Flöte. Die sieben Todsünden waren sein Gefolge.

Freder sah dem Tod ins Gesicht. Dann sprach er: »Wärest du früher gekommen, du hättest mich nicht erschreckt. Jetzt bitte ich dich: Bleibe mir und der Liebsten fern!«

Aber der grausige Flötenspieler schien auf nichts anderes zu hören als auf das Lied, das er spielte.

Freder ging weiter. Er kam in das Mittelschiff. Er sah, ausgestreckt vor dem Hochaltar, den der gekreuzigte Gottmensch überschwebte, eine dunkle Gestalt auf den Quadern liegen, niedergeworfen, die Hände zur Seite gekrallt, das Gesicht in die Kälte des Steines hineingepreßt, als sollten die Steine zerbersten am Druck der Stirn. Die Gestalt trug ein Mönchsgewand, der Kopf war geschoren. Von den Schultern bis zu den Fersen rüttelte ein unablässiges Zittern den mageren Körper, der wie im Krampf erstarrt schien.

Aber plötzlich bäumte der Körper sich auf. Eine weiße Flamme schlug hoch: ein Gesicht; schwarze Flammen darin: zwei lodernde Augen. Eine Hand fuhr empor, krallte hoch in die Luft gegen das Kruzifix, das den Altar überschwebte.

Und eine Stimme sprach wie die Stimme des Feuers: »Ich lasse dich nicht, Gott, Gott – du segnetest mich denn!«

Das Echo der Säulen gellte die Worte nach.

Der Sohn Joh Fredersens hatte den Mann nie gesehen. Aber er wußte, sobald das Weißflammengesicht die schwarzen Flammen der Augen vor ihm enthüllte: Das war Desertus, der Mönch, Feind seines Vaters . . .

Vielleicht, daß sein Atem zu laut geworden war. Jäh schlugen die schwarzen Flammen zu ihm hinüber. Der Mönch stand langsam auf. Er sagte kein Wort. Er streckte die Hand aus. Die Hand wies nach der Tür.

»Warum schickst du mich fort, Desertus?« fragte Freder. »Steht das Haus deines Gottes nicht allen offen?«

»Bist du hierhergekommen, um Gott zu suchen?« fragte die rauhe und heiße Stimme des Mönchs.

Freder zögerte. Er senkte den Kopf.

»Nein«, sagte er. Aber sein Herz wußte es besser.

»Wenn du Gott nicht suchst, hast du hier nichts zu suchen«, sagte der Mönch.

Da ging der Sohn Joh Fredersens.

Er ging aus dem Dom wie ein Mensch, der im Schlaf geht. Das Licht des Tages traf seine Augen hart. Gefoltert von Müdigkeit, vom Betrübtsein erschöpft, ging er die Stufen hinab und planlos geradeaus.

Das Gebrüll der Straße legte sich ihm wie ein Taucherhelm um die Ohren. Er ging in Betäubung, wie zwischen dicken, gläsernen Wänden. Er hatte keinen Gedanken außer dem Namen der Geliebten, kein Bewußtsein außer der Sehnsucht nach ihr. Frierend vor Müdigkeit, dachte er an die Augen und Lippen des Mädchens mit einem Gefühl, das sehr dem Heimweh glich.

Ach, Stirn an Stirn mit ihr – dann Mund an Mund – geschlossene Augen – Atem . . .

Friede . . .

Komm, sagte sein Herz. Warum läßt du mich allein?

Er ging in einem Strom von Menschen und kämpfte gegen die Narrheit, inmitten dieses Stromes stehenzubleiben und jede einzelne Welle, die ein Mensch war, zu fragen, ob sie wisse, wo Maria sei und warum sie ihn vergebens habe warten lassen.

Er kam an das Haus des Magiers. Da blieb er stehen.

Er starrte ein Fenster an.

War er verrückt?

Da stand Maria hinter den trüben Scheiben. Das war ihr Gesicht, das war ihr Mund, der sich auftat. Das waren ihre gebenedeiten Hände, ausgestreckt nach ihm, ein stummes Schreien: Hilf mir!

Dann war das Ganze rückwärts weggerissen, verschluckt von der Schwärze des Raumes hinter ihm, spurlos verschwunden, wie niemals gewesen. Stumm, tot und böse lag das Haus des Magiers da.

Freder stand unbeweglich. Er holte tief, tief Atem. Dann tat er einen Sprung. Er stand vor der Tür des Hauses.

Kupferrot glühte im schwarzen Holz der Tür das Siegel Salomonis, das Pentagramm.

Freder pochte.

Im Haus rührte sich nichts.

Er pochte zum zweiten Male.

Das Haus blieb stumm und verstockt.

Er trat zurück und sah zu den Fenstern empor.

Sie blickten in böser Trübheit über ihn fort.

Er sprang von neuem zur Tür. Er schlug mit den Fäusten dagegen. Er hörte das Echo seiner taumelnden Schläge gleich einem dumpfen Gelächter das Haus erschüttern.

Aber das kupferne Siegel Salomonis grinste ihn an von der unerschütterten Tür.

Er stand für Sekunden still. Seine Schläfen dröhnten. In einem Gefühl der äußersten Hilflosigkeit war er dem Weinen wie dem Fluchen gleich nahe.

Da hörte er eine Stimme, die Stimme seiner Geliebten: »Freder!« Und abermals: »Freder!«

Er sah Blut vor den Augen. Er wollte sich mit der vollen Wucht seiner Schultern gegen die Tür werfen . . .

Aber im selben Augenblick tat die Tür sich lautlos auf. Sie schwang rückwärts in gespenstischer Stille und gab den Weg ins Haus vollkommen preis.

Das war so unerwartet und so verstörend, daß Freder mitten im Schwung, der ihn gegen die Tür warf, beide Hände gegen die Pfosten stemmte und angeklammert stand. Er hatte die Zähne in die Lippen gegraben. Schwarz wie die Mitternacht war das Herz des Hauses . . .

Aber die Stimme Marias rief nach ihm aus dem Herzen des Hauses: »Freder!«

Er lief in das Haus hinein wie blind geworden. Die Tür fiel hinter ihm zu. Er stand in Schwärze. Er rief. Er bekam keine Antwort. Er sah nichts. Er tappte. Er fühlte Mauern, endlose Mauern. Treppenstufen. Er klomm die Stufen hinauf . . .

Eine bleiche Röte schwamm um ihn her wie der Widerschein eines fernen, düsteren Feuers.

Plötzlich – er blieb stehen und krallte die Hand ins Gestein hinter sich – kam ein Laut aus dem Nichts: das Weinen einer zu Tode betrübten Frau.

Es klang nicht laut, und dennoch war es, als strömte aus ihm der Ursprung aller Klage. Es war, als weinte das Haus, als sei jeder Stein der Mauer ein schluchzender Mund, aus ewiger Stummheit erlöst, um einmal ein einziges Mal ewige Qual zu klagen.

Freder schrie – er war sich bewußt, daß er nur schrie, um das Weinen nicht mehr zu hören: »Maria – Maria!«

Seine Stimme war hell und wild wie ein Schwur: Ich komme!

Er rannte die Treppen hinauf. Er kam ans Ende der Treppe. Ein Gang, kaum erhellt. Zwölf Türen mündeten da.

Im Holz einer jeden Tür glühte kupferrot das Siegel Salomonis, das Pentagramm.

Er sprang auf die erste zu. Noch ehe er sie berührte, schwang sie weit und lautlos vor ihm auf. Leere war hinter ihr. Ein kahler Raum.

Die zweite Tür. Dasselbe.

Die dritte. Die vierte. Sie schwangen alle vor ihm auf, als bliese sein Atem sie aus den Schlössern.

Freder stand still. Er schob den Kopf in die Schultern. Er hob den Arm und drückte ihn über die Stirn. Er sah sich um. Die offenen Türen klafften. Das traurige Weinen verstummte. Es wurde ganz still.

Doch aus der Stille kam eine Stimme, leise, süß und zärtlicher als ein Kuß: »Komm doch! Komm doch! Ich bin ja hier, mein Lieb . . .«

Freder rührte sich nicht. Er kannte die Stimme genau. Es war die Stimme Marias, die er liebte. Und doch war es eine fremde Stimme. Nichts auf der Welt konnte süßer sein als der Ton dieses letzten Lockens, und nichts auf der Welt war so bis zum Überströmen erfüllt mit einer dunklen, tödlichen Verruchtheit.

Freder fühlte die Tropfen auf seiner Stirn.

»Wer bist du?« fragte er tonlos.

»Kennst du mich nicht?«

»Du bist nicht Maria . . .«

»Freder!« klagte die Stimme, Marias Stimme.

»Willst du, daß ich den Verstand verliere?« fragte Freder zwischen den Zähnen. »Warum kommst du nicht zu mir?«

»Ich kann ja nicht kommen, Liebster . . .«

»Wo bist du?«

»Such mich!« sagte die süß lockende, die tödlich verruchte Stimme und lachte leise.

Aber mitten in das Lachen hinein klang eine andere Stimme – und war auch Marias Stimme, krank vor Furcht und Grauen:

»Freder! Hilf mir, Freder! Ich weiß nicht, was mit mir geschieht . . . Aber was geschieht, ist schlimmer als Mord. Meine Augen sind an . . .«

Jäh, wie zerschnitten, erstickte die Stimme. Aber die andere, die auch Marias Stimme war, lachte süß lockend weiter: »Such mich, Liebster!«

Freder begann zu laufen. Sinn- und verstandlos begann er zu laufen. An Wänden hin, an offenen Türen vorbei, Treppen hinauf, hinunter, aus Dämmerungen in Dunkelheiten, von jäh aufflammenden Lichtkegeln angezogen, geblendet, und wieder in Höllenfinsternis getaucht. Er lief wie ein blindes Tier, stöhnend, außer sich. Er merkte, daß er im Kreis lief, immer auf seiner eigenen Spur, aber er kam nicht los davon, kam nicht heraus aus dem verfluchten Kreis. Er lief in dem purpurnen Nebel seines eigenen Blutes, das ihm die Augen und die Ohren füllte, und hörte die Sturzwelle seines Blutes gegen das Hirn branden und hörte doch darüber wie Vogelsingen das süße, tödlich verruchte Lachen Marias:

»Suche mich, Liebster! Ich bin hier! Ich bin hier . . .«

Endlich fiel er. Seine Knie taumelten in der Dunkelheit gegen irgend etwas, das ihrer Blindheit im Wege war; er stolperte und fiel. Er fühlte Steine unter seinen Händen, kühle, harte Steine, ebenmäßig gequadert. Sein ganzer Körper ruhte, zerschlagen, gefoltert, auf dieser kühlen Hälfte von Quadersteinen. Er wälzte sich auf den Rücken. Er stemmte sich hoch, brach wieder zusammen und lag am Boden. Eine erstickende Decke senkte sich nieder. Sein Bewußtsein sackte weg, wie ersäuft . . .

Rotwang hatte ihn stürzen sehen. Er wartete, sachlich und wachsam, ob dieser junge Wilde, der Sohn Joh Fredersens und der Hel, nun endlich genug habe, oder ob er sich noch einmal aufraffen würde zum Kampf gegen nichts.

Aber es schien, er hatte genug. Er lag bemerkenswert still. Er atmete nicht einmal mehr. Er glich einem Toten.

Der große Erfinder verließ seinen Horcherposten. Auf lautlosen

Schuhen durchschritt er das dunkle Haus. Er öffnete eine Tür und trat in den Raum. Er schloß die Tür und blieb an der Schwelle stehen. Mit einer Erwartung, die wußte, wie sinnlos sie war, sah er das Mädchen an, das den Raum bewohnte.

Er fand sie so, wie er sie immer fand. Im fernsten Winkel des Raumes, im hohen, schmalen Stuhl, die Hände rechts und links auf die Lehnen gelegt, steil aufgerichtet, mit Augen, die lidlos schienen. Nichts an ihr lebt außer diesen Augen. Der blasse Mund, noch herrlich in seiner Blässe, schien das Unsägliche in sich zu verschließen. Sie sah den Mann nicht an, sie sah über ihn fort.

Rotwang beugte sich vor. Er kam ihr nicht näher. Nur seine Hände, seine einsamen Hände tasteten durch die Luft, als wollten sie das Antlitz Marias umschließen. Seine Augen, seine einsamen Augen hüllten das Antlitz der Maria ein.

»Willst du nicht einmal lächeln?« fragte er. »Willst du nicht einmal weinen? Ich brauche beides, dein Lächeln und dein Weinen. So wie du jetzt bist, Maria, ist dein Bild in meine Netzhaut eingebrannt, unverlierbar. Ich könnte eine Meisterprüfung machen in deinem Abscheu und in deiner Starrheit. Der bittere Zug der Verachtung um deinen Mund ist mir ebenso vertraut wie der Hochmut deiner Brauen und deiner Schläfen. Aber ich brauche dein Lächeln und Weinen, Maria. Oder du machst mich zum Stümper an meinem Werk.«

Er schien zu der tauben Luft gesprochen zu haben. Stumm saß das Mädchen und blickte über ihn fort.

Rotwang nahm einen Stuhl; er setzte sich rittlings darauf, kreuzte die Arme über der Lehne und sah das Mädchen an. Er lächelte trübe.

»Ihr armen Kinder beide!« sagte er. »Daß ihr den Kampf mit Joh Fredersen gewagt habt! Dir kann man keinen Vorwurf daraus machen; du kennst ihn nicht und weißt nicht, was du tust. Aber der Sohn sollte seinen Vater kennen. Ich glaube nicht, daß es einen Menschen gibt, der sich rühmen könnte, Joh Fredersen besiegt zu haben. Ihr könntet leichter den unerforschlichen Gott, von dem es heißt, daß er die Welt regiere, nach eurem Willen beugen als Joh Fredersen.«

Das Mädchen saß wie ein Steinbild, unbeweglich.

»Was wirst du tun, Maria, wenn Joh Fredersen dich und deine Liebe so ernst nimmt, daß er zu dir kommt und sagt: ›Gib mir den Sohn zurück.‹?«

Das Mädchen saß wie ein Steinbild, unbeweglich.

»Er wird dich fragen: ›Was ist mein Sohn dir wert?‹ Und wenn du klug bist, gibst du ihm zur Antwort: ›Nicht mehr noch weniger, als er dir wert ist.‹ Er wird den Preis bezahlen, und das wird ein hoher Preis sein, denn Joh Fredersen hat nur einen Sohn.«

Das Mädchen saß wie ein Steinbild, unbeweglich.

»Was weißt du vom Herzen Freders?« fuhr der Mann fort. »Er ist jung wie der Morgen bei Sonnenaufgang. Dies morgenjunge Herz ist dein. Wo wird es am Mittag sein? Und wo am Abend? Weit fort von dir, Maria, weit, weit fort. Die Welt ist sehr groß und die Erde sehr schön. Sein Vater wird ihn rund um die Erde schicken. Über der schönen Erde wird er dich vergessen, bevor noch die Uhr seines Herzens auf Mittag steht.«

Das Mädchen saß wie ein Steinbild, unbeweglich. Aber um seinen blassen Mund, der einer Knospe der Schneerose glich, begann ein Lächeln aufzublühen, ein Lächeln von solcher Süße, solcher Tiefe, daß es schien, als sollte die Luft um das Mädchen her zu strahlen beginnen.

Der Mann sah das Mädchen an. Seine einsamen Augen waren verhungert und ausgedörrt wie die Wüste, die Tau nicht kennt. Mit einer heiseren Stimme sprach er weiter:

»Woher nimmst du deine heilige Zuversicht? Glaubst du, die erste zu sein, die Freder liebt? Hast du den ›Klub der Söhne‹ vergessen, Maria? Dort sind hundert Frauen – und alle sind sein. Diese kleinen, zärtlichen Frauen alle könnten dir von der Liebe Freders erzählen, denn sie wissen mehr davon als du, und du hast vor ihnen nur eines voraus: daß du weinen kannst, wenn er dich verläßt; denn das Weinen ist ihnen verboten worden. Wenn der Sohn Joh Fredersens Hochzeit hält, wird es sein, als hielte Metropolis Hochzeit. Wann? Das wird Joh Fredersen bestimmen. Mit wem? Das wird Joh Fredersen bestimmen. Aber du bist nicht die Braut, Maria! Am Tag seiner Hochzeit hat dich der Sohn Joh Fredersens vergessen.«

»Niemals!« sagte das Mädchen.

Und die schmerzlosen Tränen einer großen, treuen Zärtlichkeit fielen auf die Schönheit ihres Lächelns.

Der Mann stand auf. Er blieb vor dem Mädchen stehen. Er sah es lange an. Er wandte sich ab. Als er über die Schwelle des nächsten Raumes schritt, fiel seine Schulter gegen den Pfosten der Tür.

Er warf die Tür ins Schloß. Er starrte geradeaus. Er sah auf das Wesen – sein Geschöpf aus Glas und Metall –, das, fast vollendet, den Kopf der Maria trug.

Seine Hände näherten sich dem Kopf, und je näher sie kamen, um so mehr hatte es den Anschein, als wollten diese Hände, diese einsamen Hände, nicht erschaffen, sondern zerstören.

»Stümper sind wir, Futura!« sagte er. »Stümper! Stümper! Kann ich dir das Lächeln geben, das die Engel mit Wollust in die Hölle stürzen läßt? Kann ich dir die Tränen geben, die den obersten Satan erlösen und seligsprechen würden? Parodie ist dein Name und Stümper der meine!«

In Glanz und Kälte strahlend stand das Wesen und sah seinen Schöpfer mit Augen des Rätsels an. Und als er die Hände auf seine Schulter legte, erklirrte ihr feiner Bau in geheimnisvollem Gelächter.

Als Freder wieder zu sich kam, war eine trübe Helle um ihn her. Die kam von einem Fenster, in dessen Rahmen ein blasser, grauer Himmel stand. Das Fenster war klein und erweckte den Eindruck, als sei es seit Jahrhunderten nicht geöffnet worden.

Freder ließ seine Augen durch den Raum wandern. Er begriff nichts, was er sah. Er erinnerte sich an nichts. Er lag mit dem Rücken auf Steinen, die kalt und glatt waren. Alle Glieder und Gelenke wurden von einem dumpfen Schmerz gepeinigt.

Er wandte den Kopf zur Seite. Er sah seine Hände an, die lagen seitwärts von ihm, wie nicht zu ihm gehörig, weggeworfen, entblutet.

Wundgeschlagene Knöchel, Hautfetzen, bräunliche Krusten . . . Waren das seine Hände?

Er starrte zur Decke auf. Die war schwarz, wie verbrannt. Er starrte die Mauern an; graukalte Mauern . . .

Wo war er? Durst quälte ihn und ein reißender Hunger. Aber schlimmer als Hunger und Durst war die Müdigkeit, die nach Schlafen lechzte und Schlaf nicht fand.

Maria fiel ihm ein.

Maria?

Er warf sich hoch und stand auf durchsägten Knöcheln. Seine Augen suchten nach Türen. Da war eine Tür. Er stolperte darauf zu. Die Tür war verschlossen, war klinkenlos, ließ sich nicht öffnen.

Sein Gehirn befahl: Wundere dich über nichts. Erschrick nicht. Überlege . . .

Da war ein Fenster. Das hatte keinen Rahmen. Es war eine Scheibe, in Steine eingefügt. Davor lag die Straße, eine der großen Straßen der großen Metropolis mit ihrem Gebrodel von Menschen.

Das Glas der Fensterscheibe mußte sehr stark sein. Nicht der leiseste Laut von der so nahen Straße drang in den Raum, in dem Freder gefangen war.

Freders Hände tasteten über die Scheibe. Eine durchdringende Kälte strömte von dem Glas aus, dessen Glätte an die saugende Schärfe einer Stahlklinge erinnerte. Freders Fingerspitzen glitten den Fugen nach, in denen die Scheibe ruhte.

Und blieben gekrümmt, wie verhext, in der Luft hängen. Er sah: Da unten ging Maria über die Straße.

Vom Hause herkommend, das ihn gefangen hielt, wandte sie ihm den Rücken zu und ging mit leichten, eiligen Schritten auf den Mahlstrom zu, den die Straße bildete.

Freders Fäuste schlugen gegen die Scheibe. Er schrie den Namen des Mädchens. Er brüllte: »Maria!« Sie mußte ihn hören. Es war unmöglich, daß sie ihn nicht hörte. Seiner wunden Knöchel nicht achtend, ließ er die Fäuste gegen die Scheibe toben.

Aber Maria hörte ihn nicht. Sie wandte den Kopf nicht zurück. Mit ihren sanften, aber eiligen Schritten tauchte sie in der Brandung aus Menschen unter wie in einem ihr sehr vertrauten Element.

Freder stürzte zur Tür. Mit ganzem Körper, mit Schultern und Knien, hämmerte er gegen die Tür. Er schrie nicht mehr. Sein Mund stand klaffend offen. Sein Atem brannte ihm die Lippen grau. Er sprang ans Fenster zurück. Da draußen, keine zehn Schritte von diesem Fenster entfernt, stand ein Polizist, das Gesicht nach dem Hause Rotwangs gewandt. Das Gesicht des Mannes war ganz gleichgültig. Nichts schien ihm ferner zu liegen, als das Haus des Magiers zu beobachten. Aber auch seinem stumpffesten Blick konnte der Mensch nicht entgehen, der sich in diesem Hause mit blutenden Fäusten abmühte, eine Fensterscheibe zu zertrümmern.

Freder hielt inne. Er stierte auf das Gesicht des Polizisten mit einem verständnislosen Haß, dessen Ursprung die Angst war, Zeit zu verlieren, wo keine Zeit zu verlieren war. Er wandte sich um, riß den klobigen Schemel hoch, der neben dem Tisch stand. Er rammte den Schemel mit voller Wucht gegen das Glas der Fensterscheibe. Der Prall stauchte ihn rückwärts. Die Scheibe war unverletzt.

Schluchzende Wut quoll in Freders Kehle auf. Er schwang den Schemel und schleuderte ihn gegen die Tür. Der Schemel krachte zu Boden. Freder sprang auf ihn los, riß ihn von neuem hoch und stieß und stieß in einem roten, blinden Vernichtungswillen wieder und wieder gegen die dröhnende Tür.

Weiß splitterte Holz. Wie ein lebendiges Wesen kreischte die Tür, und Freder ließ nicht ab. Im Rhythmus seines eigenen kochenden Blutes raste er gegen die Tür, bis sie zitternd zerbrach.

Freder drang durch die Bresche. Er lief durch das Haus. Seine verwilderten Augen suchten in jedem Winkel nach einem Feind und neuen Hindernissen. Aber er fand das eine nicht, noch das andere. Unangefochten erreichte er die Tür, fand sie offen und stürzte hinaus auf die Straße.

Er lief in der Richtung Marias. Aber die Menschenbrandung hatte sie weggespült. Sie war verschwunden.

Fünf Minuten stand Freder wie gelähmt zwischen den jagenden Menschen. Eine sinnlose Hoffnung nebelte sein Hirn ein: Vielleicht, vielleicht kam sie wieder. Wenn er geduldig war und lange genug wartete . . .

Aber der Dom fiel ihm ein: vergebliches Warten – ihre Stimme im Hause des Magiers – Worte der Angst – ihr süßes, verruchtes Lachen . . .

Nein, nicht warten, nicht warten. Er wollte wissen.

Mit zusammengebissenen Zähnen lief er.

Da war ein Haus in der Stadt, da wohnte Maria. Ewig weit der Weg. Was fragte er danach? Mit unbedecktem Kopf, mit wunden Händen, mit Augen, die irr erschienen vor Müdigkeit, lief er nach seinem Ziel: der Wohnung Marias.

Er wußte nicht, um wieviel kostbare Stunden ihm der Schmale zuvorgekommen war.

Er stand vor den Menschen, bei denen Maria wohnen sollte: ein Mann, ein Weib – Gesichter verprügelter Hunde. Das Weib übernahm die Antwort. Ihre Augen zuckten. Sie hielt die Hände unter die Schürze verkrampft.

Nein, hier wohnte kein Mädchen, das Maria hieß, hatte nie hier gewohnt . . .

Freder starrte die Frau an. Er glaubte ihr nicht. Sie mußte das Mädchen kennen. Es mußte hier wohnen.

Halbbetäubt vor Angst, daß diese letzte Hoffnung, Maria wiederzufinden, auch trügen konnte, schilderte er das Mädchen, wie um dem Gedächtnis dieser armen Narren zu Hilfe zu kommen.

Sie hatte blondes Haar. Sie hatte sanfte Augen. Sie hatte die Stimme einer zärtlichen Mutter. Sie trug ein strenges, aber schönes Kleid . . .

Der Mann verließ seinen Posten neben dem Weib und duckte sich seitwärts, den Kopf in die Schultern ziehend, als könnte er es nicht ertragen, zuzuhören, wie der fremde, junge Mensch da an der Tür von dem Mädchen sprach, das er suchte. Kopfschüttelnd, in böser Ungeduld, daß er zu Ende kommen möchte, wiederholte die Frau die gleichen dürren Worte: Das Mädchen wohnte nicht hier, ein für allemal . . . Ob es noch nicht bald genug sei mit dem Fragen?

Freder ging. Grußlos ging er. Er hörte, wie eine Tür schmetternd ins Schloß geworfen wurde. Stimmen entfernten sich zankend. Endlose Treppen brachten ihn wieder zur Straße.

Was nun?

Ratlos stand er. Er wußte nicht ein noch aus.

Auf den Tod erschöpft, vor Müdigkeit trunken, hörte er mit einem jähen Schauer, wie die Luft um ihn her sich erfüllte mit übermächtigem Laut.

Es war ein über alle Maßen herrlicher und hinreißender Laut, tief und dröhnend und gewaltiger als irgendein Laut in der Welt. Die Stimme des Ozeans, wenn er zornig ist, die Stimme von stürzenden Strömen, von sehr nahen Gewittern, wäre kläglich ertrunken in diesem Behemot-Laut. Er durchdrang, ohne grell zu sein, alle Mauern und alle Dinge, die, solange er währte, in ihm zu schwingen schienen. Er war allgegenwärtig, kam aus der Höhe und Tiefe, war schön und entsetzlich, war unwiderstehlich Befehl.

Er war hoch über der Stadt. Er war die Stimme der Stadt.

Metropolis erhob ihre Stimme. Die Maschinen von Metropolis brüllten: Sie wollten gefüttert sein.

Mein Vater, dachte Freder halb bewußtlos, hat den Druck seiner Finger auf die blaue Metallplatte gelegt. Das Hirn der großen Metropolis regelt das Leben der Stadt. Nichts in der großen Metropolis geschieht, wovon mein Vater nicht Kenntnis gewänne. Ich werde zu meinem Vater gehen und ihn fragen, ob der Erfinder Rotwang mit Maria und mit mir im Namen von Joh Fredersen gespielt hat . . .

Er wandte sich, um den Weg nach dem Neuen Turm Babel zu suchen. Er ging mit der Hartnäckigkeit eines Besessenen, mit verkrampften Lippen, scharfe Falten zwischen den Brauen, die Fäuste geballt an den willenlos schlenkernden Armen. Er ging, als wollte er den Steingrund unter sich zerstampfen. Es schien, als hätte sich jeder Tropfen Blutes aus seinem Gesicht allein in den Augen gesammelt. Er lief und hatte auf seinem endlosen Weg bei jedem Schritt das Gefühl: Das bin nicht ich, der da läuft. Ich laufe als Gespenst neben meinem eigenen Selbst her. Ich, das Gespenst, zwinge meinen Körper, vorwärts zu laufen, obwohl er erschöpft auf den Tod ist . . .

Die Blicke der Menschen, die ihn anstarrten, als er zum Neuen Turm Babel kam, schienen nicht ihn, nur ein Gespenst zu sehen.

Er wollte das Paternoster-Werk betreten, das als ein Menschenschöpfrad den Neuen Turm Babel durchpumpte. Aber ein plötzlicher Schauer stieß ihn davon weg. Hockte nicht unten, tief unter der Sohle des Neuen Turms Babel, eine kleine, gleißende Maschine, die Ganescha glich, dem Gott mit dem Elefantenkopf? Unter dem hockenden Körper, dem Kopf, der zur Brust geduckt war, stemmten gekrümmte Beine sich gnomenhaft gegen die Plattform. Unbeweglich waren der Rumpf, die Beine. Aber die kurzen Arme stießen und stießen wechselseitig nach vorn, zurück, nach vorn.

Wer stand jetzt vor der Maschine und fluchte das Vaterunser, das Vaterunser der Paternoster-Maschine?

Frierend vor Grauen lief er die Treppe hinauf.

Treppen und immer Treppen . . . Das nahm und nahm kein Ende . . . Die Stirn des Neuen Turms Babel hob sich sehr nahe zum Himmel. Es brauste der Turm wie ein Meer. Er heulte tief wie der Sturm. Es dröhnte in seinen Adern der Sturz eines Wasserfalls.

»Wo ist mein Vater?« fragte Freder die Diener.

Sie wiesen auf eine Tür. Sie wollten ihn melden. Er schüttelte den Kopf. Er grübelte: Was sahen ihn diese Menschen so sonderbar an?

Er öffnete eine Tür. Der Raum war leer. Jenseits eine zweite Tür, nur angelehnt. Dahinter Stimmen. Die Stimme seines Vaters und eine andere . . .

Freder stand plötzlich still. Seine Füße schienen an den Boden genagelt. Sein Oberkörper neigte sich steif nach vorn. An willenlosen Armen baumelten die Fäuste, die nicht mehr die Möglichkeit zu haben schienen, sich aus dem eigenen Krampf zu lösen. Er horchte, im weißen Gesicht die Augen voll Blut und die Lippen offen, als formten sie einen Schrei.

Dann riß er die tauben Füße vom Boden los, stolperte auf die Tür zu, stieß sie auf . . .

Mitten im Raum, der voll schneidender Helle war, stand Joh Fredersen und hielt eine Frau in den Armen. Und die Frau war Maria. Sie wehrte sich nicht. Weit zurückgebeugt im Arm des Mannes, bot sie ihm ihren Mund, ihren lockenden Mund, dieses tödliche Lachen . . .

»Du!« schrie Freder.

Er sprang auf das Mädchen los. Er sah seinen Vater nicht. Er sah nur das Mädchen, nein, auch das Mädchen nicht, nur ihren Mund – nur ihren Mund und ihr süßes verruchtes Lachen.

Joh Fredersen wandte sich breit und drohend um. Er ließ das Mädchen los. Er deckte es mit der Wucht seiner Schultern, mit dem mächtigen Schädel, der, blutdurchflammt, die starken Zähne wies und die unbesieglichen Augen.

Aber Freder sah seinen Vater nicht. Er sah nur ein Hindernis zwischen sich und dem Mädchen.

Er rannte das Hindernis an. Das stieß ihn zurück. Scharlachner Haß gegen das Hindernis machte ihn röcheln. Seine Augen flogen umher. Sie suchten ein Werkzeug, ein Werkzeug, das sich als Sturmbock brauchen ließ. Er fand keins. Da warf er sich selbst wie ein Sturmbock vor. Seine Finger krallten in Stoff. Er biß in den Stoff. Er hörte sein eigenes Atmen wie ein Pfeifen, ganz hoch, ganz still.

Und doch war in ihm nur ein Laut, nur ein Rufen: »Maria!« Stöhnend, beschwörend: »Maria!«

Aus Träumen der Hölle schreit kein Mensch gefolterter als er.

Und immer noch zwischen ihm und dem Mädchen der Mann, der Felsblock, das Hindernis, lebendige Mauer . . .

Er warf seine Hände vor. Ah . . . Da war ein Hals! Er packte den Hals. Wie Fangeisen schnappten seine Finger zu.

»Warum wehrst du dich nicht?« schrie er und stierte den Mann an. »Ich will dich töten, du! Ich will dich umbringen! Ich will dich ermorden!«

Aber der Mann vor ihm hielt seinem Würgen stand. Von der Raserei Freders hin und her gerissen, beugte sein Körper sich bald nach rechts, bald nach links. Und sooft dies geschah, sah Freder wie durch einen dünnziehenden Nebel das lächelnde Antlitz der Maria, die, am Tisch lehnend, dem Kampf zwischen Vater und Sohn aus Meerwasseraugen zusah.

Seines Vaters Stimme sagte: »Freder . . .«

Er sah dem Mann ins Gesicht. Er sah seinen Vater. Er sah die Hände, die den Hals seines Vaters umkrallten. Es waren seine, waren die Hände des Sohnes.

Seine Hände lösten sich wie abgeschnitten. Und er starrte auf seine Hände und stammelte etwas, das halb wie Verwünschung klang und halb wie das Weinen eines Kindes, das sich allein auf der Welt glaubt.

Die Stimme seines Vaters sagte: »Freder . . .«

Er fiel auf die Knie. Er streckte die Arme aus. Sein Kopf fiel vornüber in die Hände des Vaters. Er brach in Tränen aus, in verzweifeltes Schluchzen.

Eine Tür glitt ins Schloß.

Er warf den Kopf herum. Er sprang auf die Füße. Er jagte die Augen durchs Zimmer . . .

»Wo ist sie?« fragte er.

»Wer?«

»Sie, die hier war –«

»Niemand war hier, Freder.«

Die Augen des Jungen verglasten sich.

»Was sagst du?« stammelte er.

»Hier war kein Mensch, Freder, außer dir und mir.«

Freder drehte den Kopf in den Nackenwirbeln. Er zerrte das Hemd vom Hals. Er sah in die Augen seines Vaters wie in Brunnenschächte.

»Du sagst, kein Mensch war hier? Ich habe dich nicht gesehen, wie du Maria in deinen Armen hieltest? Ich habe geträumt? Ich bin verrückt, nicht wahr?«

»Ich gebe dir mein Wort«, sagte Joh Fredersen, »hier war, als du zu mir kamst, weder eine Frau noch sonst ein anderer Mensch.«

Freder blieb stumm. Seine ganz verstörten Augen suchten noch immer an allen Wänden entlang.

»Du bist krank, Freder«, sagte die Stimme seines Vaters.

Freder lächelte. Dann fing er zu lachen an. Er warf sich in einen Stuhl und lachte und lachte. Er krümmte sich, beide Ellbogen auf die Knie stemmend und den Kopf zwischen Hände und Arme wühlend. Er beugte sich hin und her und schrie vor Lachen.

Joh Fredersens Augen waren über ihm.


9


Das Flugzeug, das Josaphat von Metropolis wegbrachte, schwamm in der goldenen Luft der untergehenden Sonne, ihr nachstürzend in reißender Geschwindigkeit, als wäre es mit metallenen Seilen an den westwärts sinkenden Ball gefesselt.

Josaphat saß hinter dem Piloten. Von dem Augenblick an, da der Flughafen unter ihnen weggesunken war und das Steinmosaik der großen Metropolis in unerforschlicher Tiefe verblaßte, hatte er nicht das leiseste Zeichen von sich gegeben, daß er ein Mensch war mit der Fähigkeit, zu atmen und sich zu bewegen. Der Pilot schien als Frachtgut einen grauen blassen Stein, der die Gestalt eines Menschen hatte, mit sich zu führen, und als er sich einmal umwandte, sah er voll hinein in die weit geöffneten Augen dieses versteinerten Menschen, ohne doch einem Blick zu begegnen oder dem geringsten Zeichen von Bewußtsein.

Dennoch hatte Josaphat die Kopfbewegung des Piloten mit dem Gehirn aufgefangen. Nicht gleich. Nicht bald. Aber das Bild dieser vorsichtigen, doch bestimmten und wachsamen Bewegung blieb ihm im Gedächtnis, bis er sie endlich begriff.

Da schien das versteinerte Bild wieder zu einem Menschen zu werden, dessen Brust sich hob in einem lang versäumten Atemzug, der die Augen nach oben richtete, in einen leeren, grünlichblauen Himmel schauend, und wieder abwärts zu einer Erde, die als flacher, runder Teppich tief im Unendlichen schwebte, und auf eine Sonne, die als glühender Ball nach Westen rollte.

Ganz zuletzt aber auf den Kopf des Piloten, der vor ihm saß, auf die Fliegerkappe, die nackenlos überging in Schultern voll stierhafter Kraft und gewalttätiger Ruhe.

Der starke Motor des Flugzeugs arbeitete mit vollkommener Lautlosigkeit. Aber die Luft, durch die er das Flugzeug fortriß, war von einem geheimnisvollen Donner erfüllt, als finge die Kuppel des Himmels das Dröhnen des Erdballs auf und würfe es zornig zurück.

Über einer fremden Erde schwebte das Flugzeug heimatlos wie ein Vogel, der sein Nest nicht findet.

Plötzlich, mitten im Donner der Luft, hörte der Pilot an seinem linken Ohr eine Stimme, die fast leise sagte: »Kehren Sie um.«

Der Kopf in der Fliegerkappe wollte sich rückwärts wenden. Aber beim ersten Versuch rannte er gegen einen Druckpunkt, der ihm genau auf der Schädeldecke saß. Dieser Druckpunkt war klein, anscheinend kantig und außergewöhnlich hart.

»Rühren Sie sich nicht!« sagte die Stimme an seinem linken Ohr, die so leise war und sich doch im Donner der Luft verständlich machte. »Sehen Sie sich auch nicht um! Ich habe keine Schußwaffe bei mir. Hätte ich die zur Hand gehabt, so wäre ich wahrscheinlich nicht hier. Was ich in der Hand habe, ist ein Werkzeug, dessen Name und Bestimmung mir fremd ist. Aber es ist aus solidem Stahl gemacht und unbedingt hinreichend, um Ihnen den Schädel einzuschlagen, wenn Sie mir nicht sofort gehorchen. Kehren Sie um!«

Die stierhaften Schultern unterhalb der Fliegerkappe hoben sich in einem kurzen, ungeduldigen Ruck. Der Glutball der Sonne berührte in unaussprechlich leichtem Schweben den Horizont. Für Sekunden hatte es den Anschein, als tanze er in leisen, sprühenden Rhythmen an ihm entlang. Der Bug des Flugzeugs war ihm zugewandt und änderte seine Richtung nicht um die Breite einer Hand.

»Sie scheinen mich nicht verstanden zu haben«, sagte die Stimme hinter dem Piloten. »Kehren Sie um! Ich will nach Metropolis zurück, hören Sie? Ich muß dort sein, bevor es Nacht wird. Nun?«

»Halts Maul«, sagte der Pilot.

»Zum letzten Mal: Wirst du gehorchen oder nicht?«

»Setz dich hin und halte Ruhe da hinten. Verflucht noch mal, was soll das heißen?«

»Du willst nicht gehorchen?«

Gebrüll . . .

Eine junge Magd, die im letzten Licht der versinkenden Sonne auf einer sanften weiten Wiese das Heu wendet, hatte den sausenden Vogel über sich im abendlichen Himmel entdeckt und sah ihm mit arbeitsheißen, sommermüden Augen zu.

Wie seltsam das Flugzeug stieg und fiel! Es machte Sprünge wie ein Pferd, das den Reiter abschütteln will. Bald rannte es der Sonne nach, bald kehrte es ihr den Rücken. Nie hatte die junge Magd solch ein wildes, ungebärdiges Geschöpf in der Luft gesehen.

Nun schwang es sich westwärts und jagte in langen, stoßenden Sätzen am Himmel entlang. Etwas löste sich von ihm: ein weites, silbergraues Tuch, das sich blähte . . .

Vom Wind hin und her gehaucht, gaukelte das silbergraue Tuch zur Erde nieder, eine seidene Kuppel, in deren Gespinsten eine riesenhafte, dunkle Spinne zu hängen schien.

Die junge Magd fing schreiend zu rennen an. An dünnen Seilen haspelte sich die große schwarze Spinne tiefer und tiefer herunter. Nun glich sie schon einem Menschen. Ein weißes todähnliches Gesicht beugte sich abwärts. Sanft wölbte sich die Erde dem sinkenden Geschöpf entgegen. Der Mensch ließ die Seile los und sprang. Und stürzte. Raffte sich wieder auf. Und stürzte von neuem.

Wie eine Schneewolke, sanft und schimmernd, senkte sich das silbergraue Tuch über ihn und bedeckte ihn ganz.

Die junge Magd kam herangelaufen.

Sie schrie noch immer, wortlos, atemlos, als sei dieses naturhafte Kreischen ihre eigentliche Sprache. Sie bauschte das silberne Seidentuch mit beiden Armen vor ihre junge Brust, um den Menschen, der unter ihm begraben lag, wieder ans Licht zu bekommen.

Ja, da lag er nun, lang ausgestreckt auf dem Rücken, und unter dem Griff seiner Finger zerriß die Seide, die so stark gewesen war, daß sie ihn getragen hatte. Und wo sich seine Finger aus der Seide lösten, um einen neuen Fleck zu suchen, den sie zerreißen konnte, blieben feuchte rote Spuren auf dem zerknüllten Stoff, wie ein Tier sie hinterläßt, das seine Tatzen ins Blut seines Feindes getaucht hat.

Beim Anblick dieser Spuren verstummte die junge Magd.

Ein Ausdruck des Entsetzens kam in ihr Gesicht, aber zugleich ein Ausdruck, wie ihn Tiermütter haben, die einen Feind wittern und sich und ihre Brut durch nichts und um keinen Preis verraten wollen.

Sie biß die Zähne zusammen, daß ihr junger Mund ganz blaß und schmal wurde. Sie kniete neben dem Mann nieder und hob seinen Kopf in ihren Schoß.

In dem weißen Gesicht, das sie hielt, gingen die Augen auf. Sie starrten in Augen, die sich über sie beugten. Sie glitten seitwärts und suchten den Himmel ab.

Ein sausend schwarzer Punkt im Scharlach des westlichen Himmels, von dem die Sonne weggesunken war . . .

Das Flugzeug.

Nun hatte es doch seinen Willen durchgesetzt und flog der Sonne nach, immer weiter westwärts. An seinem Steuer saß der Mann, der nicht hatte umkehren wollen, und war so tot wie möglich. Die Fliegerkappe hing zerfetzt herab vom klaffenden Schädel auf die stierharten Schultern. Aber die Fäuste hatten das Steuer nicht losgelassen. Sie hielten es jetzt noch fest.

Fahre wohl, Pilot . . .

Das Gesicht, das im Schoß der jungen Magd lag, begann zu lächeln, begann zu fragen.

Wo war die nächste Stadt?

Da war weit und breit keine Stadt.

Wo war die nächste Bahn?

Da war weit und breit keine Bahn.

Josaphat stemmte sich auf. Er sah sich um.

Weithin Felder und Wiesen, von Wald gesäumt, der abendlich schweigend dastand. Der Scharlach des Himmels war ausgelöscht. Die Grillen zirpten. Milchweiß braute der Nebel um einsam stehende, ferne Weiden. Aus der heiligen Reinheit des großen Himmels trat der erste Stern mit ruhigem Flimmern.

»Ich muß fort«, sagte der Mann mit dem weißen todähnlichen Gesicht.

»Erst sollst du dich ausruhen«, sagte die junge Magd.

Die Augen des Mannes staunten zu ihr hinauf. Ihr klares Gesicht mit der niedrigen, einfältigen Stirn und dem schönen, törichten Mund stand in dem Himmel, der sich über ihm wölbte, wie unter einer Kuppel aus Saphir.

»Fürchtest du dich nicht vor mir?« fragte der Mann.

»Nein«, sagte die junge Magd.

Der Kopf des Mannes fiel in ihren Schoß. Sie beugte sich vor und deckte den schaudernden Körper mit der gebauschten silbernen Seide zu.

»Ausruhen . . .«, sagte der Mann mit einem Seufzer.

Sie gab keine Antwort. Sie saß ganz unbeweglich.

»Wirst du mich wecken«, fragte der Mann, und seine Stimme schwankte vor Müdigkeit, »sobald die Sonne kommt?«

»Ja«, sagte die junge Magd. »Sei ruhig.«

Er seufzte tief auf. Dann lag er still.

Es wurde dunkler und dunkler.

Einmal, in weiter Ferne, erklang eine Stimme, die langgezogen einen Namen rief, wieder und immer wieder . . .

Die Sterne standen herrlich über der Welt. Die ferne Stimme verstummte. Die junge Magd sah auf den Mann, dessen Kopf ihr im Schoße lag. In ihren Augen war die nie schlafende Wachsamkeit, die in den Augen von Tieren und Müttern ist.


10

Sooft Josaphat auch in den kommenden Tagen versuchte, den Wall, der um Freder gezogen war, zu durchbrechen, immer stand da ein fremder Mensch und immer ein anderer, der mit ausdrucksloser Miene sagte: »Herr Freder kann niemand empfangen. Herr Freder ist krank.«

Aber Freder war nicht krank, zum mindesten nicht, wie sich sonst Kranksein bei Menschen äußert. Vom Morgen zum Abend, vom Abend zum Morgen bewachte Josaphat das Haus, dessen Turmkrönung die Wohnung Freders war. Nie sah er Freder das Haus verlassen. Aber durch Stunden hindurch sah er in den Nächten hinter den weißverhüllten, wandbreiten Fenstern einen Schatten auf und nieder wandern und sah um die Stunde der Dämmerung, wenn die Dächer von Metropolis noch in Sonne getaucht strahlten und in den Schluchten seiner Straßen die Dunkelheit von Strömen kalten Lichtes weggeschwemmt wurde, denselben Schatten, eine regungslose Gestalt, auf dem schmalen Altan stehen, der rund um dieses fast höchste Haus von Metropolis verlief.

Doch was sich in dem Hinundherwandern des Schattens, in dem regungslosen Stehen der Schattengestalt ausdrückte, war nicht Krankheit. Es war eine bis zum äußersten Punkt gesteigerte Ratlosigkeit. Auf dem Dach des Hauses liegend, das Freders Wohnung gegenüber war, beobachtete Josaphat den Menschen, der sich ihn zum Freund und Bruder gewählt hatte, den er verraten hatte und zu dem er heimgekommen war. Er konnte sein Gesicht nicht erkennen, aber er las aus dem bleichen Fleck, der dieses Gesicht in der untergehenden Sonne, im Sturzbad der Scheinwerfer war, daß der Mann da drüben, dessen Augen über Metropolis hinstarrten, Metropolis nicht sah.

Zuweilen tauchten Menschen neben ihm auf, sprachen zu ihm, erwarteten eine Antwort. Aber die Antwort kam nie. Da gingen die Menschen bedrückt.

Einmal war Joh Fredersen gekommen – kam zu dem Sohn, der auf dem schmalen Altan stand und die Nähe des Vaters nicht zu bemerken schien. Joh Fredersen sprach zu ihm, lange. Er legte die Hand auf die Hand des Sohnes, die auf der Brüstung ruhte. Der Mund bekam keine Antwort. Die Hand bekam keine Antwort. Nur einmal wandte Freder den Kopf, schwerfällig, als seien die Nackenwirbel eingerostet. Er sah Joh Fredersen an.

Joh Fredersen ging.

Und als sein Vater gegangen war, drehte Freder den Kopf auf trägen Wirbeln zurück und starrte wieder über die große Metropolis hin, die im Lichttaumel tanzte, und starrte mit blinden Augen.

Die Brüstung des schmalen Altans, auf dem er stand, erschien als unüberwindliche Mauer der Einsamkeit, eines tief im Innersten Verlassenseins. Kein Rufen, kein Winken, kein noch so lauter Laut durchdrang diese Mauer, die von der starken, leuchtenden Brandung der großen Metropolis umspült wurde.

Aber Josaphat wollte nicht den Sprung aus dem Himmel zur Erde gewagt, nicht einen Menschen, der seine Pflicht erfüllte, als toten Mann ins Unendliche gejagt haben, um an der Mauer dieser Einsamkeit ohnmächtig haltzumachen.

Es kam eine Nacht, die glühend und dunstreich über Metropolis stand. Ein Gewitter, das noch fern war, brannte in tiefen Wolken seine Warnzeichen ab. Alle Lichter der großen Metropolis schienen sich heftiger, schienen sich hemmungsloser an die Dunkelheit zu verschwenden.

Freder stand an der Brüstung des schmalen Altans, die heißen Hände auf die Brüstung gelegt. Ein schwüler, ängstlicher Windstoß zerrte an ihm und machte die weiße Seide flattern, die seinen mager gewordenen Körper deckte.

Um den First des Hauses, ihm gerade gegenüber, lief in leuchtendem Rahmen ein leuchtendes Wort, lief im ewigen Kreislauf hinter sich selbst her: Phantasus . . . Phantasus . . . Phantasus . . .

Freder sah diesen Wortreigen nicht. Seine Netzhaut empfing ihn, nicht das Gehirn.

Plötzlich aber losch das Wortbild aus, und an seiner Stelle sprühten Zahlen aus der Dunkelheit, verschwanden wieder, tauchten wieder auf.

Und dieses Kommen und Verschwinden, Wiederkommen und Verschwinden und von neuem Kommen wirkte in seiner Unbeirrbarkeit wie ein durchdringendes, hartnäckiges Rufen.

99 . . . . . 7 . . . . . 7 . . . . .
99 . . . . . 7 . . . . . 7 . . . . .
99 . . . . . 7 . . . . . 7 . . . . .

Freders Augen fingen die Zahlen auf.

99 . . . . . 7 . . . . . 7 . . . . .

Sie wandten sich ab, sie kamen wieder zurück.

99 . . . . . 7 . . . . . 7 . . . . .

Gedanken stolperten durch sein Gehirn.

99          ? und 7          ? Zweimal 7          ?

Was hieß das? Wie zudringlich diese Zahlen waren.

99 . . . . . 7 . . . . . 7 . . . . .
99 . . . . . 7 . . . . . 7 . . . . .
99 . . . . . 7 . . . . . 7 . . . . .

Freder schloß die Augen. Aber nun waren die Zahlen in ihm. Er sah sie aufflammen, strahlen, auslöschen . . . Aufflammen, strahlen, auslöschen.

War das – nein! Oder ja?

Hatten diese Zahlen vor einem Zeitraum, der nicht mehr meßbar schien, für ihn selbst Bedeutung gehabt?

99 – 99 –

Plötzlich sagte in seinem Kopf eine Stimme: »Neunundneunzigster Block . . . Neunundneunzigster Block . . . Haus sieben . . . Siebenter Stock . . .«

Freder riß die Augen auf. Da drüben an dem Haus, ihm gerade gegenüber, zuckten die Zahlen auf, fragten und riefen:

99 . . . . . 7 . . . . . 7 . . . . .

Freder beugte sich über die Brüstung vor, daß es schien, als solle er in die Tiefe stürzen. Die Zahlen blendeten ihn. Er machte eine Bewegung mit dem Arm, als wollte er sie zudecken oder auslöschen.

Sie loschen aus. Der leuchtende Rahmen losch aus. Düster stand das Haus, nur bis zur Hälfte vom Schimmer der weißen Straße angespült. Jählings sichtbar lag über seinem Dach der Gewitterhimmel, und Blitze schienen zu knistern.

Im fahlen Lichte da drüben stand ein Mann.

Freder trat von der Brüstung zurück. Er hob beide Hände vor seinen Mund. Er sah nach rechts, nach links, hob beide Arme. Dann wandte er sich ab, wie durch Naturgewalt von der Stelle weggedreht, auf der er stand, lief in das Haus hinein, durchlief das Zimmer, blieb wieder stehen . . .

Vorsicht! Vorsicht jetzt . . .

Er dachte nach. Er preßte seinen Schädel zwischen den Fäusten. War unter seinen Dienern einer, ein einziger Mensch, von dem er glauben konnte, daß er ihn nicht an den Schmalen verraten würde?

Soviel Armseligkeit, ach, soviel Armseligkeit!

Aber was blieb ihm übrig als der Sprung ins Bodenlose, auf den jede Vertrauensprobe schließlich hinausläuft?

Er hätte gern die Lampen in seinem Zimmer ausgelöscht, aber er wagte es nicht, denn bis zu diesem Tag hatte er Dunkelheit um sich her nicht ertragen. Er lief auf und ab. Er fühlte den Schweiß auf seiner Stirn und das Zittern seiner Gelenke. Er konnte die Zeit nicht mehr messen, die verstrich. In seinen Ohren dröhnte das Blut wie Wasserstürze.

Der erste Blitz fiel über Metropolis, und in das spät antwortende Grollen des Donners mischte sich das Rauschen des endlichen Regens. Er verschluckte das Geräusch der sich öffnenden Tür. Als Freder sich umwandte, stand Josaphat mitten im Zimmer.

Sie gingen aufeinander zu, wie von äußerer Gewalt getrieben. Aber mitten auf dem Weg blieben sie beide stehen und sahen sich an und hatten, einer für den anderen, die gleiche, entsetzte Frage im Gesicht: Wo warst du, seit ich dich nicht gesehen habe? Zu welcher Hölle bist du niedergefahren?

Freders fiebernde Eilfertigkeit mit seiner tonlosen Stimme, in der zuweilen die krankhafte Trockenheit verbrannter Dinge war. Er ließ sich bei ihm nieder, nahm die Hand nicht von seinem Arm. »Du hast auf mich gewartet, immer umsonst . . . Ich konnte dir keine Nachricht geben. Verzeih mir!«

»Ich habe Ihnen nichts zu verzeihen, Herr Freder«, sagte Josaphat lautlos. »Ich habe nicht auf Sie gewartet. An dem Abend, an dem ich auf Sie warten sollte, war ich weit, weit weg von Metropolis und von Ihnen.«

Freders wartende Augen sahen ihn an.

»Ich habe Sie verraten, Herr Freder«, sagte Josaphat.

Freder lächelte; aber die Augen Josaphats löschten sein Lächeln aus.

»Ich habe Sie verraten, Herr Freder«, wiederholte der Mann. »Der Schmale kam zu mir. Er bot mir viel Geld. Aber da lachte ich noch. Ich warf es ihm an den Kopf. Doch dann legte er auf den Tisch einen Zettel mit der Unterschrift Ihres Vaters. Das müssen Sie mir glauben, Herr Freder: Mit Geld hätte er mich nicht gefangen. Die Summe gibt es nicht, um die ich Sie verkaufte. Aber als ich die Schrift Ihres Vaters sah . . . Ich kämpfte auch da noch. Ich hätte ihn gern erwürgt. Aber ich hatte keine Kraft mehr. Joh Fredersen stand auf dem Zettel . . . Da hatte ich keine Kraft mehr.«

»Das verstehe ich«, murmelte der Sohn Joh Fredersens.

»Danke. Ich sollte weg von Metropolis, weit weg . . . Ich flog . . . Der Pilot war ein fremder Mann. Wir flogen immer der Sonne nach. Die Sonne wollte untergehen. Da fiel mir ein in meinem leeren Gehirn, daß nun die Stunde kam, in der ich auf Sie warten sollte. Und ich würde nicht da sein, wenn Sie kamen. Ich wollte umkehren. Ich bat den Piloten. Er wollte nicht. Er wollte mich zwingen, mich immer weiter von Metropolis zu entfernen. Er war so trotzig, wie man es nur sein kann, wenn man den Willen Joh Fredersens hinter sich weiß. Ich bat und drohte. Aber nichts wollte helfen. Da habe ich ihm mit seinem eigenen Werkzeug den Schädel eingeschlagen.«

Freders Finger, die noch auf Josaphats Arm lagen, zogen sich ein wenig zusammen; aber sie lagen gleich wieder still.

»Dann sprang ich ab, und ich war so weit von Metropolis entfernt, daß eine junge Magd, die mich vom Felde auflas, nicht einmal den Weg nach der großen Metropolis kannte . . . Ich kam hierher und fand keine Nachricht von Ihnen, und alles, was ich erfuhr, war, daß Sie krank seien . . .«

Er zögerte und schwieg, sah Freder an.

»Ich bin nicht krank«, sagte Freder, geradeaus blickend. Er löste seine Finger von Josaphats Arm, beugte sich vor und legte beide Hände flach über seinen Kopf. Er sprach ins Leere hinein. »Aber glaubst du, Josaphat, daß ich wahnsinnig bin?«

»Nein.«

»Aber ich muß es sein«, sagte Freder, und er kroch so eng in sich zusammen, daß es schien, als säße auf seinem Platz ein kleiner Junge, von heftiger Furcht erfüllt. Seine Stimme klang plötzlich hoch und dünn, und etwas in ihr ließ das Wasser in Josaphats Augen schießen.

Josaphat streckte die Hand aus, tastete und fand die Schulter Freders. Seine Hand schob sich um dessen Nacken, zog ihn sacht an sich heran, hielt ihn still und fest.

»Sprechen Sie nur, Herr Freder!« meinte er. »Ich glaube nicht, daß es viele Dinge gibt, die mir unüberwindlich scheinen, seit ich aus dem Flugzeug, das der Tote steuerte, wie aus dem Himmel auf die Erde sprang. Auch habe ich«, fuhr er mit leiser Stimme fort, »in einer einzigen Nacht gelernt, daß man sehr viel ertragen kann, wenn man neben sich einen Menschen hat, der Wache hält, nicht fragt und einfach da ist.«

»Ich bin wahnsinnig, Josaphat«, sagte Freder. »Aber ich weiß nicht, ob das ein Trost ist – ich bin es nicht allein.«

Josaphat schwieg. Seine geduldige Hand lag unbeweglich auf der Schulter Freders.

Und plötzlich, als wäre seine Seele ein überfülltes Gefäß, das das Gleichgewicht verlor und umstürzte und sich strömend ergoß, begann Freder zu sprechen. Er erzählte dem Freunde die Geschichte von Maria, vom Augenblick ihrer ersten Begegnung im »Klub der Söhne« an, bis zum Wiedersehen tief unter der Erde in der Totenstadt, sein Warten im Dom, sein Erlebnis im Hause Rotwangs, sein vergebliches Suchen, das Nein in der Wohnung Marias – bis zu dem Augenblick, da er um ihretwillen am eigenen Vater zum Mörder werden wollte – nein, nicht um ihretwillen; um ein Wesen, das gar nicht da war, das er nur zu sehen glaubte . . .

War das nicht Wahnsinn?

»Sinnestäuschung, Herr Freder.«

»Sinnestäuschung? Ich will dir mehr von Sinnestäuschung erzählen, Josaphat, und du mußt nicht glauben, daß ich im Fieber spreche oder meiner Gedanken jetzt nicht mächtig sei. Ich wollte meinen eigenen Vater erschlagen. Es war nicht meine Schuld, daß der Vatermord mißlang. Aber seitdem, Josaphat, bin ich kein Mensch mehr. Ich bin ein Geschöpf, das keine Füße hat, keine Hände und kaum einen Kopf. Und dieser Kopf ist nur da, um ewig zu denken: Ich wollte meinen eigenen Vater erschlagen. Glaubst du, von dieser Hölle käme ich jemals los? Niemals, Josaphat. Niemals – in alle

Ewigkeit nie. Ich lag in der Nacht und hörte meinen Vater im Nebenzimmer auf und nieder gehen. Ich lag in der Tiefe eines schwarzen Schachtes; aber meine Gedanken liefen wie an seine Sohlen gekettet hinter dem Schritt meines Vaters her. Was für ein Schrecken ist in die Welt gekommen, daß dies geschehen kann? Steht ein Komet am Himmel, der die Menschheit toll macht? Kommt eine neue Pest oder der Antichrist? Oder der Weltuntergang? Ein Weib, das nicht ist, drängt sich zwischen Vater und Sohn und reizt den Sohn zum Mord am Vater. Kann sein, daß meine Gedanken in jenen Stunden sich heißliefen. Dann kam mein Vater zu mir herein . . .«

Er stockte, und seine abgemagerten Hände schlangen sich ineinander über dem feuchten Haar.

»Du kennst meinen Vater. Es gibt viele in der großen Metropolis, die glauben, Joh Fredersen sei kein Mensch, weil er Essen und Trinken nicht zu brauchen scheint und schläft, wann er will, und meistens will er nicht. Sie nennen ihn: das Hirn von Metropolis, und wenn es wahr ist, daß die Furcht der Ursprung aller Religion sei, so ist das Hirn der großen Metropolis nicht weit davon entfernt, eine Gottheit zu werden. Dieser Mann, der mein Vater ist, kam an mein Bett. Er ging auf den Zehenspitzen, Josaphat. Er beugte sich über mich und hielt den Atem an . . . Ich hatte die Augen geschlossen. Ich lag ganz still, und mir war, als müßte mein Vater in mir das Weinen meiner Seele hören. Ich liebte ihn in dieser Stunde mehr als alles auf der Welt. Aber wenn mein Leben davon abgehangen hätte, so wäre ich doch nicht imstande gewesen, die Augen aufzuschlagen. Ich fühlte, wie die Hand meines Vaters über mein Kissen strich. Dann ging er wieder, wie er gekommen war, auf den Zehenspitzen, und schloß die Tür ganz lautlos hinter sich. Begreifst du, Josaphat, was geschehen war?«

»Nein.«

»Nein? Wie solltest du auch. Ich selbst begriff es erst viele Stunden später: Zum erstenmal, seit die große Metropolis steht, hatte Joh Fredersen es unterlassen, mit einem Druck auf die kleine, blaue Metallplatte die Behemot-Stimme von Metropolis aufbrüllen zu lassen, weil er den Schlaf seines Sohnes nicht stören wollte.«

Josaphat senkte den Kopf; er sagte nichts. Freder ließ die verschlungenen Hände fallen.

»Da begriff ich«, fuhr er fort, »daß mir mein Vater ganz vergeben hatte. Und als ich dies begriffen hatte, schlief ich wirklich ein.«

Er stand auf, blieb eine Weile stehen und schien auf das Rauschen des Regens zu horchen. Immer noch fielen die Blitze über Metropolis, und der zornige Donner sprang hinterdrein. Aber das Rauschen des Regens machte ihn kraftlos.

»Ich schlief«, sprach Freder weiter, so leise, daß ihn der andere kaum verstand, »da begann ich zu träumen. Ich sah diese Stadt im Licht einer geisterhaften Unwirklichkeit. Ein vertrackter Mond stand am Himmel; wie auf einer breiten Straße floß dieses geisterhafte, unwirkliche Licht auf die Stadt hinab, die völlig menschenleer war. Alle Häuser schienen verzerrt und hatten Gesichter. Die schielten böse und tückisch auf mich herab, der ich tief zwischen ihnen auf flimmernder Straße ging.

Ganz schmal war diese Straße, wie zwischen den Häusern zerdrückt; sie war wie aus grünlichem Glas, wie ein erstarrter, gläserner Fluß. Ich glitt auf ihr hin und sah durch sie hinab in das kalte Brodeln unterirdischer Feuer.

Ich kannte mein Ziel nicht, doch ich wußte, daß ich eines hatte, und ging sehr schnell, um es rasch zu erreichen. Ich dämpfte meine Schritte, so gut ich konnte, aber ihr Schall war übermäßig laut und weckte an den schiefen Häusermassen ein rauschendes Raunen, als murrten die Häuser mir nach. Immer eiliger ging ich und lief – und rannte zuletzt, und je rascher ich rannte, desto heiserer scholl mir das Echo der Schritte nach, als sei mir ein Heer auf den Fersen. Ich troff von Schweiß . . .

Die Stadt war lebendig. Die Häuser waren lebendig. Ihre aufgerissenen Mäuler keiften mir nach. Die Fensterhöhlen, ausgeschlagene Augen, hatten ein blindes, grausig boshaftes Zwinkern.

Keuchend erreichte ich den Platz vor dem Dom . . .

Der Dom war erleuchtet. Die Türen standen offen, nein, sie taumelten hin und her wie Pendeltüren, durch die ein unsichtbarer Strom von Gästen zog. Die Orgel dröhnte, aber nicht von Musik. Gequäk und Geplärr, Gekreische und Gewimmer scholl aus der Orgel und dazwischen freche Tänze, jammernde Hurenlieder . . .

Die Pendeltüren, das Licht, der Hexensabbat, alles wirkte geheimnisvoll aufgeregt, eilig, als sei keine Zeit zu verlieren, und voll tiefer, böser Befriedigung.

Ich ging auf den Dom zu und die Stufen hinauf. Eine Tür erfaßte mich wie ein Arm und wehte mich stoßend in den Dom hinein.

Aber das war so wenig der Dom, wie die Stadt Metropolis war. Eine Horde von Tollhäuslern schien sich seiner bemächtigt zu haben, und nicht einmal Menschen, zwergenhafte Wesen, halb Affen, halb Teufeln gleichend, erfüllten ihn wimmelnd. An Stelle der Heiligen thronten Bocksgestalten, bei den lächerlichsten Sprüngen versteint, in den Säulennischen. Und um jede Säule raste ein Ringelreihen nach dem Geplärr der Orgel.

Leer, entgöttert, zersplittert hing das Kruzifix über dem Hochaltar, von dem die heiligen Geräte verschwunden waren.

Ein Kerl, schwarz angetan, Zerrbild des Mönches, stand auf der Kanzel und heulte im Predigerton: ›Tuet Buße! Das Himmelreich ist nahe.‹

Ein überlautes Gewieher antwortete ihm.

Der Orgelspieler – ich sah ihn, er glich einem Dämon – stand mit Füßen und Händen auf den Tasten, und sein Kopf schlug den Takt zum Ringelreihen der Gespenster.

Der Kerl auf der Kanzel holte ein Buch hervor, riesengroß und schwarz, mit sieben Schlössern. Wenn seine Hände ein Schloß berührten, fuhr es als Flamme hoch und sprang auseinander.

Beschwörungen murmelnd, schlug er den Deckel auf. Er bückte sich über das Buch. Ein Kreis von Flammen stand plötzlich um seinen Kopf.

Von der Höhe des Glockenturms schlug es Mitternacht. Aber es war, als hätte die Uhr nicht genug daran, die Stunde der Dämonen nur einmal zu verkünden. Wieder und immer wieder, in kläglich gehetzter Eile, schlug sie die schaurige Zwölf.

Das Licht im Dom änderte seine Farbe. Wäre es möglich, von schwärzlichem Licht zu reden, so käme dieses Wort dem Ausdruck des Lichts am nächsten. Nur an einer Stelle erstrahlte es weiß, gleißend, schneidend, ein scharfgeschliffenes Schwert: da, wo der Tod als Spielmann gebildet ist.

Und plötzlich verstummte die Orgel, plötzlich der Tanz. Die Stimme des Predigerkerls auf der Kanzel verstummte. Und durch die Stille, die nicht zu atmen wagte, erscholl der Ton einer Flöte. Die spielte der Tod. Es spielte der Spielmann das Lied, das ihm keiner nachspielt, auf seiner Flöte; die war ein Menschenknochen.

Aus seiner Seitennische trat der gespenstische Spielmann, holzgeschnitten, in Hut und weitem Mantel, die Sense geschultert, am Gürtelstrick baumelnd das Stundenglas. Die Flöte spielend, trat er aus seiner Nische und zog in den Dom hinein. Und hinter ihm zogen die sieben Todsünden als Gefolge des Todes.

Es zog der Tod um jede Säule den Kreis. Lauter und immer lauter erklang das Lied seiner Flöte. Die sieben Todsünden faßten sich bei den Händen. Als weitgeschwungene Kette schritten sie hinter dem Tod; und allmählich wurde ihr Schreiten ein Tanz.

Die sieben Todsünden tanzten hinter dem Tod her, der die Flöte spielte.

Da füllte der Dom sich mit einem Licht, das wie aus Rosenblättern gewonnen schien. Ein unaussprechlich süßer, betäubender Duft schwebte wie Weihrauch zwischen den Säulen. Das Licht verstärkte sich, und es schien zu klingen. Blaßrote Blitze zuckten aus der Höhe und sammelten sich im Mittelschiff des Raumes zum unerhörten Strahlen einer Krone.

Die Krone saß auf dem Haupte eines Weibes. Und das Weib saß auf einem rosenfarbenen Tier, das hatte sieben Häupter und zehn Hörner. Und das Weib war bekleidet mit Scharlach und Rosenfarbe und überschüttet mit Gold und Edelsteinen und Perlen. Es trug einen goldenen Becher in seiner Hand. Auf der gekrönten Stirn des Weibes stand geheimnisvoll geschrieben: Babylon.

Wie eine Gottheit wuchs sie auf und strahlte. Der Tod und die sieben Todsünden neigten sich tief vor ihr.

Und das Weib, das den Namen Babylon trug, hatte die Züge Marias, die ich liebe . . .

Das Weib erhob sich. Es rührte mit seiner Krone bis an das Kreuzgewölbe des hohen Domes. Es faßte den Saum seines Mantels und öffnete ihn. Und breitete seinen Mantel mit beiden Händen. Da sah man: Der goldene Mantel war bestickt mit Bildern mannigfaltiger Dämonen. Wesen mit Frauenleibern und Schlangenköpfen – Wesen, halb Stier, halb Engel – Teufel, mit Kronen geschmückt – menschengesichtige Löwen.

Das Flötenlied des Todes war verstummt. Aber der Kerl auf der Kanzel erhob seine gellende Stimme: ›Tuet Buße! Das Himmelreich ist nahe.‹

Noch immer hämmerte die Kirchenuhr den wilden Zwölfertakt der Mitternacht.

Das Weib sah dem Tod ins Gesicht. Es tat seinen Mund auf. Es sprach zum Tode: ›Geh!‹

Da hängte der Tod die Flöte an seinen Gürtel neben das Stundenglas, nahm die Sense herab von der Schulter und ging. Er ging durch den Dom und hinaus aus dem Dom. Und aus dem Mantel der großen Babylon lösten sich die Dämonen, lebendig geworden, und flogen dem Tode nach.

Der Tod ging die Stufen des Domes hinab in die Stadt, umrauscht von schwarzen Vögeln mit Menschengesichtern. Er hob die Sense, als weise er ihnen den Weg. Da teilten sie sich und schwärmten auseinander. Ihre breiten Flügel verdunkelten den Mond.

Der Tod schlug seinen weiten Mantel rückwärts. Er reckte sich auf und wuchs. Er wuchs viel höher als selbst die Häuser von Metropolis. Das höchste reichte ihm kaum bis zu den Knien.

Der Tod schwang seine Sense und tat einen pfeifenden Hieb. Die Erde und alle Sterne bebten. Aber die Sense schien ihm nicht scharf genug zu sein. Er sah sich um, als suche er einen Sitz. Der Neue Turm Babel schien dem Tod zu gefallen. Er setzte sich nieder auf den Neuen Turm Babel, stemmte die Sense auf, nahm aus dem Gürtel den Wetzstein, spuckte darauf und begann, die Sense zu schleifen. Blaue Funken zuckten aus dem Stahl. Dann erhob sich der Tod und tat einen zweiten Schlag. Da stürzte ein Regen von Sternen aus dem Himmel.

Zufrieden nickte der Tod, wandte sich um und begann seinen Weg durch die große Metropolis . . .«

## 11

»Nun«, sagte Josaphat heiser, »das war nur ein Traum . . .«

»Gewiß, es war ein Traum. Und Träume, sagt man, sind Schäume, nicht wahr? Aber höre weiter, Josaphat . . . Ich tauchte aus diesem Traum ins Bewußtsein zurück mit einer Traurigkeit, das mich wie ein Messer von oben bis unten zerschnitt. Ich sah die Stirn Marias, diesen weißen Tempel der Güte und Jungfräulichkeit, geschändet mit dem Namen der großen Hure Babylon. Ich sah sie den Tod aussenden über die Stadt. Ich sah, wie Greuel um Greuel sich von ihr lösten und flatternd, Pestgespenster, Unheilsboten, vor dem Weg des Todes die Stadt durchschwärmten. Ich stand da draußen und sah zum Dom hinüber, der mir entheiligt und besudelt schien. Seine Türen standen offen. Dunkle Menschenschlangen krochen hinein in den Dom und stauten sich auf den Treppen. Ich dachte: Vielleicht ist unter diesen frommen Menschen meine Maria. Ich sagte zu meinem Vater: Ich will in den Dom. Er ließ mich gehen. Ich war kein Gefangener. Als ich den Dom erreichte, dröhnte die Orgel wie die Posaune des Jüngsten Gerichts. Gesang aus tausend Kehlen. *Dies irae* . . . Der Weihrauch wölkte über den Köpfen der Menge, die auf den Knien lag vor dem ewigen Gott. Das Kruzifix schwebte über dem Hochaltar, und unter dem Licht der ruhelosen Kerzen schienen die Blutstropfen auf der dornengekrönten Stirn des Mariensohnes lebendig zu werden, zu rinnen. Die Heiligen an den Säulen sahen mich düster an, als wüßten sie um meine bösen Träume.

Ich suchte Maria. Ach, ich wußte genau, die Tausende konnten sie nicht vor mir verbergen. Wenn sie hier war, würde ich zu ihr finden, wie der Vogel den Weg zum Nest findet. Aber das Herz lag mir wie tot in der Brust. Dennoch konnte ich es nicht lassen, mußte nach ihr suchen. Ich irrte um die Stelle, an der ich schon einmal auf sie gewartet hatte . . . Ja, so mag ein Vogel um die Stelle irren, wo sein Nest gewesen ist, das er nicht wiederfindet, weil es der Blitz zerstört hat oder der Sturm.

Und als ich an die Seitennische kam, in der der Tod als Spielmann, auf einem Menschenknochen spielend, stand, da war die Nische leer, der Tod verschwunden.

Es war, als sei der Tod aus meinem Traum nicht wieder heimgekehrt zu seinem Gefolge.

Sage nichts, Josaphat! Es ist belanglos. Ein Zufall . . . Das Bildwerk war vielleicht schadhaft geworden – ich weiß es nicht! Glaube mir: es ist belanglos.

Aber nun gellte eine Stimme auf.

›Tuet Buße! Das Himmelreich ist nahe.‹

Es war die Stimme Desertus', des Mönchs. Seine Stimme war wie ein Messer. Die Stimme schälte mir das Rückgrat bloß. Es herrschte Totenstille in der Kirche. Von den tausend Menschen ringsum schien keiner zu atmen. Sie lagen auf den Knien, und ihre Gesichter, bleich wie Marken des Schreckens, waren dem wilden Prediger zugewandt.

Seine Stimme flog wie ein Speer durch die Luft.

Vor mir, an einer Säule, stand ein junger Mensch, einst mein Spielkamerad im ›Klub der Söhne‹. Hätte ich nicht an mir selber erfahren, wie sehr sich Menschengesichter in kurzer Zeit verändern können, ich hätte ihn nicht erkannt.

Er war älter als ich und von uns allen zwar nicht der Fröhlichste, aber der Lustigste gewesen. Und die Frauen hatten ihn gleichermaßen geliebt und gefürchtet, weil er auf keine Weise, weder mit Lachen noch Tränen, zu fesseln war. Jetzt hatte er das tausendjährige Gesicht von Menschen, die lebendig tot sind. Es war, als hätte ihm ein schlimmer Henker die Augenlider weggenommen, daß er verurteilt war, niemals zu schlafen, und daß er hinstarb an seiner Müdigkeit.

Mehr noch als dies verwunderte mich, ihn hier im Dom zu finden, denn er war sein junges Leben lang ein großer Spötter gewesen.

Ich legte ihm die Hand auf die Schulter. Er fuhr nicht auf. Er wandte nur eben die Augen, diese verdorrten Augen.

Ich wollte ihn fragen: Was suchst du hier, Jan? Aber die Stimme des Mönchs, diese Speerschleuderstimme, warf ihre Schärfe zwischen ihn und mich . . . Der Mönch Desertus begann zu predigen . . .«

Freder wandte sich um und kam zu Josaphat mit einer so heftigen Eilfertigkeit zurück, als habe ihn eine jähe Furcht überfallen. Er setzte sich neben den Freund und sprach sehr hastig, mit Worten, die sich strömend überstürzten.

Er hatte zuerst kaum auf den Mönch gehört. Er hatte den Freund betrachtet und die Menge, die Kopf an Kopf gepreßt auf den Knien lag. Und als er sie ansah, schien es ihm, als harpuniere der Mönch die Menge mit seinen Worten, als würfe er Speere mit tödlichen Widerhaken bis in die heimliche Seele der Lauschenden, als zerre er ihre stöhnenden Seelen heraus aus den furchtdurchzitterten Leibern.

»Wer ist die, deren Hand das Feuer an diese Stadt gelegt hat? Eine Flamme ist sie, eine unreine Flamme. Ihr ward gegeben eines Brandes Gewalt. Sie ist eine feurige Lohe über den Menschen. Sie ist Lilith, Astarte, Höllenrose. Sie ist Gomorrha, Babylon – Metropolis! Eure eigene Stadt – diese furchtbar frevelnde Stadt – hat dieses Weib aus dem Schoß seiner Fülle heraus geboren. Seht sie an! Ich sage euch: Seht sie an! Sie ist das Weib, das erscheinen soll vor dem Gericht der Welt!

Wer Ohren hat, zu hören, der höre:

Sieben Engel werden treten vor Gott, und ihnen werden sieben Posaunen gegeben. Und die sieben Engel mit den sieben Posaunen haben sich gerüstet zu posaunen. Ein Stern wird stürzen vom Himmel auf die Erde, und ihm wird der Schlüssel zum Brunnen des Abgrunds gegeben. Und er wird den Brunnen des Abgrunds auftun, und es wird ein Rauch aus dem Brunnen gehen wie Rauch eines großen Ofens, und durch den Rauch des Brunnens werden Sonne und Luft verfinstert werden. Ein Engel wird fliegen mitten durch den Himmel und sagen mit großer Stimme: Wehe, wehe, wehe denen, die noch auf Erden wohnen! Und ein anderer Engel folgt ihm nach und spricht: Sie ist gefallen, sie ist gefallen, Babylon, die große Stadt!

Sieben Engel gehen hervor aus dem Himmel, die tragen in ihren Händen die Schalen des göttlichen Zorns. Und Babylon, der großen, wird gedacht werden vor Gott, ihr zu geben den Kelch des Weins von seinem grimmigen Zorn – die da sitzt auf einem rosenfarbenen Tier, das voll Namen der Lästerung ist und sieben Häupter hat und zehn

Hörner. Und das Weib ist bekleidet mit Scharlach und Rosenfarbe und übergüldet mit Gold und Edelsteinen und Perlen. Und hat einen goldenen Becher in seiner Hand, und der Becher ist voll Greuel und Unsauberkeit. Und an ihre Stirn geschrieben steht: Geheimnis . . . Die große Babylon . . . Die Mutter der Hurerei und aller Greuel auf Erden.

Wer Ohren hat, zu hören, der höre! Denn das Weib, das ihr seht, ist die große Stadt, die Gewalt hat über die Könige auf Erden. Geht weg von ihr, mein Volk, daß ihr nicht teilhaftig werdet ihrer Sünden! Denn ihre Sünden reichen bis in den Himmel, und Gott gedenkt ihrer Frevel!

Wehe, wehe, du große Stadt Babylon, du starke Stadt! Auf eine Stunde ist dein Gericht gekommen. In einer Stunde wirst du verwüstet sein. Freuet euch über sie, ihr Himmel und ihr heiligen Apostel und Propheten; Gott wird nach seinem Urteil an ihr tun! Ein starker Engel hebt einen großen Stein auf, wirft ihn ins Meer und spricht: Also wird mit einem Sturm verworfen die große Stadt Babylon, daß niemand mehr weiß, wo ihre Stätte war!

Wer Ohren hat, zu hören, der höre!

Das Weib, das Geheimnis heißt, die Mutter der Greuel, wandert als lohender Brand durch Metropolis. Keine Mauer und kein Tor gebieten ihr Halt. Keine Fessel ist heilig. Ein Schwur wird vor ihr zum Spott. Ihr Lächeln ist letzte Verführung. Lästerung ist ihr Tanz. Sie ist die Flamme, die spricht: Gott ist sehr zornig! Wehe über die Stadt, in der sie erschien!«

Freder hatte sich zu Jan hinübergebeugt.

»Von wem spricht er?« fragte er mit sonderbar kalten Lippen. »Spricht er von einem Menschen? Von einer Frau?«

Er sah, daß die Stirn seines Freundes mit Schweiß bedeckt war.

»Er spricht von ihr«, sagte Jan, als spräche er mit gelähmter Zunge.

»Von wem?«

»Von ihr . . . Kennst du sie nicht?«

»Ich weiß nicht«, sagte Freder, »wen du meinst.«

Und auch seine Zunge war träge und kalt wie aus Lehm.

Jan gab keine Antwort. Er hatte die Schultern hochgezogen, als friere er heftig. Verstört und unentschlossen horchte er auf das dumpf einsetzende Brausen der Orgel.

»Wir wollen gehen!« sagte er tonlos und wandte sich um. Freder folgte ihm. Sie verließen den Dom. Lange gingen sie stumm nebeneinander her. Jan schien ein Ziel zu haben, das Freder nicht kannte. Er fragte nicht. Er wartete. Er dachte an seinen Traum und an die Worte des Mönchs.

Endlich tat Jan den Mund auf; aber er sah Freder nicht an, sprach ins Leere hinein.

»Du weißt nicht, wer sie ist. Aber das weiß niemand. Sie war auf einmal da, so wie Feuer ausbricht. Keiner kann sagen, wer den Brand entfacht hat. Aber nun ist er da, und alles steht in Flammen . . .«

»Eine Frau?«

»Ja. Eine Frau. Vielleicht auch ein Mädchen. Ich weiß es nicht. Es ist nicht auszudenken, daß dieses Wesen sich einem Manne gibt. Kannst du dir die Vermählung des Eises denken? Oder wenn sie es täte, dann würde sie aus den Armen des Mannes sich blank und kühl erheben in der schrecklich-ewigen Jungfräulichkeit des Unbeseelten . . .«

Er hob die Hand und griff sich nach dem Hals. Er zerrte etwas von sich, das nicht da war. Er betrachtete ein Haus, das jenseits der Straße ihm gegenüber lag, mit den Blicken einer abergläubischen Feindseligkeit, die ihm die Hände kalt machte.

»Was hast du?« fragte Freder. An diesem Haus war nichts Bemerkenswertes, als daß es neben dem Hause Rotwangs lag.

»Sei still!« antwortete Jan zwischen den Zähnen und grub seine Finger um Freders Handgelenk.

»Bist du verrückt?« starrte Freder den Freund an. »Glaubst du, über diese Höllenstraße hinüber könnte das Haus uns hören?«

»Es hört uns!« sagte Jan mit hartnäckigem Gesicht. »Es hört uns! Du meinst, es sei ein Haus wie andere auch? Du irrst dich. In diesem Haus fing es . . .«

»Was fing an?«

»Der Spuk . . .«

Freder fühlte, daß seine Kehle trocken war. Er räusperte sich gewaltsam. Er wollte den Freund mit sich weiterziehen. Aber der widerstrebte. Er stand an der Brüstung der Straße, die steil als Schlucht sich hinabgrub, und starrte auf das Haus gegenüber.

»Eines Tages«, begann er, »schickte das Haus Einladungskarten an alle seine Nachbarn. Es war die tollste Einladung der Welt. Auf der Karte stand nichts als: ›Kommen Sie am Abend um 11 Uhr! Das 12. Haus der 113. Straße.‹ Man hielt das Ganze für einen Scherz. Aber man ging hin. Man wollte sich den Scherz nicht entgehen lassen. Sonderbarerweise kannte niemand das Haus. Kein Mensch konnte sich entsinnen, es jemals betreten zu haben oder etwas über seine

Bewohner zu wissen. Man erschien um elf. Man war festlich gekleidet. Man kam in das Haus und fand eine große Gesellschaft. Man wurde von einem alten Mann empfangen, der äußerst höflich war, aber keinem die Hand gab. Es machte einen sonderbaren Eindruck, daß alle Menschen, die hier versammelt waren, auf irgend etwas zu warten schienen, das sie nicht kannten. Man wurde von Dienern, die Stummgeborenen glichen und nie die Augen hoben, wohl bedient. Obgleich der Raum, in dem sich alle befanden, so groß war wie ein Kirchenschiff, herrschte doch eine unerträgliche Hitze, als glühe der Boden und als glühten die Wände – und das, obwohl die breite Tür zur Straße, wie man bemerken konnte, offenstand.

Plötzlich kam von der Tür her einer der Diener mit unhörbaren Schritten auf den Gastgeber zu und schien ohne Worte, mit seinem stummen Dastehn, eine Meldung zu erstatten. Der Gastgeber fragte: ›Sind wir alle versammelt?‹ Der Diener senkte den Kopf. ›Dann schließt die Tür!‹ Das geschah. Die Diener wichen zur Seite und stellten sich auf. Der Gastgeber trat in die Mitte des großen Saales. Im selben Augenblick herrschte eine so vollkommene Stille, daß man den Lärm der Straße wie eine Brandung gegen die Mauer des Hauses dröhnen hörte.

›Meine Damen und Herren‹, sagte der Mann höflich, ›ich habe die Ehre, Ihnen meine Tochter vorzustellen!‹

Er verbeugte sich nach allen Seiten und wandte sich rückwärts. Alle warteten. Niemand bewegte sich.

›Nun, meine Tochter?‹ fragte der alte Mann mit einer sanften, aber irgendwie entsetzlichen Stimme und klopfte ganz leicht in die Hände.

Da erschien sie auf den Stufen der Treppe und kam langsam in den Saal herunter . . .«

Jan schluckte. Seine Finger, die noch immer das Handgelenk Freders umklammert hielten, packten zu, als wollten sie ihm die Knochen zerdrücken.

»Warum erzähle ich dir das?« stotterte er. »Kann man einen Blitz beschreiben? Oder Musik? Oder den Duft einer Blume? Alle Frauen im Saal erröteten plötzlich auf eine heftige und krankhafte Weise, und die Männer wurden bleich. Niemand schien imstande, auch nur die geringste Bewegung zu machen oder das armseligste Wort zu sagen. Du kennst Rainer? Du kennst seine junge Frau? Du weißt, wie sehr sie sich liebten? Er stand hinter ihr, die saß, und hatte beide Hände auf ihre Schultern gelegt mit einer Gebärde der schützenden und leidenschaftlichen Zärtlichkeit. Als das Mädchen an ihnen vorüberging – sie ging, von der Hand des Alten geführt, mit sachten, klingenden Schritten langsam durch den Saal –, lösten sich Rainers Hände von den Schultern seiner Frau. Sie sah zu ihm auf, er zu ihr nieder; und in den Gesichtern dieser beiden Menschen flammte wie eine Fackel ein jäher, todwünschender Haß . . .

Es war, als brannte die Luft. Wir atmeten Feuer. Und dabei ging von dem Mädchen eine Kälte, eine unerträgliche, schneidende Kälte aus. Das Lächeln, das zwischen ihren halbgeöffneten Lippen schwebte, schien der unausgesprochene Schlußvers eines zuchtlosen Liedes zu sein.

Gibt es eine Substanz, durch deren chemische Kraft Gefühle zerstört werden wie Farben durch Säuren? Die Gegenwart dieses Mädchens genügt, um alles, was Treue im menschlichen Herzen heißt, bis zur Lächerlichkeit zu vernichten. Ich war der Einladung dieses Hauses gefolgt, weil Tora mir gesagt hatte, daß sie auch hingehen würde. Jetzt sah ich Tora nicht mehr und habe sie nicht mehr gesehen. Und das Seltsame war, daß unter diesen vielen unbeweglichen, wie in Erstarrung verharrenden Menschen nicht einer war, der seine Empfindung hätte verbergen können. Jeder wußte, wie es um den anderen stand. Jeder fühlte sich nackt und sah die Nacktheit der anderen. Haß, aus Scham geboren, schwelte zwischen uns. Ich sah Tora weinen. Ich hätte sie schlagen können . . . Dann tanzte das Mädchen. Nein, es war kein Tanz . . . Sie stand, von der Hand des Alten losgelassen, auf der letzten Treppenstufe, uns zugewendet, und hob mit einer sanften, endlos scheinenden Bewegung beide Arme und die Weite ihres Gewandes. Die schmalen Hände berührten sich über dem Scheitel. Über die Schultern, die Brüste, die Hüften, die Knie lief unablässig ein kaum merkbares Zittern. Es war kein Zittern der Furcht. Es war wie das Zittern der feinen Rückenflossen eines leuchtenden Tiefseefisches. Es war, als würde das Mädchen von diesem Zittern immer höher getragen, obwohl es die Füße nicht regte. Kein Tanz, kein Schrei, kein Brunstschrei eines Tieres kann so aufpeitschend wirken wie dieses Zittern des schimmernden Körpers, der in seiner Stille und seiner Einsamkeit jedem einzelnen im Saale die Wellen seiner Erregung mitzuteilen schien.

Dann ging sie die Treppe hinauf, mit tastenden Füßen rückwärts schreitend, ohne die Hände zu senken, und verschwand in einer plötzlichen, sammettiefen Dunkelheit. Die Diener öffneten die Tür zur Straße. Sie stellten sich mit gebeugten Rücken auf.

Noch immer saßen die Menschen unbeweglich.

›Gute Nacht, meine Damen und Herren!‹ sagte der Alte . . .«

Jan schwieg. Er nahm den Hut vom Kopf. Er wischte sich über die Stirn.

»Eine Tänzerin«, sagte Freder mit kalten Lippen, »aber kein Spuk.«

»Kein Spuk? Ich will dir eine andere Geschichte erzählen: Ein Mann und eine Frau von fünfzig und vierzig, reich und sehr glücklich, haben einen Sohn. Du kennst ihn, aber ich will nicht Namen nennen . . .

Der Sohn hat das Mädchen gesehen. Er ist wie irre. Er bestürmt das Haus. Er bestürmt den Vater des Mädchens: ›Gib mir das Mädchen! Ich verblute nach ihr!‹ Der Alte lächelt, zuckt die Achseln, schweigt, bedauert: Das Mädchen ist unerreichbar.

Der junge Mensch will sich an dem Alten vergreifen und wird, er weiß nicht von wem, aus dem Haus gewirbelt und auf die Straße geworfen. Man bringt ihn nach Hause. Er fällt in Krankheit und ist dem Tode nahe. Die Ärzte zucken die Achseln.

Der Vater, der ein stolzer, aber gütiger Mensch ist und seinen Sohn mehr als irgend etwas auf Erden liebt, beschließt, den Alten selber aufzusuchen. Man läßt ihn ohne Schwierigkeiten vor. Er findet den Alten und bei ihm das Mädchen. Er sagt zu dem Mädchen: ›Retten Sie meinen Sohn!‹

Das Mädchen sieht ihn an und sagt mit einem Lächeln der holdesten Unmenschlichkeit: ›Du hast keinen Sohn . . .‹

Er versteht den Sinn dieser Worte nicht. Er will mehr wissen. Er dringt in das Mädchen. Das gibt immer die gleiche Antwort. Er dringt in den Alten, der hebt nur die Schultern. Er hat ein perfides Lächeln um den Mund . . .

Plötzlich begreift der Mann. Er geht nach Hause. Er wiederholt der Frau die Worte des Mädchens. Sie bricht zusammen und gesteht ihre Schuld, die nach zwanzig Jahren noch nicht verjährt ist. Aber ihr eigenes Schicksal kümmert sie nicht. Sie hat keinen anderen Gedanken als ihren Sohn. Schande, Verlassenwerden, Einsamkeit – das alles ist nichts; aber der Sohn ist alles.

Sie geht zu dem Mädchen und fällt vor ihm auf die Knie: ›Ich bitte dich um der Barmherzigkeit Gottes willen, rette meinen Sohn!‹ Das Mädchen sieht sie an, lächelt und sagt: ›Du hast keinen Sohn . . .‹ Die Frau glaubt, eine Wahnsinnige vor sich zu haben. Aber das Mädchen hatte recht. Der Sohn, der heimlich Zeuge der Unterredung zwischen dem Mann und der Mutter gewesen war, hatte seinem Leben ein Ende gemacht.«

»Marnius?«

»Ja.«

»Ein grausiger Zufall, Jan, aber kein Spuk.«

»Zufall? Kein Spuk? Und wie nennst du das, Freder«, fuhr Jan fort und sprach ganz nahe am Ohr Freders, »daß dieses Mädchen an zwei Orten zu gleicher Zeit erscheinen kann?«

»Das ist Narrheit.«

»Nicht Narrheit, Wahrheit, Freder! Man hat das Mädchen am Fenster vom Hause Rotwangs stehen sehen – und um dieselbe Stunde tanzte sie ihren verruchten Tanz in Yoshiwara.«

»Das ist nicht wahr!« sagte Freder.

»Es ist wahr!«

»Du hast das Mädchen in Yoshiwara gesehen?«

»Du kannst sie selber sehen, wenn du willst.«

»Wie heißt das Mädchen?«

»Maria.«

Freder legte die Stirn in seine Hände. Er krümmte sich ganz zusammen, als litte er einen Schmerz, dem Gott sonst nicht erlaubt, die Menschen zu treffen.

»Du kennst das Mädchen?« fragte Jan und beugte sich vor.

»Nein!« antwortete Freder.

»Aber du liebst sie«, sagte Jan, und hinter seinen Worten stand sprungbereit der Haß.

Freder nahm seine Hand und sagte: »Komm!«

»Aber«, fuhr Freder fort und richtete seine Augen auf Josaphat, der in sich versunken dasaß, während der Regen leiser wurde wie gestilltes Weinen, »da stand der Schmale plötzlich neben mir und sagte: ›Wollen Sie nicht nach Hause gehen, Herr Freder?‹«

Josaphat schwieg sehr lange. Auch Freder schwieg. Im Rahmen der offenen Tür, die auf den Altan hinausführte, stand schwebend das Bild des Uhrenungeheuers am Neuen Turm Babel, von weißem Licht gebadet. Der große Zeiger rückte auf die Zwölf.

Da erhob sich über Metropolis ein Laut . . .

Es war ein über alle Maßen herrlicher und hinreißender Laut, tief und dröhnend und gewaltiger als irgendein Laut in der Welt. Die Stimme des Ozeans, wenn er zornig ist, die Stimme von stürzenden Strömen, von sehr nahen Gewittern, wären kläglich ertrunken in diesem Behemot-Laut. Er durchdrang, ohne grell zu sein, alle Mauern und alle Dinge, die, solange er währte, in ihm zu schwingen schien. Er war allgegenwärtig, kam aus der Höhe und Tiefe, war schön und entsetzlich, war unwiderstehlich Befehl.

Er war hoch über der Stadt. Er war die Stimme der Stadt.

Metropolis erhob ihre Stimme. Die Maschinen von Metropolis brüllten: Sie wollten gefüttert sein.

Freders und Josaphats Augen begegneten sich.

»Jetzt«, sagte Josaphat langsam, »gehen viele Menschen hinunter in eine Stadt der Toten und warten auf eine, die auch Maria heißt und die sie treu wie Gold gefunden haben.«

»Ja«, sagte Freder, »du bist ein Freund und hast recht. Ich werde mit ihnen gehen.«

Und zum ersten Male in dieser Nacht war etwas wie Hoffnung im Klang seiner Stimme.


12


Es war eine Stunde nach Mitternacht.

Joh Fredersen kam zu seiner Mutter Haus.

Es war ein Bauernhaus, einstöckig, mit Stroh bedeckt, von einem alten Nußbaum überschattet, und es stand auf dem flachen Rücken eines der Steinriesen unweit vom Dom. Ein Garten voller Lilien und Malven, voll Wicken, Mohn und Kapuzinerkresse schmiegte sich rings um das Haus.

Joh Fredersens Mutter hatte nur einen Sohn, und den hatte sie sehr von Herzen geliebt. Aber der Herr über die große Metropolis, der Herr der Maschinenstadt, das Hirn im Neuen Turm Babel war ihr fremd geworden und sie ihm feindselig. Sie hatte es einmal mitansehen müssen, wie einer von Joh Fredersens Maschinentitanen Menschen zermalmte, als wären sie dürres Holz. Sie hatte zu Gott geschrien. Der hörte sie nicht. Sie fiel zu Boden und stand nie mehr auf. Nur Kopf und Hände blieben lebendig an dem gelähmten Körper. Aber die Kraft einer Heerschar loderte in ihren Augen.

Sie wehrte sich gegen den Sohn und gegen das Werk ihres Sohnes. Aber er ließ sie nicht; zwang sie zu sich. Als sie ihm zornig schwor, daß sie in ihrem Hause – unter dem Strohdach, das der Nußbaum überwölbte – leben wollte bis an den letzten Tag, pflanzte er das Haus und den Baum und den sommerbunt blühenden Garten auf das flache Dach des steinernen Häuserriesen, der zwischen dem Dom und dem Neuen Turm Babel stand. Der Nußbaum krankte ein Jahr; dann grünte er weiter. Ein Wunder an Schönheit, blühte der Garten ums Haus.

Wenn Joh Fredersen dieses Haus betrat, kam er aus schlaflosen Nächten und bösen Tagen.

Er fand seine Mutter, wie er sie immer fand: in breitem, weichem Stuhl am offenen Fenster sitzend, die dunkle Decke auf den jetzt gelähmten Knien, auf dem Schrägtisch vor ihr die starke Bibel, in den schönen Altfrauenhänden die zierliche Bildspitze, an der sie nähte; und wie immer, wenn er zu ihr kam, legte sie stumm die feine Arbeit beiseite und faltete ihre Hände fest im Schoß, als müsse sie allen Willen und jeden Gedanken für die kurzen Minuten sammeln, in denen der große Sohn bei seiner Mutter war.

Sie gaben sich nicht die Hand; das taten sie nie mehr.

»Wie geht es dir, Mutter?« fragte Joh Fredersen.

Sie sah ihn an mit den Augen, in denen die Kraft einer himmlischen Heerschar leuchtete. Sie fragte: »Was willst du, Joh?«

Er setzte sich ihr gegenüber und legte die Stirn in die Hände.

Es gab keinen Menschen in der großen Metropolis noch sonst irgendwo in der Welt, der sich hätte rühmen können, Joh Fredersen jemals mit gesenkter Stirn gesehen zu haben.

»Ich brauche deinen Rat, Mutter«, sagte er gegen die Dielen.

Die Augen der Mutter ruhten auf seinem Haar.

»Wie sollte ich dir raten, Joh? Du bist einen Weg gegangen, auf dem ich dir nicht folgen konnte, mit meinem Kopfe nicht, und ganz gewiß nicht mit meinem Herzen. Nun bist du so weit weg von mir, daß meine Stimme dich nicht mehr erreichen kann. Und wenn sie dich erreichen könnte, Joh, würdest du auf mich hören, wenn ich zu dir sagte: Kehre um? Du hast es damals nicht getan und würdest es heute nicht tun. Auch ist schon allzuviel geschehen, das sich nicht mehr ungeschehen machen läßt. Du bist an allzu vielen schuldig geworden, Joh, und bereust es nicht, sondern glaubst dich im Recht. Wie soll ich dir da raten können?«

»Es handelt sich um Freder, Mutter.«

»Um Freder?«

»Ja.«

»Was ist mit Freder?«

Joh Fredersen antwortete nicht sogleich.

Die Hände seiner Mutter zitterten sehr, und wenn Joh Fredersen aufgesehen hätte, so wäre ihm das nicht verborgen geblieben. Aber Joh Fredersens Stirn blieb auf seine Hände gesenkt.

»Ich mußte zu dir kommen, Mutter, weil Hel nicht mehr lebt.«

»Und woran ist sie gestorben?«

»Ich weiß: an mir. Du hast es mir oft und auf harte Weise klargemacht, Mutter, und du sagtest, ich hätte kochenden Wein in einen Kristall gegossen. Da mußte das schöne Glas zerspringen. Aber es reut mich nicht, Mutter. Nein, es reut mich nicht. Denn Hel war mein . . .«

»Und starb daran.«

»Ja. Wäre sie niemals mein geworden, vielleicht lebte sie heute noch. Lieber soll sie tot sein.«

»Das ist sie, Joh. Und Freder ist ihr Sohn.«

»Was willst du damit sagen, Mutter?«

»Wenn du es nicht genausogut wüßtest wie ich, Joh, dann wärst du wohl nicht heute zu mir gekommen.«

Joh Fredersen schwieg. Durch das geöffnete Fenster klang das Rauschen des Nußbaums als ein träumerischer und ergreifender Laut.

»Freder kommt oft zu dir, Mutter, nicht wahr?« fragte Joh Fredersen.

»Ja.«

»Er sucht Hilfe bei dir gegen mich.«

»Er hat sie wohl nötig, Joh.«

Schweigen. Dann hob Joh Fredersen den Kopf. Seine Augen sahen aus wie mit Purpur gesprenkelt.

»Ich habe Hel verloren, Mutter«, sagte er. »Freder darf mir nicht verlorengehen.«

»Mußt du denn fürchten, daß du ihn verlierst?«

»Ja.«

»Dann wundert es mich«, sagte die alte Frau, »daß Freder nicht noch vorher den Weg zu mir gefunden hat.«

»Er ist sehr krank, Mutter.«

Die alte Frau machte eine Bewegung, als wollte sie sich erheben, und in ihre Erzengelaugen kam ein zorniger Glanz.

»Als er vor kurzem bei mir war«, meinte sie, »war er gesund wie ein blühender Baum. Woran ist er krank geworden?«

Joh Fredersen stand auf und begann im Zimmer hin und her zu gehen. Er spürte den Duft der Blumen, der vom Garten durch die Fenster strömte, als etwas Schmerzerregendes, das ihm die Stirn in Falten riß.

»Ich weiß nicht«, sagte er plötzlich, ganz unvermittelt, »wie dieses Mädchen in sein Leben treten konnte. Ich weiß nicht, wie sie die ungeheure Macht über ihn gewann. Aber ich habe aus seinem

125

eigenen Mund gehört, wie er zu ihr sagte: ›Mein Vater hat keinen Sohn mehr, Maria‹ . . .«

»Freder lügt nicht, Joh. Also hast du ihn schon verloren.«

Joh Fredersen antwortete nicht. Er dachte an Rotwang. Der hatte die gleichen Worte zu ihm gesagt.

»Bist du um dieser Sache willen zu mir gekommen, Joh?« fragte seine Mutter. »Dann hättest du dir den Weg sparen können. Freder ist der Sohn der Hel, ja. Das heißt, er hat ein weiches Herz. Aber er ist auch der deine, Joh. Das heißt, er hat einen Schädel aus Stahl. Du weißt am besten, Joh, wieviel Hartnäckigkeit der Mann aufbringen kann, um zu der Frau zu gelangen, die er will.«

»Das kannst du nicht vergleichen, Mutter. Freder ist fast noch ein Knabe. Als ich Hel zu mir holte, war ich ein Mann, und ich wußte, was ich tat. Hel war mir nötiger als die Luft zum Atmen. Ich konnte Hel nicht entbehren, Mutter. Ich hätte sie Gott selber aus den Armen gestohlen.«

»Gott kannst du nichts stehlen, Joh; aber den Menschen. Das hast du getan. Du bist schuldig geworden, Joh. Du bist an deinem Freund schuldig geworden. Denn Hel hat Rotwang geliebt, und du hast sie gezwungen.«

»Als sie starb, Mutter, hat sie mich geliebt.«

»Ja. Als sie erkannte, daß auch du ein Mensch warst. Als dein Kopf auf den Boden schlug und du nach ihr schriest. Aber glaubst du, Joh, daß dieses eine Lächeln in ihrer Todesstunde alles aufwiegt, woran sie neben dir gestorben ist?«

»Laß mir den Glauben, Mutter.«

»Es ist Aberglaube.«

Joh Fredersen sah seine Mutter an.

»Ich möchte wohl wissen«, sagte er mit verdunkelter Stimme, »womit du deine Härte gegen mich nährst, Mutter!«

»Mit meiner Angst um dich, Joh, mit meiner Angst!«

»Du brauchst um mich keine Angst zu haben, Mutter.«

»O doch, Joh, o doch! Deine Schuld geht dir nach wie ein Hund auf der Fährte. Sie verliert deine Spur nicht, Joh, sie bleibt dir immer im Rücken! Ein Freund ist vor dem Freunde waffenlos; er hat keinen Schild vor der Brust, keinen Panzer vor dem Herzen. Ein Freund, der dem Freunde glaubt, ist ein wehrloser Mensch. Einen wehrlosen Menschen hast du verraten, Joh.«

»Ich habe die Schuld bezahlt, Mutter. Hel ist tot. Jetzt habe ich nur noch Freder. Er ist ihr Vermächtnis. Hels Vermächtnis gebe ich nicht her. Ich bin zu dir gekommen, um dich zu bitten, Mutter: hilf mir, Freder wiederzugewinnen.«

Die Augen der alten Frau waren strahlend auf ihn gerichtet.

»Was hast du mir damals zur Antwort gegeben, Joh, als ich dich hemmen wollte auf deinem Weg zu Hel?«

»Ich weiß es nicht mehr.«

»Aber ich weiß es noch, Joh! Ich weiß jede Silbe noch. Du sagtest: ›Ich höre kein Wort, das du sprichst, ich höre nur: ‚Hel!‘ Wenn man mich blendet, ich sähe Hel doch! Wenn man mich lähmte, mit gelähmten Füßen fände ich doch den Weg zu Hel!‹ Freder ist dein Sohn. Was glaubst du, Joh, daß er mir antworten würde, wenn ich ihm sagte: Laß von dem Mädchen, das du liebst?«

Joh Fredersen schwieg.

»Nimm dich in acht, Joh!« sagte die alte Mutter. »Ich weiß, was das heißt, wenn deine Augen kalt werden wie jetzt und wenn du blaß wirst wie ein Stein in der Mauer. Du hast vergessen, daß Liebende heilig sind. Auch wenn sie sich irren, Joh; selbst ihr Irrtum ist heilig. Auch wenn sie Narren sind, Joh; selbst ihre Narrheit ist heilig. Denn wo Liebende sind, ist der Garten Gottes, und niemand hat das Recht, sie daraus zu vertreiben. Nicht einmal Gott. Nur ihre eigene Schuld.«

»Ich muß meinen Sohn wiederhaben«, sagte Joh Fredersen. »Ich hoffte, daß du mir dabei helfen würdest, und du wärst gewiß das sanfteste Mittel, das ich dazu hätte wählen können. Aber du willst nicht, und nun muß ich nach anderen Mitteln suchen.«

»Freder ist krank, wie du sagst . . .«

»Er wird wieder gesund werden.«

»Du willst also weitergehen auf deinem Weg?«

»Ja.«

»Ich glaube, Joh, Hel würde weinen, wenn sie dich sprechen hörte!«

»Vielleicht. Aber Hel ist tot.«

»Nun, dann komm her zu mir, Joh! Ich will dir auf deinen Weg ein Wort mitgeben, das du nicht vergessen kannst. Es ist leicht zu behalten.«

Joh Fredersen zögerte. Doch trat er neben die Mutter. Sie legte die Hand auf die Bibel, die vor ihr lag. Ihr Finger deutete. Joh Fredersen las: Denn was der Mensch säet, das wird er ernten . . .

Joh Fredersen wandte sich ab. Er ging durch das Zimmer. Die Augen seiner Mutter folgten ihm. Als er sich unvermutet zu ihr wandte, heftig und ein heftiges Wort auf den Lippen, fand er den Blick ihrer Augen auf sich gerichtet. Sie konnten sich nicht mehr verbergen und wollten es auch nicht und zeigten in ihrer von Tränen gewaschenen Tiefe solch eine allmächtige Liebe, daß Joh Fredersen glaubte, er sähe seine Mutter zum ersten Mal.

Sie sahen sich an und blieben lange stumm.

Dann trat der Mann auf seine Mutter zu.

»Nun gehe ich, Mutter«, sagte er. »Und ich glaube, ich werde nie mehr zu dir kommen.«

Sie gab keine Antwort.

Es war, als wollte er ihr die Hand hinstrecken, doch auf halbem Weg ließ er sie wieder sinken.

»Um wen weinst du, Mutter?« fragte er. »Um Freder oder um mich?«

»Um euch beide«, sagte die Mutter, »um euch beide, Joh.«

Er stand und schwieg, und der Kampf seines Herzens war in seinem Gesicht. Dann, ohne die Mutter noch einmal anzusehen, wandte er sich um und ging aus dem Haus, über dem der Nußbaum rauschte.


13


Es war um die Mitternacht, und es brannte kein Licht. Nur durch das Fenster fiel das Strahlen der Stadt und lag als ein bleicher Schein auf dem Gesicht des Mädchens, das mit geschlossenen Augen, die Hände im Schoß, an die Wand zurückgelehnt ohne Regung dasaß.

»Wirst du mir nie eine Antwort geben?« fragte der große Erfinder.

Stille. Schweigen. Regungslosigkeit.

»Du bist kälter als Stein, bist härter als jeder Stein. Die Spitze deines Fingers müßte den Diamanten zerschneiden, als wäre er Wasser. Ich rufe deine Liebe nicht an. Was weiß ein Mädchen von Liebe? Ihr unerstürmten Festungen, ihr unerschlossenen Paradiese, ihr versiegelten Bücher, die niemand kennt als der Gott, der sie geschrieben hat – was wißt ihr von Liebe? Auch die Frauen wissen von Liebe nichts. Was weiß das Licht vom Licht? Die Flamme vom Brennen? Was wissen die Sterne von den Gesetzen, nach denen sie wandern? Das Chaos müßt ihr fragen, das Frieren, das Finstersein – das ewig Unerlöste, das nach Erlösung von sich selber ringt. Den Mann müßt ihr fragen, was Liebe ist. Der Hymnus des Himmels wird nur in der Hölle gedichtet . . . Ich rufe deine Liebe nicht an, Maria. Aber dein Mitleid, du Mütterliche mit dem Jungfrauengesicht.«

Stille. Schweigen. Regungslosigkeit.

»Ich halte dich gefangen . . . Bin ich schuld daran? Ich halte dich nicht für mich gefangen, Maria. Über dir und mir ist ein Wille, der zwingt mich zum Bösesein. Habe Mitleid mit dem, der böse sein muß, Maria! Alle Quellen des Guten sind in mir zugeschüttet. Ich glaubte, sie seien tot; aber sie sind nur Lebendig-Begrabene. Mein Ich ist ein Felsen der Finsternis. Aber ich höre tief in dem traurigen Stein die Quellen rauschen. Wenn ich dem Willen trotze, der über dir und mir ist, wenn ich das Werk zerstöre, das ich nach dir schuf . . . Es geschähe Joh Fredersen recht, und mir wäre wohler! Er hat mich zerstört, Maria, er hat mich zerstört! Er hat mir die Frau gestohlen, die mein war und die ich liebte. Ich weiß nicht, ob ihre Seele jemals bei mir war. Aber ihr Mitleid war bei mir und machte mich gut. Joh Fredersen nahm mir die Frau. Er machte mich böse. Er, der dem Stein den Druck ihres Schuhes nicht gönnte, machte mich böse, um mir ihr Mitleid zu nehmen. Hel ist gestorben. Aber sie hat ihn geliebt. Was für ein fürchterliches Gesetz ist das, nach dem die Wesen des Lichts sich zu denen der Finsternis wenden, aber an denen im Schatten vorübergehen? Sei barmherziger als Hel war, Maria! Ich will dem Willen trotzen, der über dir und mir ist. Ich will dir die Türen öffnen. Du sollst gehen können, wohin du willst, und niemand soll dich halten. Aber würdest du freiwillig bei mir bleiben, Maria? Ich sehne mich, gut zu werden. Willst du mir helfen?«

Stille. Schweigen, Regungslosigkeit.

»Ich rufe auch dein Mitleid nicht an, Maria. Es gibt auf der Welt nichts Erbarmungsloseres als Frauen, die nur einen einzigen Menschen lieben. Ihr kühlen Mörderinnen im Namen der Liebe! Ihr Todesgöttinnen mit eurem zärtlichen Lächeln! Die Hände eures Geliebten sind kalt. Ihr fragt: ›Soll ich dir deine Hände wärmen, Geliebter?‹ Ihr wartet sein Ja nicht ab. Ihr legt Feuer an eine Stadt. Ihr brennt ein Königreich nieder, damit ihr die kalten Hände eures Geliebten daran erwärmen könnt! Ihr richtet euch auf und pflückt aus dem Himmel der Welt seine strahlendsten Sterne, ohne darauf zu achten, daß ihr das Universum zerstört und den Reigen des Ewigen aus dem Gleichgewicht bringt. ›Willst du die Sterne haben, Geliebter?‹ Und wenn er nein sagt, dann laßt ihr die Sterne fallen. Ach, ihr gebenedeiten Frevlerinnen! Ihr dürftet, furchtbar-unantastbar, vor den Thron Gottes treten und sagen: ›Steh auf, Weltschöpfer! Ich brauche den Thron der Welt für meinen Geliebten!‹ Ihr seht nicht, wer neben euch stirbt, wenn nur der Eine lebt. Ein Tropfen Blut am Finger eures Geliebten ängstigt euch mehr als der Untergang eines Erdteils.

All dies weiß ich und habe es nie besessen! Nein, ich rufe dein Mitleid nicht an, Maria. Aber deine Treue rufe ich an.«

Stille. Schweigen. Regungslosigkeit.

»Kennst du die unterirdische Totenstadt? Dort pflegte ein Mädchen, das Maria hieß, seine Brüder nächtlich zusammenzurufen. Seine Brüder tragen die Blauleinentracht, die schwarzen Kappen und die harten Schuhe. Maria sprach zu ihren Brüdern von einem Mittler, der kommen würde, sie zu erlösen. ›Mittler zwischen Hirn und Händen muß das Herz sein.‹ War es nicht so? Die Brüder des Mädchens haben dem Mädchen geglaubt. Sie haben gewartet. Sie haben lange gewartet. Aber der Mittler kam nicht. Und das Mädchen kam nicht. Es hat keine Botschaft geschickt. Es war unauffindbar. Aber die Brüder haben dem Mädchen geglaubt, denn sie hatten es treu wie Gold befunden. ›Sie wird kommen!‹ sagten sie. ›Sie wird wiederkommen! Sie ist treu. Sie läßt uns nicht allein. Sie hat gesagt: ,Der Mittler wird kommen.‘ Nun muß er kommen. Wir wollen geduldig sein und wollen warten . . .‹ Aber der Mittler kam nicht. Und das Mädchen kam nicht. Das Elend der Brüder ist Tag um Tag gewachsen. Haben sonst tausend gemurrt – jetzt murren zehntausend. Sie lassen sich nicht mehr vertrösten. Sie lechzen nach Kampf nach Zerstörung, nach Vernichtung und Untergang. Und auch die Gläubigen, auch die Geduldigen fragen: ›Wo ist Maria? Kann es geschehen, daß Gold treulos wird?‹ Wirst du sie ohne Antwort lassen, Maria?«

Stille. Schweigen. Regungslosigkeit.

»Du schweigst. Du bist sehr trotzig. Aber nun werde ich dir etwas sagen, das deinen Trotz schon brechen wird: Glaubst du, ich halte dich hier zum Scherz gefangen? Glaubst du, Joh Fredersen wüßte kein anderes Mittel, dich aus den Augen seines Sohnes zu bringen, als daß er dich hinter das Siegel Salomonis an meinen Türen sperrt? O nein, Maria, o nein, meine schöne Maria! Wir sind nicht müßig gewesen in all den Tagen! Wir haben dir deine schöne Seele gestohlen, deine süße Seele, dies zärtliche Lächeln Gottes. Ich habe dich so belauscht, wie die Luft dich belauscht hat. Ich habe dich zornig gesehen und tief verzweifelt. Ich habe dich brennend gesehen und stumpf wie Erde. Ich habe dich im Gebet zu Gott belauscht und habe Gott geflucht, weil er dich nicht erhörte. Ich habe mich berauscht an deiner Hilflosigkeit. Dein armes Weinen hat mich trunken gemacht. Wenn du den Namen deines Geliebten schluchztest, glaubte ich sterben zu müssen und taumelte . . . So, als Berauschter, Betrunkener, Taumelnder, bin ich zum Dieb an dir geworden, Maria! Ich schuf dich neu – ich wurde dein zweiter Gott! Ich habe dich dir ganz und gar gestohlen! Im Namen Joh Fredersens, des Herrn über die große Metropolis, habe ich dir dein Ich gestohlen, Maria! Und dieses gestohlene Ich, dein anderes Selbst, hat eine Botschaft an deine Brüder geschickt, hat sie zur Nacht in die Totenstadt gerufen! Sie sind gekommen, sind alle gekommen! Maria hat sie gerufen, da kamen sie. Wenn du früher zu ihnen sprachst, dann hast du zum Frieden geredet. Aber Joh Fredersen will keinen Frieden mehr, begreifst du? Er will die Entscheidung! Die Stunde ist da! Dein gestohlenes Ich darf nicht mehr zum Frieden reden, denn der Mund Joh Fredersens spricht aus ihm. Und unter deinen Brüdern wird einer sein, der dich liebt und nicht wiedererkennen wird, der an dir irre werden wird, Maria . . . Willst du mir einmal deine Hände geben, Maria? Ich verlange nicht mehr. Deine Hände müssen wie Wunder sein. Begnadung heißt die rechte, Erlösung die linke . . . Wenn du mir einmal deine Hände gibst, will ich mit dir in die Totenstadt gehen, damit du deine Brüder warnen kannst, damit du dein gestohlenes Ich entlarvst, damit der eine, der dich liebt, dich wiederfindet und nicht irre werden muß an dir . . . Sagtest du etwas, Maria?«

Er hörte das leise Weinen des Mädchens. Er fiel, wo er stand, auf die Knie. Er wollte sich auf den Knien zu dem Mädchen hinschleppen. Und hielt plötzlich inne. Er horchte. Er starrte. Er sagte mit einer Stimme, die in hellwacher Aufmerksamkeit fast kreischend klang: »Maria? Maria – hörst du nicht? In diesem Zimmer ist ein fremder Mensch!«

»Ja«, sagte die ruhige Stimme Joh Fredersens.

Und dann griffen die Hände Joh Fredersens nach dem Halse Rotwangs, des großen Erfinders . . .


14

Ein Gewölbe wie eine Gruft – Menschenköpfe so dicht gedrängt, daß sie wie Schollen eines frischgepflügten Ackers wirkten. Alle Gesichter zu einem Punkt gewandt: zu der Quelle eines gottmilden Lichts. Kerzen brannten, die Flammen wie Schwerter geformt. Schmale, leuchtende Schwerter des Lichts im Kreis um den Kopf eines Mädchens . . .

Freder stand in den Hintergrund des Gewölbes gedrückt, dem Mädchen so fern, daß er von ihrem Gesicht nichts als den Schimmer seiner Blässe gewahrte und das Wunder der Augen und den blutroten

Mund. Seine Augen hingen an diesem blutroten Mund, als wäre er der Mittelpunkt der Welt, zu dem sein Blut nach ewigem Gesetz hinstürzen mußte. Peinvoll war dieser Mund . . . Alle sieben Todsünden hatten solch einen Mund . . . Das Weib auf dem rosenfarbenen Tier, das den Namen Babylon auf seiner Stirn trug, hatte solch einen Mund . . .

Er drückte beide Hände vor·seine Augen, um diesen Todsünden-Mund nicht mehr zu sehen.

Nun hörte er deutlicher . . . Ja, das war ihre Stimme, sie klang, als könnte ihr Gott nichts abschlagen. War sie das wirklich? Die Stimme kam aus blutrotem Munde. Sie war wie eine Flamme, heiß und spitz. Sie war voll einer verruchten Süßigkeit.

Die Stimme sagte: »Meine Brüder . . .«

Aber von diesem Wort ging kein Frieden aus. Kleine, rote Schlangen züngelten durch die Luft. Kochendheiß war die Luft, eine Qual, sie zu atmen . . .

Tief aufstöhnend öffnete Freder die Augen.

Dunkle, heftig bewegte Wellen waren die Köpfe vor ihm. Diese Wellen brodelten, tosten und brausten. Hier, da und dort fuhr eine Hand durch die Luft. Worte flogen auf, Gischtfetzen der Brandung. Aber die Stimme des Mädchens war wie eine Feuerzange, zuckend, rufend, brennend über den Köpfen.

»Was ist köstlicher: Wasser oder Wein?«

». . . Wein ist köstlicher!«

»Wer trinkt das Wasser?«

». . . Wir!«

»Wer trinkt den Wein?«

». . . Die Herren! Die Herren der Maschinen!«

»Was ist köstlicher: Fleisch oder trockenes Brot?«

». . . Fleisch ist köstlicher!«

»Wer ißt das trockene Brot?«

». . . Wir!«

»Wer ißt das Fleisch?«

». . . Die Herren! Die Herren der Maschinen!«

»Was trägt sich köstlicher: Blauleinen oder weiße Seide?«

». . . Weiße Seide trägt sich köstlicher!«

»Wer trägt Blauleinen?«

». . . Wir!«

»Wer trägt die weiße Seide?«

». . . Die Herren! Die Söhne der Herren!«

»Wo wohnt es sich köstlicher: auf oder unter der Erde?«

». . . Auf der Erde wohnt es sich köstlicher!«

»Wer wohnt unter der Erde?«

». . . Wir!«

»Wer wohnt auf der Erde?«

». . . Die Herren! Die Herren der Maschinen!«

»Wo sind eure Frauen?«

». . . Im Elend!«

»Wo sind eure Kinder?«

». . . Im Elend!«

»Was tun eure Frauen?«

». . . . Sie hungern!«

»Was tun eure Kinder?«

». . . Sie weinen!«

»Was tun die Frauen der Herren der Maschinen?«

». . . Sie schwelgen!«

»Was tun die Kinder der Herren der Maschinen?«

». . . Sie spielen!«

»Wer sind die Schaffenden?«

». . . Wir!«

»Wer sind die Verprassenden?«

». . . Die Herren! Die Herren der Maschinen!«

»Was seid ihr?«

». . . Sklaven!«

»Nein – was seid ihr?«

». . . Hunde!«

»Nein – Was seid ihr?«

». . . Sage es uns! Sage es uns!«

»Narren seid ihr! Dummköpfe! Dummköpfe! In euren Morgen, euren Mittag, euren Abend, eure Nacht heult die Maschine nach Futter, nach Futter, nach Futter! Ihr seid das Futter! Ihr seid das lebendige Futter! Euch frißt die Maschine wie Häcksel und speit euch aus! Warum mästet ihr die Maschine mit euren Leibern? Warum schmiert ihr Maschinengelenke mit eurem Hirn? Warum laßt ihr nicht die Maschinen verhungern, ihr Narren? Warum laßt ihr sie nicht verrecken, Dummköpfe? Warum füttert ihr sie? Je mehr ihr sie füttert, desto mehr gieren sie nach eurem Fleisch, nach euren Knochen und Hirnen. Ihr seid zehntausend! Ihr seid hunderttausend! Warum werft ihr euch nicht – hunderttausend mordende Fäuste – auf die Maschinen und schlagt die Maschinen tot? Ihr seid die Herren der

Maschinen, ihr! Nicht die anderen, die in der weißen Seide gehen! Dreht dieWelt um! Stellt die Welt auf den Kopf! Werdet zu Mördern am Lebendigen und am Toten! Nehmt euch das Erbe von Lebendigen und von Toten! Ihr habt genug gewartet! Die Zeit ist da!«

Eine Stimme schrie aus der Menge: »Führe uns an, Maria!«

Eine Sturzwelle, brandeten alle Köpfe nach vorn. Der blutrote Mund des Mädchens lachte und flammte. Groß und grünschwarz flammten die Augen darüber. Es hob seine Arme mit einer unsäglich schweren, lastenhebenden, süßen, tollen Gebärde. Der schmale Leib wuchs auf und reckte sich hoch. Die Hände des Mädchens berührten sich über dem Scheitel. Über die Schultern, die Brüste, die Hüften, die Knie lief unablässig ein kaum merkbares Zittern. Es war wie das Zittern der feinen Rückenflossen eines leuchtenden Tiefseefisches. Es war, als würde das Mädchen von diesem Zittern immer höher getragen, obwohl es die Füße nicht regte.

Es sagte: »Kommt! Kommt! Ich will euch führen! Ich will den Tanz des Todes vor euch tanzen! Ich will den Tanz der Mörder vor euch tanzen!«

Die Masse stöhnte auf. Die Masse keuchte. Die Masse streckte ihre Hände aus. Die Masse beugte Kopf und Nacken tief, als sollten ihre Schultern, ihren Rücken zu einem Teppich für das Mädchen werden. Die Masse stürzte röchelnd auf die Knie, ein einziges, vom Beil gefälltes Tier. Das Mädchen hob den Fuß und trat dem hingestreckten Tier Masse auf den Nacken . . .

Eine Stimme schrie auf, schluchzend in Zorn und Schmerz: »Du bist nicht Maria!«

Die Masse wandte sich um. Die Masse sah im Hintergrund des Gewölbes einen Menschen stehen, dem war der Mantel von den Schultern gefallen. Unter dem Mantel trug er die weiße Seide. Der Mensch war bleicher als der Tod des Verblutens. Er streckte die Hand aus und deutete auf das Mädchen. Er wiederholte mit seiner gellenden Stimme:

»Du bist nicht Maria! Nein, du bist nicht Maria!«

Die Köpfe der Masse stierten den Menschen an, der ein Fremder war unter ihnen, der die weiße Seide trug.

»Du bist nicht Maria!« rief seine gellende Stimme. »Maria redet zum Frieden, nicht zum Mord!«

Die Augen der Masse begannen gefährlich zu glotzen.

Das Mädchen stand aufgereckt im Nacken der Masse. Es kam ins Wanken. Es schien, als sollte es stürzen, vornüberstürzen auf sein weißes Gesicht, in dem der blutrote Mund, der Todsünden-Mund wie das höllische Feuer flammte.

Aber es stürzte nicht. Es hielt sich aufrecht. Es schwankte leise, aber es hielt sich aufrecht. Es streckte den Arm aus und deutete auf Freder und rief mit einer Stimme, die klang wie Glas. »Seht da! Der Sohn Joh Fredersens! Der Sohn Joh Fredersens ist unter euch!«

Die Masse schrie. Die Masse warf sich herum. Die Masse wollte den Sohn Joh Fredersens packen.

Er wehrte sich nicht. Er stand, an die Mauer gedrückt. Er starrte das Mädchen an mit einem Blick, in dem der Glaube an die ewige Verdammnis zu lesen war. Es schien, als sei er schon gestorben und als taumle sein entseelter Körper gespenstisch auf die Fäuste derer zu, die ihn ermorden wollten.

Eine Stimme brüllte: »Hund im weiß-seidnen Fell!«

Ein Arm fuhr hoch, ein Messer blitzte auf . . .

Auf dem wogenden Nacken der Masse stand das Mädchen. Es war, als käme das Messer aus seinen Augen geflogen.

Aber ehe das Messer in die weiße Seide fahren konnte, die das Herz des Sohnes von Joh Fredersen deckte, warf sich ihm ein Mensch wie ein Schild vor die Brust, und das Messer fetzte Blauleinen auf. Blaues Leinen färbte sich purpurrot . . .

»Brüder!« sagte der Mann. Er deckte mit ganzem Leibe, sterbend, doch aufrecht stehend, den Sohn Joh Fredersens. Er wandte den Kopf ein wenig, um Freders Blick zu erhaschen. Er sagte mit einem Lächeln, das sich in Schmerzen verklärte: »Bruder . . .«

Freder erkannte ihn. Es war Georgi. Es war die Nummer 11811, die hier auslosch und ihn auslöschend schützte.

Er wollte sich an Georgi vorüberdrängen. Aber der Sterbende stand wie ein Gekreuzigter, mit ausgebreiteten Armen und die Hände in die Ränder der Nischen gekrallt, die hinter ihm waren. Er hielt seine Augen, die wie Juwelen waren, starr auf die Masse gerichtet, die gegen ihn stürmte.

»Brüder . . .«, sagte er.

»Mörder . . . Brudermörder!« sagte der sterbende Mund.

Die Masse ließ von ihm ab und rannte weiter. Auf den Schultern der Masse tanzte das Mädchen und sang. Es sang mit dem blutroten Todsünden-Mund:


»Wir haben den Maschinen das Urteil gesprochen!
Wir haben die Maschinen zum Tode verurteilt!

Die Maschinen müssen sterben, zur Hölle mit ihnen!
Tod! Tod! Tod den Maschinen!«

Wie das Rauschen von tausend Flügeln durchbrauste der Schritt der Masse die schmalen Gänge der Totenstadt. Die Stimme des Mädchens verscholl. Die Schritte verschollen. Georgi löste die Hände und fiel vornüber. Freder fing ihn auf. Er sank in die Knie. Der Kopf Georgis fiel ihm gegen die Brust.

»Warnen . . . warnen . . . die Stadt . . .«, sagte Georgi.

»Du stirbst!« gab Freder zur Antwort. Seine verstörten Augen liefen an den Mauern entlang, in deren Nischen die tausendjährigen Toten schliefen. »Es gibt keine Gerechtigkeit auf dieser Welt!«

»Tiefste Gerechtigkeit . . .«, sagte Nummer 11811. »Aus Schwäche – Schuld . . . Aus Schuld – Sühne . . . Warnen – die Stadt! Warnen . . .«

»Ich lasse dich nicht allein.«

»Ich bitte dich – bitte dich!«

Freder erhob sich, Verzweiflung in den Augen. Er lief auf den Gang zu, in dem die Masse verschollen war.

»Nicht dorthin!« sagte Georgi. »Da kommst du nicht mehr durch!«

»Ich weiß keinen anderen Weg.«

»Ich werde dich führen.«

»Du stirbst, Georgi! Der erste Schritt ist dein Tod!«

»Willst du die Stadt nicht warnen? Willst du mitschuldig werden?«

»Komm!« sagte Freder.

Er hob Georgi auf. Die Hand auf die Wunde gedrückt, begann der zu laufen.

»Nimm deine Lampe und komm!« sagte Georgi. Er lief, daß Freder ihm kaum zu folgen vermochte. In den tausendjährigen Staub der Totenstadt tropfte das Blut, das aus frischer Quelle quoll. Er hielt Freders Arm umklammert und riß ihn vorwärts.

»Eile!« sagte er murmelnd. »Eile tut not!«

Gänge – Kreuzungen – Gänge – Stufen – Gänge – eine Treppe, die steil nach oben führte . . . An der ersten Stufe stürzte Georgi. Freder wollte ihn halten. Er stieß ihn zurück.

»Eile!« sagte er. Sein Kopf wies nach der Treppe. »Hinauf! Du kannst nicht mehr irren. Beeile dich!«

»Und du, Georgi?«

»Ich«, sagte Georgi und wandte den Kopf nach der Mauer, »ich gebe dir nun auf nichts mehr Antwort.«

Freder ließ die Hand Georgis los. Er begann, die Stufen hinaufzulaufen. Nacht empfing ihn, die Nacht von Metropolis – diese lichtertolle, trunkene Nacht.

Noch war alles wie sonst. Noch deutete nichts auf den Sturm hin, der aus dem Innern der Erde unter Metropolis losbrechen sollte zum Mord an der Stadt der Maschinen.

Aber es war dem Sohn Joh Fredersens, als gäben die Steine nach unter seinen Füßen, als hörte er in der Luft das Rauschen von Flügeln, das Rauschen der Flügel seltsamer Ungeheuer: Wesen mit Frauenleibern und Schlangenköpfen, Wesen, halb Stier, halb Engel, Teufel, mit Kronen geschmückt, menschengesichtige Löwen . . .

Ihm war, als sähe er auf dem Neuen Turm Babel den Tod in Hut und weitem Mantel sitzen, wie er die aufgestemmte Sense wetzte . . .

Er erreichte den Neuen Turm Babel. Es war alles wie sonst. Die Dämmerung kämpfte den ersten Kampf mit der Frühe. Er suchte seinen Vater. Er fand ihn nicht. Niemand wußte zu sagen, wohin Joh Fredersen um Mitternacht gegangen war.

Die Hirnschale des Neuen Turms Babel war leer.

Freder wischte sich den Schweiß von der Stirn, der ihm tropfend über die Schläfen lief.

»Ich muß meinen Vater finden«, sagte er. »Ich muß ihn rufen, koste es, was es wolle!«

Menschen mit Dieneraugen sahen ihn an, Menschen, die nichts als blinden Gehorsam kannten, die nicht raten konnten noch weniger helfen . . .

Der Sohn Joh Fredersens trat an den Platz seines Vaters, an den Tisch, wo sein großer Vater zu sitzen pflegte. Er war weiß wie die Seide, die er trug, als er die Hand ausstreckte und den Druck seiner Finger auf die kleine, blaue Metallplatte legte, die nie ein Mensch berührte außer Joh Fredersen.

Da begann die große Metropolis zu brüllen. Da erhob sie die Stimme, ihre Behemot-Stimme. Aber sie schrie nicht nach Futter, sie brüllte: *Gefahr!*

Über der riesigen Stadt, über der schlummernden Stadt brüllte die Urtier-Stimme: *Gefahr! Gefahr!*

Ein fast unmerkliches Zittern durchlief den Neuen Turm Babel, als schauderte die Erde, die ihn trug, von einem Traum geängstigt, zwischen Schlaf und Erwachen . . .

## 15

Maria wagte nicht, sich zu rühren. Sie wagte nicht einmal zu atmen. Sie schloß die Lider nicht, aus bebender Furcht, es könnte zwischen Senken und Heben der Lider ein neuer Schrecken kommen und nach ihr greifen.

Sie wußte nicht, wieviel Zeit vergangen war, seit sich die Hände Joh Fredersens um die Gurgel Rotwangs, des großen Erfinders, schlossen. Die beiden Männer hatten im Schatten gestanden; und dennoch schien es dem Mädchen, als wären die Umrisse ihrer beiden Gestalten gleich feurigen Linien in der Dunkelheit zurückgeblieben: die Wucht des Dastehens von Joh Fredersen, der seine Hände vorwarf wie zwei Klauen, der Körper Rotwangs, der in diesen Klauen hing und weggerissen wurde, fortgezerrt – durch das Loch einer Tür, die sich hinter den beiden schloß.

Was spielte sich hinter dieser Tür ab?

Sie hörte nichts. Sie horchte mit allen Sinnen, aber sie hörte nichts, nicht den leisesten Laut.

Minuten vergingen, endlose Minuten . . . Nichts war zu hören, weder Schritt noch Schrei.

Atmete sie Wand an Wand mit dem Mord?

Ob er tot war? Ob er hinter jener Tür in einem Winkel lag, das Gesicht auf den Rücken gedreht, mit zerbrochenem Genick und verglasten Augen?

Ob hinter jener Tür noch der Mörder stand?

Der Raum, der sie umschloß, schien sich plötzlich mit dem Geräusch eines dumpfen Pochens zu füllen. Das wurde immer lauter und heftiger. Es machte die Ohren taub und blieb doch dumpf . . . Allmählich begriff sie: Das war ihr eigener Herzschlag. Wäre ein Mensch zu ihr hereingekommen, sie hätte es nicht gehört, so schlug ihr das Herz.

Stammelnde Worte eines Kindergebetes gingen ihr durch das Hirn, verworren und sinnlos: Lieber Gott, ich bitte dich, bleib bei mir, hab acht auf mich, Amen! Sie dachte an Freder . . . Nein – nicht weinen, nicht weinen!

Lieber Gott, ich bitte dich . . .

Diese Stille war nicht mehr zu ertragen! Sie mußte sehen, mußte Gewißheit haben.

Aber sie wagte nicht, einen Schritt zu tun. Sie war aufgestanden und fand den Mut nicht, auf ihren alten Platz zurückzukehren. Sie war wie in einen schwarzen Sack genäht. Sie hielt die Arme dicht an den Leib gepreßt. Das Grauen stand ihr im Nacken und blies sie an.

Jetzt hörte sie – ja, jetzt hörte sie etwas! Doch der Laut kam nicht aus dem Haus, er kam von weit her. Dieser Laut durchdrang selbst die Mauern vom Hause Rotwangs, die sonst kein Laut durchdrang, woher er auch kam.

Es war die Stimme der großen Metropolis. Aber sie schrie, wie sie niemals geschrien hatte.

Sie schrie nicht nach Futter, sie schrie: Gefahr! Gefahr! Der Schrei nahm kein Ende. Er heulte unablässig. Wer hatte es gewagt, die Stimme der großen Metropolis zu entfesseln, die sonst keinem gehorsam war als Joh Fredersen? War Joh Fredersen nicht mehr in diesem Hause? Oder sollte ihn diese Stimme rufen, dieses wilde Brüllen? Welche Gefahr bedrohte Metropolis? Feuer konnte die Stadt nicht ängstigen, daß sie so wie im Irrsinn brüllen mußte. Keine Sturmflut bedrohte Metropolis. Die Elemente waren gebändigt und fromm.

Gefahr von Menschen? Aufruhr?

War es das?

Die Worte Rotwangs flackerten ihr durchs Gehirn. In der Totenstadt, was ging in der Totenstadt vor? Kam der Aufruhr aus der Stadt der Toten? Quoll das Verderben aus der Tiefe heraus?

Gefahr! Gefahr! schrie die Stimme der großen Stadt.

Wie unter der Gewalt eines Stoßes von innen her lief Maria jählings der Tür zu und riß sie auf. Der Raum, der vor ihr lag, empfing wie der, den sie verlassen hatte, sein einziges Licht – spärlich genug – durch das Fenster. Beim ersten Blick rundum schien er leer zu sein. Ein starker Lufthauch strömte heiß und gleichmäßig aus unsichtbarer Quelle durch den Raum und brachte verstärkt das Brüllen der Stadt herein.

Maria beugte sich vor. Sie erkannte den Raum. An diesen Wänden war sie entlanggelaufen auf der verzweifelten Suche nach einer Tür. Da war eine Tür, die hatte nicht Riegel noch Schloß. Im düsteren Holz glühte kupferrot das Siegel Salomonis, das Pentagramm. Dort, in der Mitte, befand sich das Viereck der Falltür, durch die sie vor einer Zeit, die sie nicht messen konnte, in das Haus des großen Erfinders gekommen war. Das helle Viereck des Fensters beschien das Viereck der Tür.

Eine Falle? dachte das Mädchen. Es drehte den Kopf herum . . .

Wollte die große Metropolis nie mehr aufhören zu brüllen?

Gefahr! Gefahr! brüllte die Stadt.

Maria tat einen Schritt und blieb wieder stehen.

Da lag etwas. Da lag etwas am Boden. Zwischen ihr und der Falltür lag etwas am Boden. Es war ein Klumpen Unkenntlichkeit. Es war etwas Dunkles und Regungsloses. Es konnte ein Mensch sein und war vielleicht nur ein Sack. Aber es lag da und mußte umgangen werden, wenn man zu der Falltür gelangen wollte.

Mit einem größeren Aufwand von Mut, als sie jemals im Leben nötig gehabt hatte, setzte Maria lautlos Fuß vor Fuß. Der Klumpen am Boden regte sich nicht. Sie stand, weit vorgebeugt, die Augen auf Kundschaft schickend, betäubt vom eigenen Herzschlag und dem Schreien der aufruhrkündenden Stadt.

Nun sah sie deutlich: Was da lag, war ein Mensch. Der Mensch lag auf dem Gesicht und hatte die Beine eng an den Leib gezogen, als hätte er sich aufraffen, hochstemmen wollen und dann nicht mehr die Kraft dazu gefunden. Die eine Hand lag über den Nacken geworfen, und ihre gekrümmten Finger sprachen beredter als der beredteste Mund von rasender Abwehr.

Aber die andere Hand des Menschenklumpens lag weit von ihm weggereckt auf dem Viereck der Falltür, als wollte sie diese Tür mit sich selbst verriegeln. Die Hand war nicht Fleisch und Bein. Die Hand war Metall, die Hand war das Meisterwerk Rotwangs, des großen Erfinders.

Maria warf einen Blick nach der Tür, an der das Siegel Salomonis glühte. Sie lief darauf zu, obwohl sie wußte, daß es sinnlos war, diese unerbittliche Tür um Freiheit anzuflehen. Sie spürte unter ihren Füßen, fern, ganz dumpf, stark und wesensmächtig, ein Schüttern wie von einem fernen Donner.

Die Stimme der großen Metropolis brüllte: Gefahr!

Maria faltete die Hände und hob sie vor den Mund. Sie lief auf die Falltür zu. Sie kniete nieder. Sie sah auf den Menschenklumpen, der am Rand der Falltür lag und dessen metallene Hand die Tür hartnäckig zu verteidigen schien. Die Finger der anderen Hand, über den Nacken des Mannes geworfen, war gegen sie gewendet, hoch aufgestellt, wie ein Tier vor dem Sprung.

Wieder das zitternde Schüttern – und jetzt schon stärker . . .

Maria griff nach dem Eisenriegel der Falltür. Sie schob ihn auf. Sie wollte die Tür hochzerren. Aber die Hand – die Hand, die darauf lag, hielt die Tür verklammert.

Maria hörte das Klirren ihrer Zähne. Sie schob sich auf den Knien hin zu dem regungslosen Menschenklumpen. Sie faßte mit unendlicher Vorsicht die Hand, die als stählerner Riegel über der Falltür lag.

Sie spürte Kälte des Todes von dieser Hand ausgehen. Sie drückte die Zähne in ihre weißen Lippen. Als sie die Hand mit aller Kraft zurückschob, wälzte der Menschenklumpen sich auf die Seite, und das graue Gesicht erschien und starrte nach oben . . .

Maria riß die Falltür auf. Sie schwang sich in das schwarze Viereck hinab. Sie ließ sich nicht Zeit, die Tür über sich zu schließen. Vielleicht auch hatte sie nicht den Mut dazu, aus der gewonnenen Tiefe noch einmal aufzutauchen und das zu sehen, was oben am Rand der Falltür lag. Sie fühlte die Stufen unter ihren Füßen und fühlte rechts und links die feuchten Mauern. Sie lief in der Dunkelheit und dachte, nur halb bei Bewußtsein: Wenn du dich in der Totenstadt verirrst . . .

Die roten Schuhe des Magiers fielen ihr ein.

Sie zwang sich zum Stillstehen, zum Horchen.

Was war das für ein sonderbarer Laut, der aus den Gängen ringsum zu kommen schien? Es klang wie ein Gähnen, als gähnte der Stein . . . Es rieselte . . . Über ihrem Kopf wurde ein feines Knirschen hörbar, als löste sich vorsichtig Fuge von Fuge. Dann war für eine Weile alles still. Aber nicht lange. Dann hob das Knirschen wieder an . . .

Die Steine lebten. Ja – die Steine lebten . . . Die Steine der Totenstadt wurden lebendig.

Ein Stoß von unerhörter Heftigkeit erschütterte den Boden, auf dem Maria stand. Gepolter stürzender Steine, Verrieseln, Stille.

Maria war gegen die Steinwand getaumelt. Aber die Wand bewegte sich hinter ihr. Maria schrie auf. Sie schlug die Arme nach oben und rannte weiter. Sie stolperte über Steine, die ihr im Weg lagen, aber sie fiel nicht. Sie wußte nicht, was geschah, aber das Rauschen des Geheimnisses, das der Sturm vor sich hertreibt, die Verkündung eines großen Unheils hing in der Luft über ihr und jagte sie vorwärts.

Da – ein Licht vor ihr! Sie lief darauf zu . . . Ein Gruftgewölbe, große brennende Kerzen . . . Ja, sie kannte den Raum! Hier hatte sie oft gestanden und zu den Menschen gesprochen, die sie »Brüder« nannte. Wer außer ihr hatte das Recht, diese Kerzen anzuzünden? Wem hatten sie heute gebrannt?

In heftigem Luftzug wehten die Flammen seitwärts; das Wachs vertropfte.

Maria ergriff eine Kerze, lief damit weiter. Sie kam in den Hintergrund des Gruftgewölbes. Da lag ein Mantel am Boden. Solch einen Mantel trug keiner ihrer Brüder über der Blauleinentracht. Sie bückte sich. Sie sah im tausendjährigen Staub des Gruftgewölbes eine Fährte von dunklen Tropfen. Sie streckte die Hand aus und rührte einen der

Tropfen an. Die Spitze ihres Fingers war rot gefärbt. Sie richtete sich auf und schloß die Augen. Sie taumelte ein wenig, und ein Lächeln ging über ihr Gesicht, als hoffe sie zu träumen.

Lieber Gott, ich bitte dich, bleib bei mir, hab acht auf mich. Amen . . .

Sie lehnte den Kopf an die Steinwand. Die Steinwand bebte. Maria sah in die Höhe. In der urschwarzen Wölbung der Steindecke über ihr klaffte, sich windend, ein Riß.

Was hieß das?

Was war da über ihr?

Da oben waren die Maulwurfsgänge der Tiefbahnen. Was geschah da? Es klang, als spielten dreitausend Riesen mit eisernen Bergkegeln, die sie johlend gegeneinander warfen.

Breiter klaffte der Riß, die Luft war von Staub erfüllt. Aber das war nicht Staub. Das war gemahlener Stein.

Das Gefüge der Totenstadt erbebte bis zum Mittelpunkt der Erde hinab. Plötzlich war es, als ob eine ungeheure Faust eine Schleuse hochgezogen hätte – doch statt des Wassers stürzte ein Mahlstrom von Steinen aus dem gestauten Bett, so prasselten vom Gewölbe Quadern, Mörtel, Schutt, Steinsplitter, Trümmer herunter – ein Vorhang von Steinen, ein Hagelwetter von Steinen. Und über dem Sturz und Schlag war die Gewalt eines Donners, der lang nachhaltend durch die Vernichtung dröhnte.

Ein Luftdruck von schmetternder Unwiderstehlichkeit fegte das Mädchen beiseite wie einen Strohhalm. Aus den Nischen hoben sich die Gerippe; Knochen hoben sich steil, und Schädel rollten. Für die tausendjährige Totenstadt schien der Jüngste Tag hereinzubrechen . . .

Aber über der großen Metropolis heulte und heulte noch immer die Urtier-Stimme.

Rot stand der Morgen über dem Steinmeer der Stadt. Der rote Morgen sah in dem Steinmeer der Stadt, breit sich heranwälzend, einen endlosen Strom.

Zwölf Glieder breit war der Strom. Die gingen im gleichen Schritt. Männer, Männer, Männer – alle in gleicher Tracht: vom Hals bis zu den Knöcheln in dunkelblauem Leinen, die nackten Füße in gleichen, harten Schuhen, fest die Haare umschließend die gleichen, schwarzen Kappen. Und sie alle hatten die gleichen Gesichter. Wilde Gesichter mit Augen wie Feuerbrände. Und sie alle sangen das gleiche Lied, Lied ohne Melodie, aber Schwur – Sturmgelöbnis:

»Wir haben den Maschinen das Urteil gesprochen!
Wir haben die Maschinen zum Tode verurteilt!
Die Maschinen müssen sterben, zur Hölle mit ihnen!
Tod! Tod! Tod den Maschinen!«

Vor der strömenden, grölenden Masse her tanzte ein Mädchen.

Es führte die Masse an. Es führte die trottende Masse gegen das Herz der Maschinenstadt Metropolis.

Es sagte: »Kommt! Kommt! Ich will euch führen! Ich will den Tanz des Todes vor euch tanzen! Ich will den Tanz der Mörder vor euch tanzen!«

»Zerstören – zerstören – zerstören!« johlte die Masse.

Sie handelten planlos und doch nach einem Gesetz. Zerstörung hieß das Gesetz; dem gehorchten sie.

Die Masse teilte sich. Ein breiter Strom goß sich brodelnd hinab in die Gänge der Tiefbahn. Auf allen Gleisen standen die Züge bereit. Scheinwerfer keilten sich in die Dunkelheit, die in den Schächten hockte, über den Schienen.

Die Masse johlte. Hier war ein Spielzeug für Riesen! Waren sie denn nicht stark wie dreitausend Riesen? Sie zerrten die Führer aus den Führerständen. Sie hetzten die Züge los und ließen sie laufen, einen hinter dem anderen – vorwärts – vorwärts!

Die Schienen dröhnten. Die donnernden Wagenschlangen, gleißend erhellt, von ihrer Leere geschleudert, rasten hinein in die bräunliche Finsternis. Zwei, drei, vier Fahrer wehrten sich wie Besessene. Aber die Masse saugte sie in sich hinein. Wollt ihr das Maul halten, ihr Hunde! Wir sind die Herren! Wir wollen spielen! Wir wollen die Riesen spielen!

Sie heulten das Lied, das Lied ihres tötenden Hasses:

»Wir haben den Maschinen das Urteil gesprochen!
Wir haben die Maschinen zum Tode verurteilt!«

Sie zählten die Sekunden: »Neunundfünfzig – sechzig – einundsechzig – zweiundsechzig – nun? ööööööh!«

Irgendwo in den Tiefen der Schächte ein Krachen, als splittere der Erdball.

Einmal – und noch einmal . . .

Die Masse heulte: »Die Maschinen müssen sterben, zur Hölle mit ihnen! Tod! Tod! Tod den Maschinen!«

Da! Was war da? Aus einem der Schächte brach wie ein Feuerpferd, mit sprühenden Lichtern, führerlos, in reißender Schnelligkeit einer der Züge hervor – galoppierender Tod. Wo kam dieses Höllenpferd her? Wo steckten die Riesen, die dem Riesenspiel der Masse hier Antwort gaben? Kreischend verschwand der Zug – und Sekunden später kam der zerreißende Krach aus der Tiefe des Schachtes. Und schon jagte der zweite Zug, von unbekannten Händen entsendet, heran.

Unter den Füßen der Masse schlotterten die Steine. Rauch quoll aus dem Schacht. Jäh loschen die Lichter aus. Nur die Uhren, die weißlich schimmernden Uhren hingen als Leuchtflecken in einer Dunkelheit, die sich mit trübe ziehenden Schwaden füllte.

Die Masse drängte den Treppen zu und hinauf. Hinter ihnen, entfesselte Dämonen, rasten die losgelassenen Zugmaschinen, ihre taumelnden Wagen hinter sich herziehend, aufeinander los und verbissen sich flammend.

Metropolis hatte ein Hirn. Metropolis hatte ein Herz.

Das Herz der Maschinenstadt Metropolis wohnte in einem weißen, domhaften Saal. Das Herz der Maschinenstadt Metropolis wurde von einem einzigen Mann gehütet.

Der Mann hieß Grot, und er liebte seine Maschine.

Diese Maschine war ein Universum für sich. Über den tiefen Mysterien ihrer zarten Gelenke stand wie die Sonnenscheibe, wie der Strahlenschein einer Gottheit das silbern-sausende Rad, dessen Speichen im Wirbel der Drehung wie eine einzige, gleißende Scheibe erschienen. Diese Scheibe füllte die Rückwand des Saales mit ihrer ganzen Breite und Höhe aus.

Keine Maschine in ganz Metropolis, die nicht von diesem Herzen die Kraft empfing.

Ein einziger Hebel regierte dies stählerne Wunder. Alle Schätze der Welt, vor ihm aufgehäuft, hätten Grot diese seine Maschine nicht aufgewogen.

Als Grot um die rote Stunde des Sonnenaufgangs die Stimme der großen Metropolis brüllen hörte, blickte er nach der Uhr an der Stirn der Türwand und dachte: Das ist wider Natur und Richtigkeit.

Als Grot um die rote Stunde des Sonnenaufgangs den Strom der Masse sich heranwälzen sah, zwölf Glieder breit, von einem Mädchen geführt, das nach dem Takt der johlenden Masse tanzte, stellte er den Maschinenhebel auf »Sicherung«, schloß die Saaltür sorgfältig und wartete ab.

Die Masse donnerte gegen seine Tür.

Oh, klopft ihr nur! dachte Grot. Die Tür hält was aus.

Er sah die Maschine an. Das Rad lief langsam. Die schönen Speichen spielten deutlich erkennbar. Grot nickte seiner schönen Maschine zu.

Die werden uns nicht lange ärgern, dachte er. Er wartete auf ein Zeichen vom Neuen Turm Babel. Auf ein Wort von Joh Fredersen. Das Wort blieb aus.

Er weiß, dachte Grot, er kann sich auf mich verlassen . . .

Die Tür erbebte wie eine Riesentrommel. Ein lebender Sturmbock, warf sich die Masse dagegen.

Es sind ein bißchen viele, wie mir scheint, dachte Grot. Er sah auf die Tür. Die zitterte, aber sie hielt. Und es hatte den Anschein, als würde sie noch sehr lang halten.

Grot nickte tief zufrieden vor sich hin. Er hätte sich gern eine Pfeife angesteckt, wenn das Rauchen hier nicht verboten gewesen wäre. Er hörte das Johlen der Menge und Prall um Prall gegen die summende Tür mit behaglichem Grimm. Er liebte die Tür. Sie war seine Bundesgenossin. Er drehte sich um und sah die Maschine an. Er nickte ihr zärtlich zu: Wir beide – was? Was sagst du zu den besoffenen Narren, Maschine!

Der Sturm vor der Tür schraubte sich zum Taifun hinauf. Darin war hechelnde Wut über so langen Widerstand.

»Aufmachen!« hechelte die Wut. »Aufmachen, Halunke!«

Das könnte euch so passen, dachte Grot. Wie brav sich die Tür hielt. Seine wackere Tür!

Was sangen die besoffenen Affen da draußen?

»Wir haben den Maschinen das Urteil gesprochen!
Wir haben die Maschinen zum Tode verurteilt!«

Hohohoh! Er konnte auch singen, er konnte herrlich besoffene Lieder singen! Er schlug mit den Absätzen gegen den Unterbau der Maschine, auf dem er saß. Er schob die schwarze Mütze tiefer ins Genick. Er hatte die roten Fäuste im Schoß liegen und sang aus voller Kehle, den Mund aufreißend, die kleinen, wilden Augen zur Tür gerichtet:

»Kommt heran, ihr versoffenes Pack, wenn ihr euch traut! Kommt, wenn ihr Prügel haben wollt, ihr lausigen Affen! Eure Mütter haben vergessen, euch die Hosen strammzuziehen, als ihr klein wart, ihr

Rotzjungen! Zum Schweinefutter seid ihr nicht gut genug! In der großen Kurve seid ihr vom Müllwagen gefallen! Und jetzt steht ihr vor der Tür, vor meiner wackeren Tür und plärrt: Aufmachen! Aufmachen! Ihr Hühnerläuse!«

Der Unterbau der Maschine dröhnte unter dem Trommeltakt seiner Stiefelabsätze.

Aber plötzlich verstummte beides: Trommeln und Gesang. Ein sehr starkes, sehr weißes Licht flammte dreimal unter der Kuppel des Saales auf. Ein Lautzeichen, sanft und durchdringend wie der Gongschlag einer Tempelglocke, wurde hörbar und meisterte jeden Lärm.

»Ja!« sagte Grot, der Wächter der Herz-Maschine. Er sprang auf die Füße. Er hob das breite Gesicht, das in der freudigen Gier des Gehorsams glänzte. »Ja, da bin ich!«

Eine Stimme sagte, langsam und deutlich: »Öffne die Tür und gib die Maschine preis!«

Grot stand unbeweglich. An seinen Armen hingen die Fäuste herab wie plumpe Hämmer. Er zwinkerte krampfhaft. Er schluckte. Aber er schwieg.

»Befehl wiederholen«, sagte die ruhige Stimme.

Der Wächter der Herz-Maschine schlenkerte seinen Kopf wie ein lästiges Bündel heftig hin und her.

»Ich . . . Ich hab' nicht verstanden«, sagte er keuchend.

Die ruhige Stimme sprach mit verstärktem Ton: »Öffne die Tür und gib die Maschine preis!«

Aber der Mann schwieg noch immer und glotzte blöde nach oben.

»Befehl wiederholen!« sagte die ruhige Stimme.

Der Wächter der Herz-Maschine sog viel Luft ein.

»Wer spricht da?« fragte er. »Was für ein krummer Hund spricht da?«

»Öffne die Tür, Grot.«

»Den Teufel werde ich tun!«

»Und gib die Maschine preis!«

»Die Maschine?« fragte Grot. »Meine Maschine?«

»Ja«, sagte die ruhige Stimme.

Der Wächter der Herz-Maschine begann zu schlottern. Er hatte ein blaues Gesicht, in dem die Augen wie weißliche Kugeln standen. Die Masse, die sich als Prellbock gegen die summende Tür warf, johlte, heiser vom Johlen: »Die Maschinen müssen sterben, zur Hölle mit ihnen! Tod! Tod! Tod den Maschinen!«

»Wer spricht dort?« fragte der Mann so laut, daß er kreischte.

»Joh Fredersen spricht.«

»Ich will das Kennwort haben!«

»Das Kennwort ist Tausend und drei. Die Maschine läuft Halbkraft. Du hast den Hebel auf ›Sicherung‹ gestellt.«

Der Wächter der Herz-Maschine stand wie ein Klotz. Dann drehte der Klotz sich schwerfällig um sich selbst, torkelte auf die Tür zu und riß an den Riegeln.

Die Masse hörte es. Sie johlte Triumph. Die Tür flog auf, und die Masse schwemmte den Menschen, der ihr auf der Schwelle entgegentrat, beiseite. Die Masse wälzte sich gegen die Maschine vor. Die Masse wollte sich an der Maschine vergreifen. Ein tanzendes Mädchen führte die Masse an.

»Seht!« schrie sie. »Seht! Das schlagende Herz von Metropolis! Was soll mit dem Herzen von Metropolis geschehen?

Wir haben den Maschinen das Urteil gesprochen!
Wir haben die Maschinen zum Tode verurteilt!
Die Maschinen müssen sterben, zur Hölle mit ihnen!«

Aber die Masse nahm das Lied des Mädchens nicht auf. Die Masse starrte die Maschine an, das schlagende Herz der großen Maschinenstadt, die Metropolis hieß und die sie gefüttert hatten. Sie schob sich langsam, als ein einziger Körper, auf die Maschine vor, die wie Silber gleißte. Im Gesicht der Masse stand der Haß. Im Gesicht der Masse stand abergläubische Furcht. Wille zur letzten Vernichtung stand im Gesicht der Masse.

Aber bevor er Ausdruck gewinnen konnte, warf sich Grot, der Wächter, vor seine Maschine. Es gab kein Wort des Unflats, das er nicht aufhob, um es der Masse ins Gesicht zu schmeißen. Das schmutzigste Schimpfwort war ihm nicht schmutzig genug, um die Masse damit bei Namen zu nennen. Die Masse wandte die roten Augen auf ihn. Die Masse stierte ihn an. Die Masse begriff: Der Mann da vor ihr beschimpfte sie, er beschimpfte sie im Namen der Maschine. Mann und Maschine verschmolzen für sie in eins. Mann und Maschine verdienten den gleichen Haß. Sie schob sich gegen Mann und Maschine vor. Sie brüllte ihn nieder. Sie stampfte ihn unter sich. Sie zerrte ihn hin und her und zur Tür hinaus. Sie vergaß die Maschine, denn sie hatte den Mann, hatte den Wächter des Herzschlags aller Maschinen – glaubte, als sie den Mann von der

Herz-Maschine wegriß, sie risse der großen Maschinenstadt, die Metropolis hieß, das Herz aus der Brust.

Was sollte mit dem Herzen von Metropolis geschehen?

Es sollte von den Füßen der Masse zertreten werden!

»Tod!« johlte die sieghafte Masse. »Tod den Maschinen!«

Sie merkte nicht, daß sie keinen Führer mehr hatte. Sie merkte nicht, daß das Mädchen im Zuge fehlte.

Das Mädchen stand vor der Herz-Maschine der Stadt. Es faßte mit seiner Hand, die zarter als Glas war, den wuchtigen Hebel, der auf »Sicherung« stand. Es drückte den Hebel herum und ging mit leichten, irren Schritten hinaus.

Hinter ihm begann die Maschine zu sausen. Über den tiefen Mysterien ihrer zarten Gelenke stand wie die Sonnenscheibe – wie der Strahlenschein einer Gottheit – das silbern-sausende Rad, dessen Speichen im Wirbel der Drehung wie eine einzige, kreisende Scheibe erschien.

Das Herz von Metropolis, Joh Fredersens großer Stadt, begann zu fiebern, von tödlicher Krankheit befallen . . .


16

»Vater!«

Der Sohn Joh Fredersens wußte genau, daß sein Vater ihn nicht hören konnte, denn er stand im untersten Sockelbau des Neuen Turms Babel, wohin ihn der zuckende Blutschlag der Straße geworfen hatte, und sein Vater war hoch über dem Kochen der Stadt das unberührte Gehirn in der kühlen Hirnschale. Aber dennoch schrie er nach ihm und mußte schreien, und sein Schreien war Hilferuf und klagte an.

Der Rundbau des Neuen Turms Babel spie Menschen aus, die sich, wie Narren lachend, zur Straße drängten. Der Menschenbrei auf der Straße saugte sie ein. Der Neue Turm Babel wurde menschenleer. Die seine Säle und Gänge bevölkert hatten, die von den Schöpfeimern der Paternoster-Werke zur Tiefe, zur Höhe geschüttet worden waren, die sich auf den Treppen stauten, die Befehle empfangen und weitergegeben hatten, die in Zahlen erstickten, die das Raunen der Welt belauschten – alle, alle entströmten dem Neuen Turm Babel, wie aus aufgeschnittenen Adern Blut strömt, bis er grausig leer, entblutet, dastand.

Aber seine Maschinen lebten noch fort.

Ja, sie schienen nun erst lebendig zu werden.

Freder, der – eine Krume Mensch – allein in der Ungeheuerlichkeit des Rundbaus stand, hörte das leise, tiefe, sausende Heulen, das wie der Atem des Neuen Turms Babel war, immer lauter, immer heller werden, und er sah, sich um sich selber drehend, wie die leeren Zellen der Paternoster-Werke immer rascher, immer eiliger auf- und abwärts schnellten. Nun war's, als tanzten die Zellen, diese leeren Zellen, auf- und abwärts, und das Heulen, das den Neuen Turm Babel durchschnitt, schien aus ihren hohlen Rachen zu stammen.

»Vater!« schrie Freder. Und der ganze Rundbau brüllte aus vollem Halse mit.

Freder lief, aber nicht zur Höhe des Turms. Nach der Tiefe lief er, von Grauen und Neugier getrieben, in die Hölle hinab, leuchtenden Pfeilen nach bis zum Wohnsitz der Paternoster-Maschine, die Ganescha glich, dem Gott mit dem Elefantenkopf.

Die Lichtpfeile, denen er nachlief, leuchteten nicht wie sonst in ihrem weißen, eisigen Licht. Sie zuckten; sie schossen Blitze; sie flackerten. Sie brannten in einem bösen, grünen Licht. Die Steine, auf denen er rannte, schwankten wie Wasser. Je näher er dem Raum der Maschinen kam, desto gellender ließ sich die Stimme des Turms vernehmen. Die Mauern kochten. Die Luft war farbloses Feuer. Wäre die Tür nicht berstend von selbst aufgesprungen, keines Menschen Hand hätte sie öffnen können, denn sie glich einem glühenden Vorhang aus flüssigem Stahl.

Freder hielt den Arm vor die Stirn geschlagen, als wollte er sein Gehirn vor dem Platzen hüten. Seine Augen suchten die Maschine, vor der auch er einst gestanden hatte. Mitten im heulenden Raum hockte sie. Sie glänzte von Öl. Sie hatte gleißende Glieder. Unter dem hockenden Körper, dem Kopf, der zur Brust geduckt war, stemmten gekrümmte Beine sich gnomenhaft gegen die Plattform. Unbeweglich waren der Rumpf, die Beine. Aber die kurzen Arme stießen und stießen und stießen wechselseitig nach vorn, zurück, nach vorn.

Und die Maschine war ganz sich selbst überlassen. Niemand bewachte sie. Niemand hielt die Hand am Hebel. Niemand hielt den Blick auf die Uhr geklebt, deren Zeiger wie verrückt die Skalen durchjagten.

»Vater!« schrie Freder und wollte sich vorwärtswerfen. Aber im selben Augenblick war's, als höbe sich der gekrümmte Körper der wilden Maschine, die Ganescha glich, zu wütender Höhe auf, als reckten sich ihre Beine auf Stumpenfüßen, um einen mörderischen

Sprung zu tun, als streckten sich ihre Arme nicht mehr zum Stoßen, nein, um zu greifen, greifend zu zerquetschen, als bräche die heulende Stimme des Neuen Turms Babel allein aus den Lungen der Paternoster-Maschine und heulte:

»Mord!«

Der Flammenvorhang der Tür flog wehend beiseite. Die Ungeheuer-Maschine wälzte sich mit stoßenden Armen herunter von der Plattform. Der ganze Bau des Neuen Turms Babel erbebte. Die Mauern schütterten. Die Decke krachte.

Freder wandte sich um. Er schlug die Arme über den Nacken und rannte. Er sah die leuchtenden Pfeile, die nach ihm stachen. Er hörte ein röchelndes Keuchen in seinem Rücken und fühlte sein Mark verdorren und rannte. Er rannte gegen Türen, stieß sie auf und schlug sie hinter sich zu und rannte weiter.

»Vater!« schrie er.

Treppen hinauf. Wo führten die Treppen hin? Türen donnerten auf, zur Wand hin prallend.

Ah! Der Tempel der Maschinensäle! Gottheiten, die Maschinen, die strahlenden Herren, die Gott-Maschinen von Metropolis! Alle großen Götter wohnten in weißen Tempeln! Baal und Moloch und Huitzilopochtli und Durgha! Manche furchtbar gesellig, manche grauenhaft einsam. Da – der Götterwagen von Dschaggernaut! Da – die Türme des Schweigens! Da – das Sichelschwert Mohammeds! Da – die Kreuze von Golgatha!

Und kein Mensch – kein Mensch in den weißen Sälen. Die Maschinen, diese Gott-Maschinen fürchterlich sich selber überlassen. Und sie lebten, ja, sie lebten wirklich – ein gesteigertes, entflammtes Leben.

Denn Metropolis hatte ein Hirn.

Metropolis hatte ein Herz.

Das Herz der Maschinenstadt Metropolis wohnte in einem weißen, domhaften Saal. Das Herz der Maschinenstadt Metropolis war bis auf diesen Tag und diese Stunde von einem einzigen Manne gehütet worden. Das Herz der Maschinenstadt Metropolis war eine Maschine und ein Universum für sich. Über den tiefen Mysterien ihrer zarten Gelenke stand wie die Sonnenscheibe – wie der Strahlenschein einer Gottheit – das silbern-sausende Rad, dessen Speichen im Wirbel der Drehung wie eine einzige, gleißende Scheibe erschienen.

Keine Maschine in ganz Metropolis, die nicht von diesem Herzen die Kraft empfing.

Ein einziger Hebel regierte das stählerne Wunder.

Stand der Hebel auf »Sicherung«, dann spielten alle Maschinen mit ihren gebändigten Kräften wie zahme Tiere. Deutlich unterscheidbar kreisten die schimmernden Speichen an dem Sonnenrad über der Herz-Maschine.

Stand der Hebel auf 3, dann wurde das Spiel schon Arbeit. Nicht mehr unterscheidbar kreisten die schimmernden Speichen . . . Leises Keuchen kam aus den Maschinenlungen.

Stand der Hebel auf 6 – und da stand er meist –, hieß die Arbeit Fron. Die Maschinen brüllten. Das gewaltige Rad der Herz-Maschine hing, ein scheinbar unbewegter Spiegel aus dem hellsten Silber, über ihr. Und der große Donner der Maschinen, ausgelöst vom Herzschlag dieser einen, wölbte sich, ein zweiter Himmel, über Metropolis, Joh Fredersens Stadt.

Aber noch nie, seit Metropolis erbaut war, hatte der Hebel der Herz-Maschine auf 12 gestanden.

Jetzt stand er auf 12. Die Hand eines Mädchens, zarter als Glas, hatte den wuchtigen Hebel, der auf »Sicherung« stand, herumgedrückt, bis er die 12 erreichte. Das Herz von Metropolis, Joh Fredersens großer Stadt, hatte zu fiebern begonnen, von tödlicher Krankheit befallen, und jagte die roten Wellen seines Fiebers allen Maschinen zu, die sein Blutschlag nährte.

Keine Maschine in ganz Metropolis, die nicht von diesem Herzen die Kraft empfing . . .

Da fiel das Fieber auf alle Gott-Maschinen . . .

Aus den Türmen des Schweigens brach ein Dunst der Verwesung. Blaue Flammen schwebten im Leeren darüber. Und die Türme, die ungeheuren Türme, die sich sonst im Laufe eines Tages einmal um sich selbst zu drehen pflegten, torkelten auf ihren Postamenten in betrunkenem Rundtanz, voll zum Bersten.

Das Sichelschwert Mohammeds war wie ein Kreiselblitz in der Luft. Es fand keinen Widerstand. Es schnitt und schnitt. Es wurde rasend, weil es zum Schneiden nichts hatte. Die Kraft, die sich, sinnlos verschwendet, noch immer steigerte, ballte sich zischend zusammen und schickte Schlangen, grüne, züngelnde Schlangen nach allen Seiten.

Von den ragenden Armen der Kreuze von Golgatha wehten lange, weiße, knisternde Flammenbüschel.

Unter Stößen schwankend, die den Erdball selbst erschüttert hätten, geriet der ungeschlachte, völkerzermalmende Wagen von

Dschaggernaut ins Gleiten, ins Rollen – hielt sich, schief auf der Plattform hängend –, zitterte wie ein Schiff, das in Klippen stirbt, von der Brandung zerpeitscht – und löste sich ächzend.

Da erhoben sich von ihren gleißenden Thronen Baal und Moloch, Huitzilopochtli und Durgha. Alle die Gott-Maschinen standen auf, Glieder dehnend in fürchterlicher Freiheit. Huitzilopochtli schrie nach dem Edelsteinopfer. Knackend reckte die Durgha acht mordende Arme. Aus dem Bauch von Baal und Moloch schwelte hungriges Feuer, leckte aus ihren Rachen. Und wie eine Herde von tausend Büffeln brüllend, weil er um sein Ziel betrogen wurde, schwang den unfehlbaren Hammer Asa-Thor.

Ein verlorenes Staubkorn unter den Sohlen von Göttern, taumelte Freder durch die weißen Säle, die dröhnenden Tempel.

»Vater!« schrie er.

Und hörte die Stimme des Vaters.

»Ja, hier bin ich! Was willst du? Komm her zu mir!«

»Aber ich sehe dich nicht!«

»Du mußt mich höher suchen!«

Freders Blicke flatterten durch den Raum. Er sah seinen Vater auf einer Plattform stehen, zwischen den weitgespannten Armen der Kreuze von Golgatha, von deren Enden die langen, weißen, knisternden Flammenbüschel lohten. Das Gesicht seines Vaters war in den höllischen Feuern wie eine Maske unversehrbarer Kälte. Seine Augen waren blaustrahlender Stahl. Mitten im Rasen der großen Maschinengötter war er der größere Gott und Herr über alle.

Freder lief auf ihn zu, doch er konnte nicht zu ihm hinauf. Er klammerte sich an den Fuß des flammenden Kreuzes. Wilde Stöße durchkrachten den Neuen Turm Babel.

»Vater«, schrie Freder laut, »deine Stadt geht unter.«

Joh Fredersen gab keine Antwort. Die wehenden Flammenbüschel schienen aus seinen Schläfen hervorzubrechen.

»Vater, verstehst du mich nicht? Deine Stadt geht unter! Deine Maschinen sind lebendig geworden, sie rasen die Stadt auseinander! Sie reißen Metropolis in Fetzen! Hörst du? Explosionen auf Explosionen! Ich habe eine Straße gesehen, deren Häuser tanzten auf ihrem zerrissenen Grunde, als tanzten kleine Kinder auf dem Bauch eines lachenden Riesen. Aus dem aufgeschlitzten Turm deiner Kesselschmiede hat sich ein Lavastrom von fließendem Kupfer durch die Straßen ergossen, und vor ihm her lief ein Mann, der war nackt, und sein Haar war verkohlt, und er brüllte: ›Der Weltuntergang ist da!‹

Aber dann stolperte er, und der Kupferstrom holte ihn ein . . . Wo die Jethro-Werke gestanden haben, ist ein Loch in der Erde, das füllt sich mit Wasser. Eiserne Brücken hängen zerfetzt zwischen Türmen, die ihre Eingeweide verloren haben. Kräne baumeln an Galgen wie Gehenkte. Und die Menschen, gleichermaßen unfähig zur Flucht wie zum Widerstand, irren zwischen Häusern und Straßen umher, die beide zum Untergang verdammt erscheinen . . .«

Er faltete die Hände um den Kreuzstamm und warf den Kopf in den Nacken, um seinem Vater ins Gesicht zu sehen.

»Ich kann mir nicht denken, Vater, daß etwas mächtiger ist als du! Ich habe dein übermächtiges Mächtigsein, das mich mit Schauder erfüllt hat, von Herzen verflucht. Jetzt liege ich hier auf Knien und frage dich: Warum erlaubst du dem Tod, Hand an die Stadt zu legen, die dein ist?«

»Weil der Tod mit meinem Willen über der Stadt ist.«

»Mit deinem Willen?«

»Ja.«

»Die Stadt soll sterben?«

»Weißt du nicht, Freder, warum?«

Es kam keine Antwort.

»Die Stadt soll untergehen, Freder, damit du sie wieder aufbaust . . .«

»Ich?«

»Du.«

»Dann legst du den Mord an der Stadt auf mich?«

»Der Mord an der Stadt liegt auf denen allein, die Grot, den Wächter der Herz-Maschine, zertreten haben.«

»Geschah auch das mit deinem Willen, Vater?«

»Ja.«

»Dann also hast du die Menschen gezwungen, schuldig zu werden?«

»Um deinetwillen, Freder; denn du sollst sie erlösen.«

»Und was ist mit denen, Vater, die sterben müssen mit deiner sterbenden Stadt, bevor ich sie noch erlösen kann?«

»Um die Lebenden kümmere dich, Freder, nicht um die Toten.«

»Und wenn die Lebenden kommen, um dich zu erschlagen?«

»Das geschieht nicht, Freder. Das geschieht nicht. Denn den Weg zu mir durch die rasenden Gott-Maschinen, wie du sie nanntest, konnte nur einer finden. Und der hat ihn gefunden. Das war mein Sohn.«

Freder ließ den Kopf in die Hände fallen. Er wiegte ihn wie in

Schmerzen. Er stöhnte leise. Er wollte sprechen; doch ehe er sprechen konnte, zerriß ein Ton die Luft, der klang, als platze der Erdball auseinander. Für einen Augenblick schienen alle Dinge, die sich in dem weißen Maschinensaal befanden, fußhoch über dem Boden im Leeren zu schweben – selbst Moloch und Baal und Huitzilopochtli und Durgha, selbst der Hammer Asa-Thors und die Türme des Schweigens. Die Kreuze von Golgatha, aus deren Balkenenden die langen, weißen, knisternden Flammenbüschel lohten, stürzten gegeneinander und richteten sich wieder auf. Dann krachten alle Dinge mit wütendem Nachdruck auf ihre Plätze zurück. Dann erlosch alles Licht. Und aus der Tiefe und Ferne heulte die Stadt auf.

»Vater!« schrie Freder.

»Ja. Hier bin ich. Was willst du?«

»Daß du dem Schrecken ein Ende machst!«

»Jetzt? Nein.«

»Aber ich will nicht, daß noch mehr Menschen leiden! Du sollst ihnen helfen, du sollst sie retten, Vater!«

»*Du* sollst sie retten.«

»Jetzt – sofort?«

»Jetzt? Nein.«

»Dann«, sagte Freder und stieß die Fäuste weit von sich, als stieße er etwas aus seinem Weg, »dann muß ich den Menschen suchen, der mir helfen kann, auch wenn er dein und mein Feind ist!«

»Meinst du Rotwang?«

Keine Antwort. Joh Fredersen fuhr fort: »Rotwang kann dir nicht helfen.«

»Warum nicht?«

»Er ist tot.«

Stille. Dann, tastend, eine gewürgte Stimme, die fragte: »Wie ist er denn – so plötzlich gestorben?«

»Er starb hauptsächlich daran, Freder, daß er es wagte, seine Hände nach dem Mädchen auszustrecken, das du liebst.«

Zitternde Finger tasteten nach dem Kreuzstamm hinauf.

»Maria, Vater, Maria?«

»Er nannte sie so.«

»Maria war bei ihm? In seinem Haus?«

»Ja, Freder.«

»Also doch! Und jetzt?«

»Ich weiß es nicht.«

Stille.

»Freder?«

Es kam keine Antwort.

»Freder?«

Stille.

Aber an den Fenstern des weißen Maschinendomes vorüber lief ein Schatten. Er lief geduckt und die Hände über das Genick geschlagen, als fürchte er, Durghas Arme könnten nach ihm greifen oder Asa-Thor den Hammer, den nie fehlenden, hinter ihm dreinschleudern, um auf Befehl Joh Fredersens seine Flucht zu verhindern.

Es kam dem Fliehenden nicht zum Bewußtsein, daß alle Gott-Maschinen stillstanden, weil sich das Herz, das unbewachte Herz von Metropolis, unter der Feuergeißel der 12 zu Tode gerast hatte.


17

Maria fühlte etwas, das an ihren Füßen leckte wie die Zunge eines großen, sanften Hundes. Sie bückte sich, tastete nach dem Kopf des Tieres und fühlte, daß es Wasser war, in das sie griff.

Wo kam das Wasser her? Es kam ganz lautlos. Es plätscherte nicht. Es schlug auch keine Wellen. Es stieg nur, ohne Eile, doch beharrlich. Es war nicht kälter als die Luft ringsum. Es tastete nach den Fußgelenken Marias.

Sie riß ihre Füße zurück. Sie saß gekauert und zitterte und horchte auf das Wasser, das nicht zu hören war.

Wo kam es her?

Es hieß, tief unter der Stadt hin wandere ein Strom. Joh Fredersen hatte ihm den Weg gemauert, als er den Arbeitern von Metropolis die unterirdische Weltwunderstadt erbaute. Es hieß auch, daß der Strom ein gewaltiges Staubecken speise und daß da ein Pumpwerk sei mit neuen Pumpen, die stark genug waren, das Staubecken, in dem eine mittelgroße Stadt Platz hatte, in weniger als zehn Stunden bis auf den Grund zu leeren oder zu füllen. Gewiß war, daß in der unterirdischen Arbeiterstadt das Pochen dieses Pumpwerks als ein leiser, nie unterbrochener Pulsschlag ständig zu hören war, wenn man den Kopf an eine Mauer legte – und daß, wenn dieser Pulsschlag einmal schwieg, kein anderes Deuten möglich war, als daß die Pumpen standen, und dann stieg der Strom.

Aber sie hatten noch nie gestanden.

Und jetzt? Wo kam das lautlose Wasser her? Stieg es noch immer?

Sie beugte sich vor und brauchte die Hand gar nicht sehr tief zu senken, um an die kühle Stirn des Wassers zu rühren.

Nun fühlte sie auch, daß es rann. Es nahm seinen Weg mit großer Zielsicherheit in bestimmter Richtung. Es nahm seinen Weg nach der unterirdischen Stadt.

Alte Bücher berichten von heiligen Frauen, deren Lächeln im Augenblick, da sie sich bereiteten, die Märtyrerkrone zu verdienen, von solcher Süße war, daß die Folterknechte ihnen zu Füßen fielen und verstockte Heiden den Namen Gottes lobpriesen.

Aber das Lächeln Marias war vielleicht noch von süßerer Art. Denn sie dachte, als sie sich anschickte, dem Weg des lautlosen Wassers zuvorzukommen, nicht an die Krone der ewigen Seligkeit, sondern allein an den Tod und an den Mann, den sie liebte.

Ja – nun schien das Wasser doch schauerlich kühl, als ihre schmalen Füße untertauchten, und es rauschte, als sie darin vorwärtslief. Es hängte sich saugend im Saum ihres Kleides fest und machte das Schreiten schwer und immer schwerer. Aber das war nicht das Schlimmste. Das Schlimmste war, daß das Wasser auch eine Stimme bekam.

Das Wasser sprach: Weißt du nicht, schöne Maria, daß ich schneller bin als die schnellsten Füße? Deine süßen Knöchel streichle ich. Bald will ich nach deinen Knien greifen. Nie hat ein Mensch deine zärtlichen Hüften umspannt. Aber ich will es tun, bevor du noch tausend Schritte gezählt hast. Und ich weiß nicht, schöne Maria, ob du dein Ziel erreichst, ehe du mir deine Brüste weigern kannst . . .

Schöne Maria, der Jüngste Tag ist da! Tausendjährige Tote macht er lebendig. Wisse, ich habe sie aus den Nischen geschwemmt, und die Toten schwimmen hinter dir drein! Sieh dich nicht um, Maria, sieh dich nicht um! Denn zwei Gerippe zanken sich um den Schädel, der zwischen ihnen schwankt und sich dreht und grinst. Und ein drittes, dem wirklich der Schädel gehört, bäumt sich erbost in mir auf und stürzt über beide . . .

Schöne Maria, wie süß deine Hüften sind . . . Soll der Mann, den du liebst, das nie erfahren? Schöne Maria, höre, was ich dir sage: Nur ein wenig seitwärts von diesem Weg führt eine Treppe steilan in die Freiheit . . . Deine Knie zittern, wie süß das ist! Glaubst du, deine Schwäche zu besiegen, wenn du deine armen Hände faltest? Du rufst Gott an, aber glaube mir: Gott hört dich nicht! Seit ich als die große Sintflut über die Erde kam, um bis auf Noahs Haus alles Seiende zu verderben, ist Gott für den Schrei seiner Kreaturen taub. Oder meinst du, ich hätte vergessen, wie damals die Mütter schrien? Ist dein Gewissen verantwortungsreicher als das Gewissen Gottes? Kehre um, schöne Maria, kehre um!

Nun machst du mich böse, Maria – nun will ich dich töten! Was wirfst du die heißen Salztropfen in mich hinab? Deine Brust umklammere ich, aber sie rührt mich nicht mehr. Deinen Hals will ich haben und deinen keuchenden Mund! Dein Haar will ich haben und deine weinenden Augen!

Glaubst du, du wirst mir entkommen? Nein, schöne Maria! Nein, nun hole ich dich mit tausend andern, mit all den Tausend, die du retten wolltest . . .

Sie hob den triefenden Leib aus dem Wasser. Sie kroch über Steinplatten aufwärts; sie fand die Tür. Sie stieß sie auf und warf sie hinter sich zu und spähte, ob schon an der Schwelle das Wasser leckte.

Noch nicht . . . Aber wie lange noch?

Sie sah keinen Menschen, so weit ihre Blicke reichten. Die Straßen, die Plätze lagen wie ausgestorben, vom weißen Licht aus Röhrenlampen gebadet. Aber täuschte sie sich – oder wurde das weiße Licht von Sekunde zu Sekunde schwächer und gelblicher?

Ein Stoß, der sie gegen die nächste Mauer warf, fuhr durch den Grund der Erde. Die Eisentür, durch die sie herausgekommen war, flog klaffend aus den Riegeln, und schwarz und lautlos schlüpfte das Wasser über die Schwelle.

Maria raffte sich auf. Sie schrie aus voller Kehle: »Das Wasser kommt!«

Sie rannte über den Platz; sie rief nach der Wache, die, in ununterbrochenem Dienst, bei Gefahren jeglicher Art das Alarmzeichen durch die Sirenen zu geben hatte.

Die Wache fehlte.

Eine wütende Zuckung der Erde riß dem Mädchen die Füße unter dem Leib weg und schleuderte es zu Boden. Sie hob sich auf die Knie und streckte die Hände hoch, um selbst die Sirenen zum Heulen zu bringen. Aber der Laut, der aus den metallenen Kehlen brach, war nur ein Winseln, wie eines Hundes Winseln, und immer bleicher und gelber wurde das Licht.

Als ein dunkles, kriechendes Tier, das sich nicht beeilte, wand sich das Wasser über die glatte Straße.

Doch nun war das Wasser nicht allein auf der Straße. Mitten in einer rätselhaften und tief ängstigenden Einsamkeit stand da plötzlich ein kleines, halbnacktes Kind und starrte mit Augen, die noch ein Traum vor dem allzu Wirklichen schützte, auf das Tier – auf das dunkle, kriechende Tier, das nach seinen nackten, kleinen Füßen leckte.

Mit einem Aufschrei, in dem sich Not und Erlösung zu gleichen Teilen mischten, stürzte Maria auf das Kind los und hob es hoch in ihren Armen.

»Ist hier kein Mensch als du, Kind?« fragte sie mit einem jähen Schluchzen. »Wo ist dein Vater?«

»Fort . . .«

»Wo ist deine Mutter?«

»Fort . . .«

Maria begriff nichts. Seit ihrer Flucht aus dem Hause Rotwangs war sie von Schrecknis zu Schrecknis geschleudert worden, ohne auch nur eines davon zu begreifen. Noch hielt sie das Knirschen der Erde, die zuckenden Stöße, das Dröhnen unerhörter zerreißender Donner, das Wasser, das aus zerfetzten Tiefen quoll, für Wirkungen entfesselter Elemente. Doch sie faßte es nicht, daß es Mütter gab, die sich nicht wie ein Wall vor ihre Kinder warfen, wenn die Erde ihren Schoßgrund auftat, um das Grauen in die Welt zu gebären.

Nur – das Wasser, das näher und näher herankroch, die Stöße, von denen die Erde gefoltert wurde, das Licht, das bleicher und immer bleicher wurde, ließen ihr keine Zeit zum Überlegen. Das Kind in den Armen, lief sie von Haus zu Haus und rief nach den andern, die sich verkrochen hatten.

Da kamen sie, stolpernd und weinend, und kamen in Scharen, graubleiche Gespenster, als wären sie Kinder von Steinen, glutlos gezeugt und widerwillig geboren. Kleinen Toten glichen sie in ärmlichen Totenhemdchen, von der Stimme des Engels am Jüngsten Tag wachgerufen, aus aufgesprengten Gräbern steigend. Sie scharten sich um Maria und schrien, weil das Wasser, das kühle Wasser, nach ihren Füßen leckte.

Maria rief – und konnte fast nicht mehr rufen. Ihre Stimme hatte den Schrei der Vogelmütter, die über der Brut den geflügelten Tod erkennen. Sie watete zwischen Kinderleibern einher, zehn an den Händen, am Kleid, die andern in enger Gefolgschaft, mitgeschoben, mitgerissen vom Strom. Bald waren die Straßen ein Wogen von Kinderköpfen, darüber wie Möwen die blassen, erhobenen Hände irrten. Und das Rufen Marias ging unter im Kinderweinen und im Gelächter des mächtigen nachdrängenden Wassers.

Rötlich wurde das Licht in den Röhrenlampen und flackerte rhythmisch und warf gespenstische Schatten. Die Straße hob sich. Da war der Sammelplatz. Aber die ungeheuren Förderzüge hingen tot in den Strängen. Seile, aus Seilen gedreht – metallene Seile, dick wie ein Männerschenkel, hingen zersprengt in der Luft. Aus einer geborstenen Röhre quoll in trägen Rinnen schwärzliches Öl. Und über allem war ein trockener Dunst wie von erhitztem Eisen und glühenden Steinen.

Tief im Dunkel ferner Gänge wurde die Finsternis bräunlich. Da schwelte ein Brand . . .

»Hinauf!« raunten die trockenen Lippen Marias. Aber sie vermochte das Wort nicht zu sprechen. Eine gewundene Treppe führte nach oben, schmal, denn nie benutzte ein Mensch die Treppe neben den sicher wandernden Förderzügen. Maria drängte die Kinder die Stufen hinauf; aber da oben herrschte die Finsternis mit einer undurchdringlichen Last und Dichtheit. Keines der Kinder wagte den Aufstieg allein.

Maria klomm hinauf. Sie zählte die Stufen. Wie ein Rauschen von tausend Flügeln kam das Geräusch der Kinderfüße ihr nach in der schmalen Windung. Sie wußte nicht, wie lange sie kletternd stieg. In ihr feuchtes Kleid verkrampften sich zahllose Hände. Lasten schleppte sie und betete stöhnend – betete nur um Kraft für noch eine Stunde.

»Weint nicht, kleine Brüder!« stammelte sie. »Meine kleinen Schwestern, bitte, weint nicht!«

Kinder schrien in der Tiefe auf – und die hundert Windungen der Treppe gaben jedem Schrei die Posaune des Echos: »Mutter! Mutter!«

Und wieder: »Das Wasser kommt!«

Liegenbleiben, auf halber Treppe? Nein!

»Kleine Schwestern! Kleine Brüder – kommt doch!«

Höher – immer höher hinauf; dann, endlich, ein breiterer Absatz. Graulicht von oben. Ein gemauerter Raum; noch nicht die Oberwelt, aber der Vorhof zu ihr. Eine kurze, gerade Treppe, darauf ein Lichtkeil fiel. Als Mündung eine Falltür, die nach innen gedrückt schien. Zwischen Tür und dem Mauerviereck ein Spalt, schmal wie der Leib einer Katze.

Maria sah das. Sie wußte nicht, was es bedeutete. Sie hatte das unbestimmte Gefühl, daß da etwas nicht so war, wie es sein sollte. Aber sie wollte nicht darüber nachdenken. Mit einer fast ungestümen Bewegung befreite sie ihre Hände, ihr Kleid aus den zerrenden Fingern der Kinder und hetzte, weit mehr durch ihren wilden Willen als ihre tauben Füße vorwärtsgeworfen, durch den leeren Raum und die steile Treppe hinauf.

Sie reckte die Hände und versuchte, die eingedrückte Tür zu heben.

Die rührte sich nicht. Zum zweiten Male. Nichts. Kopf, Arme, Schultern pressend, Hüften und Knie eingestemmt, als ob die Sehnen zerreißen sollten. Nichts. Die Tür wich nicht um Haaresbreite. Hätte ein Kind versucht, den Dom vom Platze zu rücken, es hätte nicht törichter noch erfolgloser handeln können.

Denn über der Tür, die allein aus der Tiefe führte, türmten sich häuserhoch die Leichen der toten Maschinen, die, als der Wahnsinn in Metropolis einbrach, das furchtbare Spielzeug der Masse gewesen waren. Zug um Zug, mit leer hindonnernden Wagen, alle Lichter brennend und mit voller Kraft, hatten sie sich, gepeitscht vom Grölen der Masse, über die Schienen gewälzt, sich ineinander verbissen, ineinander verwühlt und hochgestapelt, hatten gebrannt und waren halb geschmolzen, schwelten noch und waren ein Klumpen Vernichtung. Und eine einzige Lampe, unversehrt geblieben, warf den Keil ihres scharfen und beizenden Lichts von der Stahlbrust der letzten Maschine über das Chaos.

Aber von all dem wußte Maria nichts. Sie brauchte es nicht zu wissen. Ihr genügte, daß die Tür, die der einzige Retter war für sie und die Kinder, die sie retten wollte, unerbittlich, unerschütterlich blieb, daß sie zuletzt mit blutenden Händen und Schultern, mit zermartertem Kopf und von Taubheit gelähmten Füßen sich in das Unbegriffene, Mordende fügen mußte.

Sie hob das Gesicht zu dem Lichtschein, der auf sie fiel. Die Worte eines kleinen Kindergebetes gingen ihr durch den Sinn, doch schon nicht mehr deutlich. Sie senkte den Kopf und setzte sich auf die Stufen.

Lautlos, durch etwas gebannt, das sehr nahe über ihnen war, ohne daß sie es verstanden, blieben die Kinder dicht aneinander gedrängt.

»Kleine Brüder, kleine Schwestern«, sagte Marias Stimme mit großer Zärtlichkeit, »könnt ihr verstehen, was ich sage?«

»Ja«, kam das Hauchen der Kinder zu ihr hinauf.

»Die Tür ist zu. Wir müssen ein wenig warten . . . Es wird schon jemand kommen, der uns aufmacht. Wollt ihr geduldig sein und euch nicht fürchten?«

»Ja«, klang die Antwort zurück wie ein Seufzen.

»Setzt euch, so gut ihr könnt.«

Die Kinder gehorchten.

»Ich will euch ein Märchen erzählen«, sagte Maria.

## 18

»Ich habe Hunger, Schwester!«

»Wollt ihr mein Märchen denn nicht zu Ende hören?«

»Ja. Aber, Schwester, wenn es zu Ende ist, können wir dann nicht hinaus und essen gehen?«

»Freilich, sobald mein Märchen zu Ende ist . . . Also denkt euch: Füchslein ging spazieren, ging auf der schönen, bunten Wiese spazieren, hatte sein Sonntagsröckchen an und den buschigen, roten Schwanz kerzengrad' in der Höh' und rauchte sein Pfeifchen und sang auch mal zwischendurch – und dann hopfte er vor Vergnügen! Und Igel Sepp-Igel saß auf seinem kleinen Hügel und freute sich, daß seine Radieschen so gut gediehen, und seine Frau stand am Zaun und schwatzte mit Frau Maulwurf, die für den Herbst ein neues Pelzchen bekommen hatte.«

»Schwesterchen . . .«

»Ja?«

»Kann das sein, daß das Wasser von unten hinter uns dreinkommt?«

»Warum denn, Brüderchen?«

»Ich hör es glucksen . . .«

»Hör nicht auf das Wasser, Brüderchen. Hör lieber zu, was Frau Igel zu schwatzen hat!«

»Ja . . . Aber, Schwester, das Wasser schwatzt so laut. Das schwatzt viel lauter, glaub ich, als Frau Maulwurf.«

»Geh weg von dem dummen Wasser, Brüderchen . . . Komm her zu mir! Hier hörst du das Wasser nicht.«

»Ich kann nicht zu dir kommen, Schwesterchen! Ich kann mich gar nicht rühren, Schwesterchen. Kannst du nicht zu mir kommen und mich holen?«

»Mich auch, Schwesterchen! Ja, mich auch! Mich auch!«

»Das geht nicht, kleine Brüder, kleine Schwesterchen! Ich habe eure jüngsten Geschwister auf dem Schoß. Die sind eingeschlafen, und ich darf sie nicht wecken.«

»Ach, Schwester, kommen wir auch ganz bestimmt hinaus?«

»Warum fragst du so ängstlich, Brüderchen?«

»Der Boden zittert so sehr, und Steine fallen von der Decke!«

»Haben die dummen Steine dir weh getan?«

»Nein. Meine kleine Schwester liegt da und rührt sich nicht mehr.«

»Stör sie nicht, Brüderchen. Dein Schwester schläft!«

»Ja. Aber eben hat sie doch noch so sehr geweint?«

»Gönn es ihr, Brüderchen, daß sie dahin gegangen ist, wo sie nicht mehr weinen muß.«

»Wohin ist sie denn gegangen, Schwester?«

»Ich glaube, in den Himmel.«

»Ist denn der Himmel so nah?«

»Ach ja, ganz nahe! Ich kann von hier aus schon die Tür erkennen! Und wenn ich mich nicht täusche, steht Sankt Peter mit einem goldenen Schlüssel davor und wartet darauf, daß er uns aufschließen kann.«

»Ach, Schwester – Schwester! Jetzt kommt das Wasser herauf! Jetzt packt es mich bei den Füßen! Jetzt hebt es mich auf!«

»Schwester! Hilf mir, Schwester! Das Wasser ist da!«

»Gott kann euch helfen, der allmächtige Gott!«

»Schwester, ich fürcht mich!«

»Fürchtest du dich davor, in den schönen Himmel zu kommen?«

»Ist es schön im Himmel?«

»Ach – wunderschön!«

»Ist Füchslein auch im Himmel – und Igel Sepp-Igel?«

»Das weiß ich nicht. Soll ich den heiligen Petrus mal fragen?«

»Ja, Schwester . . . Weinst du?«

»Nein. Warum sollte ich weinen? Sankt Peter! Sankt Peter!«

»Hat er's gehört?«

»Lieber Gott, wie kalt ist das Wasser . . .«

»Sankt Peter! Sankt Peter!«

»Schwester, hat er's gehört?«

»Wartet . . . Er weiß nicht, woher das Rufen kommt.«

»Ruf noch mal, Schwester, ja?«

»Sankt Peter! Sankt Peter!«

»Schwester, ich glaube, jetzt hat er Antwort gegeben.«

»Meinst du, Brüderchen?«

»Ja. Da hat jemand gerufen.«

»Ja, ich hab's auch gehört!«

»Ich auch . . .«

»Ich auch!«

»Still doch, Kinder, seid still!«

»Ach, Schwester, Schwester!«

»Seid still, ich bitte euch!«

». . . Maria!«

»Freder!«

»Maria – bist du hier?«

»Freder – Freder – hier bin ich! Hier, Freder!«

»Auf der Treppe?«

»Ja!«

»Warum kommst du nicht?«

»Ich kann die Tür nicht heben!«

»Zehn Züge sind ineinandergefahren. Ich kann nicht zu dir! Ich muß erst Hilfe holen.«

»Ach, Freder, das Wasser ist schon dicht hinter uns!«

»Das Wasser?«

»Ja! Und die Mauern stürzen ein!«

»Bist du verletzt?«

»Nein, nein . . . Ach, Freder, wenn du die Tür so weit noch aufzwingen würdest, daß ich die schmalen Kinderkörper hinausdrängen könnte . . .«

Der Mann über ihr gab keine Antwort mehr.

Als er im »Klub der Söhne« spielerisch im Ringkampf mit den Freunden seine Muskeln und Sehnen stählte, ahnte er wahrlich nicht, daß er sie einmal brauchen würde, sich durch verrenktes Gestänge, aufgereckte Kolben, gespreizte Räder verkämpfter Maschinen einen Weg zu der Frau, die er liebte, zu bahnen. Er drückte Kolben beiseite wie Menschenarme, griff in Stahl wie in weiches, weichendes Fleisch. Er kam in die Nähe der Tür und warf sich zu Boden.

»Maria? Wo bist du? Warum klingt deine Stimme so fern?«

»Ich will die Letzte sein, die du rettest, Freder. Ich trage die Kleinsten auf meinen Schultern und Armen . . .«

»Steigt das Wasser noch?«

»Ja.«

»Schnell oder langsam?«

»Schnell . . .«

»Mein Gott, mein Gott . . . Ich bekomme die Tür nicht frei! Die toten Maschinen liegen darauf wie ein Berg! Ich muß die Trümmer sprengen, Maria!«

»Tu's!« Die Stimme Marias klang, als lächelte sie. »Inzwischen kann ich mein Märchen zu Ende erzählen . . .«

Freder stürzte davon. Noch wußte er nicht, wohin ihn seine Füße tragen sollten. Er dachte unklar an Gott . . . Dein Wille geschehe . . . Erlöse uns von dem Übel . . . Denn dein ist die Kraft . . .

Von dem rußschwarzen Himmel fiel ein ängstlicher Schein von der Farbe geronnenen Blutes auf die Stadt, die in ihrer qualvollen Lichtlosigkeit wie ein Schattenriß aus zerfetztem Sammet erschien.

Kein Mensch war zu sehen, und dennoch zuckte die Luft unter der unerträglichen Messerschärfe von Weiberschreien aus der Gegend von Yoshiwara, und während vom Dom her die Orgel schrillte und pfiff, als sei ihr gigantischer Leib bis zum Sterben verwundet, begannen die Fenster des Domes, von innen her erleuchtet, auf eine gespenstische Weise zu glühen.

Freder stolperte auf das Turmhaus zu, in dem das Herz der großen Maschinenstadt Metropolis lebendig gewesen war und das es, als es am Fieber der 12 sich selbst zu Tode raste, von oben bis unten zerriß, daß nun das Haus wie ein hochgezerrtes, klaffendes Tor erschien.

Da kroch ein Klumpen Mensch in den Trümmern herum und schien nach den Lauten, die er von sich gab, nichts anderes zu sein als ein einziger Fluch auf zwei Beinen. Was für ein Schrecken auch über Metropolis lag, er war das Paradies im Vergleich zu der letzten, grausamen Vernichtung, die der Klumpen Mensch aus der untersten, heißesten Hölle auf die Stadt und ihre Bewohner heraufbeschwor.

Er fand etwas in den Trümmern, hob es dicht vors Gesicht, erkannte es und brach in ein Heulen aus, das dem Heulen eines getretenen Hundes glich. Er wühlte den schluchzenden Mund auf das kleine Stück Stahl.

»Die stinkende Pest soll euch fressen, ihr Hühnerläuse! Im Kot sollt ihr sitzen bis an die Augen! Gas sollt ihr saufen statt Wasser und täglich zerplatzen – zehntausend Jahre lang – und immer wieder . . .«

»Grot!«

»Dreck!«

»Grot! Gott sei Dan . . . Grot, kommen Sie hier!«

»Wer ist da?«

»Ich bin Joh Fredersens Sohn.«

»Aaah – Himmel-Hölle! Du hast mir gerade gefehlt! Komm her, Rotzkröte! Ich muß dich zwischen meinen Fäusten haben! Dein Vater wär mir zwar lieber, aber du bist auch ein Stück von ihm und besser als gar nichts! Komm her, komm hierher, wenn du Mut hast! Ah – Junge, ich möchte dich fressen! Ich möchte dich von oben bis unten mit Senf beschmieren und fressen! Weißt du, was dein Vater getan hat?«

»Grot!«

»Laß mich ausreden, hörst du? Weißt du, was er getan hat? Er hat mich meine Maschine . . . Er hat mich meine Maschine preisgeben lassen!«

Und wieder das klägliche Heulen eines getretenen Hundes.

»Grot, hören Sie mich an!«

»Ich will nichts hören!«

»Grot, in die unterirdische Arbeiterstadt ist das Wasser gedrungen!«

Sekundenlange Stille. Und dann ein brüllendes Lachen, und auf dem Trümmerhaufen der Tanz eines vierschrötigen Klumpens, der johlend die Beine warf, in die Hände klatschte.

»So ist es richtig! Halleluja, Amen!«

»Grot!« Freder packte den tanzenden Klumpen fest und rüttelte ihn, daß ihm die Zähne klirrten. »Das Wasser hat die Stadt ersäuft! Die Förderwagen stehen still! Das Wasser ist über die Treppen gestiegen! Und auf der Tür – auf der einzigen Tür liegen die tausend Zentner der ineinander gejagten Tiefbahnzüge!«

»Ersaufen sollen die Mäuse!«

»Die Kinder, Grot!«

Grot stand wie gelähmt.

»Ein Mädchen«, fuhr Freder fort und grub die Hände in die Schultern des Mannes, »ein Mädchen«, sagte er schluchzend und beugte den Kopf, als wollte er ihn in die Brust des Mannes wühlen, »ein Mädchen hat die Kinder zu retten versucht und ist nun mit ihnen gefangen und kann nicht heraus . . .«

Grot fing zu rennen an.

»Wir müssen die Trümmer wegsprengen, Grot!«

Grot stolperte, kehrte um und rannte wieder. Freder ihm nach, näher als sein Schatten . . .


». . . Aber das Füchslein wußte ganz genau, daß Sepp-Igel kommen würde, um ihm aus der Falle zu helfen, und er war nicht ein bißchen ängstlich und wartete ganz getrost, obgleich es recht lange dauerte, bis Sepp-Igel – der brave Sepp-Igel! – wiederkam . . .«

»Maria!«

»Jesus . . . Freder?«

»Erschrick nicht, hörst du?«

»Freder, bist du in Gefahr?«

Keine Antwort. Stille. Ein Knistern. Dann eine Kinderstimme: »Und ist dann Sepp-Igel gekommen, Schwester?«

»Ja –«

Aber das Ja ging verloren unter dem Zerreißen von tausend stählernen Seilen, dem Brüllen von zehntausend Felsen, die an die Glocke des Himmels geschleudert wurden, die Glocke zum Bersten brachten und sausend sanken, mit ihrem Sturz die Erde wanken machten.

Nachrieselndes Knirschen. Grau, träge Schwaden. Gepolter, fern. Und Schritte. Kinderweinen. Und droben die Tür, die aufgewuchtet wurde: »Maria!«

Geschwärzt ein Gesicht, das sich niederbeugte; zerschundene Hände, die sich greifend streckten.

»Maria!«

»Hier bin ich, Freder! Hol erst die Kinder . . . Die Mauer senkt sich.«

Grot kam herbeigestolpert und warf sich zu Boden, dicht neben Freder, und griff in den Schacht hinab, aus dem die Kinder schreiend nach oben quollen. Er packte die Kinder beim Haar, beim Hals, beim Kopf und zerrte sie aufwärts, wie man Radieschen auszieht. Die Augen quollen ihm vor Angst aus dem Kopf. Er schleuderte die Kinder über sich weg, daß sie purzelten und kläglich kreischten. Er fluchte wie hundert Teufel: »Hört das noch immer nicht auf?«

»Vater, Vater!« schluchzten zwei Stimmen tief unten.

»In die Hölle mit euch, ihr Raben!« brüllte der Mann. Seine Fäuste räumten die Kinder beiseite, als schaufle er Müll auf den Kehricht. Dann schluchzte er schnaufend und packte zu und hatte zwei Kinder am Hals hängen, naß und erbärmlich zitternd, aber am Leben, und ihre Glieder waren durch seine tastenden Fäuste mehr in Gefahr als zuvor durch Wasser und Steinbruch.

Die Kinder in beiden Armen, wälzte sich Grot auf die Seite. Er setzte sich aufrecht und stellte die zwei vor sich hin.

»Ihr gottverdammtes Gesindel!« sagte er weinend. Er wischte sich die Tränen aus den Augen und wandte sich um. Und sprang, die Kinder wegschleudernd wie zwei Heumännlein, mit dem Wutgebrüll eines Löwen auf die Füße und zu der Tür hin, aus deren Tiefe, von Freders Armen gehalten, Maria mit geschlossenen Augen tauchte.

»Aas, blutiges!« heulte er, riß Freder weg, stieß das Mädchen zurück in die Tiefe, warf die Falltür zu und sich selbst mit vollem Leib darüber, mit geballten Fäusten den Takt seines Gelächters trommelnd.

Eine grimmige Anstrengung hatte Freder auf den Füßen gehalten. Er stürzte außer sich auf den tobenden Menschen los, um ihn von der Falltür wegzuzerren, rollte über ihn hin und wälzte sich mit ihm in einer tobsüchtigen Umschlingung zwischen den Trümmern der Maschinenteile.

»Laß mich los, Hund, räudiger!« heulte Grot und versuchte, nach den zornigen Fäusten, die ihn hielten, zu beißen. »Das Weib hat meine

Maschine umgebracht! Das verdammte Weib hat die Horde angeführt! Das Weib allein hat den Hebel auf 12 gerückt! Ich hab's gesehen, als sie mich niedertrampelten! Das Weib soll ersaufen da unten! Das Weib bring' ich um!«

In einer unerhörten Anspannung all seiner Muskeln stemmte Grot sich auf und zerrte Freder, der an ihm hing, mit hoch. Aber Freder sah seinen Vorteil und stieß sich mit einem Ruck von dem Rasenden weg – mit so erbitterter Kraft, daß Grot im Bogen unter die Kinder flog.

Inbrünstig fluchend, raffte er sich wieder auf; aber obwohl er unverletzt war, vermochte er doch kein Glied zu rühren. Er stak als ohnmächtiger Löffel in einem Brei von Kindern, die ihm an Armen, Beinen und Fäusten klebten. Keine stählerne Fessel hätte ihn so zur Hilflosigkeit verurteilen können, als es die kleinen, kalten und nassen Hände taten, die ihre Retterin verteidigten. Ja, seine eigenen Kinder standen vor ihm und trommelten zornig auf seine geballten Fäuste, ungeschreckt durch die blutunterlaufenen Augen, mit denen der Riese auf die ihn knebelnden Zwerge glotzte.

»Das Weib hat meine Maschine umgebracht!« heulte er endlich, weit mehr klagend als grimmig, und sah das Mädchen an, das in Freders Armen lag, als erwartete er von ihr, daß sie ihn rechtfertige.

»Was meint er?« fragte Maria. »Was ist geschehen?«

Und sie schaute mit Augen, deren Entsetztheit nur durch die tiefste Erschöpfung gemildert wurde, auf die Zerstörung ringsum und auf den schnaufenden Grot.

Freder gab keine Antwort.

»Komm!« sagte er. Und er hob sie auf seine Arme und trug sie hinaus, und die Kinder folgten ihnen wie eine Herde Lämmer, und es blieb dem grimmigen Grot nichts anderes übrig, als in den Spuren der winzigen Füße zu laufen, wohin ihn die kleinen, zerrenden Hände zogen.


19


Sie hatten die Kinder ins »Haus der Söhne« gebracht, und Freders Augen suchten Maria, die mitten auf der Straße zwischen den letzten kniete und sie tröstete und ihr zärtliches Lächeln verstörten und weinenden Augen schenkte.

Freder lief auf sie zu und trug Maria ins Haus.

»Vergiß nicht«, sagte er, als er sie in der Eingangshalle vor dem lohenden Kamin hinbettete und ihre halb liegende, halb sitzende

Gestalt, die sich ein wenig sträubte, in seinen sehnsüchtigen Armen gefangen hielt, »daß Tod und Wahnsinn und etwas wie Weltuntergang sehr nahe an uns vorbeigegangen sind – und daß du mich noch nicht ein einziges Mal freiwillig geküßt hast.«

»Liebster«, sagte Maria, sich zu ihm beugend, daß ihre reinen, von schmerzlosen Tränen gebadeten Augen ganz nahe vor ihm waren, während zugleich eine große, wachsame Ernsthaftigkeit ihre Lippen von den seinen fernhielt, »bist du ganz sicher, daß Tod und Wahnsinn schon vorübergegangen sind?«

»An uns, Geliebte, ja.«

»Und die anderen alle?«

»Schickst du mich fort, Maria?« fragte er zärtlich. Sie gab keine Antwort, zum wenigsten nicht mit Worten. Aber sie legte mit einer zugleich freimütigen und rührenden Gebärde die Arme um seinen Hals und küßte ihn auf den Mund.

»Geh«, sagte sie und strich mit ihren jungfräulichen Mutterhänden über sein glühendes, betäubtes Gesicht. »Geh zu deinem Vater. Das ist dein heiligster Weg . . . Ich will zu den Kindern gehen, sobald meine Kleider ein wenig trockener geworden sind. Denn ich fürchte«, fügte sie mit einem Lächeln hinzu, das Freder bis in die Augen rot werden ließ, »so viele Frauen auch hier im ›Haus der Söhne‹ wohnen und so gutwillig und hilfsbereit sie sein mögen, hat doch nicht eine ein Kleid, das sie mir leihen könnte.«

Freder stand über sie gebückt, mit gesenkten Augen. Die Flammen des großen Kamins überlohten sein schönes, offenes Gesicht, auf dem ein Ausdruck der Scham und der Traurigkeit lag. Aber als er die Blicke hob und den still auf ihn gerichteten Augen Marias begegnete, nahm er, ohne ein Wort zu sprechen, ihre Hände und drückte sie gegen seine Lider, sehr lange so verharrend.

Und für die Dauer dieser Zeit vergaßen sie beide, daß jenseits der starken Mauern, die sie schützten, eine große Stadt in grausigen Krämpfen zuckte und daß vieltausend Menschen, zwischen Trümmern selbst nur Trümmer, hin und her geschleudert, in der Folterung der Todesangst den Verstand verloren und verdarben.

Erst die Stimme des Erzengels Michael vom Dom rief sie zum Bewußtsein der Stunde zurück, und sie trennten sich hastig, wie auf Pflichtversäumnis ertappt.

Maria horchte den Schritten des Mannes nach. Dann wandte sie den Kopf und sah unruhig umher.

Was war das für ein seltsamer Klang in der Michaels-Glocke? So wütend rief die Glocke, so gehetzt, als wollte sie sich bei jedem Schwung überschlagen.

Das Herz Marias wurde zum Echo der Glocke. Es flatterte in seiner klagenden Angst, die keine Ursache hatte als die allgemeine Schwingung des großen Entsetzens über der Stadt. Selbst die wärmenden Flammen des Kaminfeuers ängstigten sie, als wüßten sie um Geheimnisse des Schreckens.

Sie setzte sich aufrecht und stellte die Füße zur Erde. Sie tastete nach dem Saum ihres Kleides. Er war noch feucht genug, aber nun wollte sie gehen. Sie tat ein paar Schritte durch den halbdunklen Raum. Wie braun die Luft vor den hohen Fenstern war . . . Sie öffnete zögernd die nächste Tür und horchte.

Sie stand in dem Raum, in dem sie damals gestanden hatte, als sie Freder zum ersten Male sah, als sie den Zug der kleinen grauen Kindergespenster zu den Frohen und Spielenden geführt, als sie Freders Herz gerufen hatte mit ihrem sanften: »Seht, das sind eure Brüder!«

Aber von den sehr geliebten Söhnen unermeßlich reicher Väter, denen dies Haus gehörte, war nicht einer zu sehen.

Spärliche Kerzen brannten und gaben dem mächtigen Raum eine innige Traulichkeit und warme Enge. Der Raum war erfüllt vom zarten Gezwitscher verschlafener Kinderstimmen, die wie Schwalben schwatzten, eh sie zu Neste fliegen.

Ihnen antworteten, nur wenig dunkler getönt, die Stimmen der schönen, brokatenen, geschminkten Frauen, die einst das Spielzeug der Söhne gewesen waren. Gleichermaßen erschreckt von dem Gedanken zu flüchten wie hier auszuharren, waren sie endlich aus Unentschlossenheit im »Haus der Söhne« geblieben, und zu ihnen hatte Maria die Kinder gebracht, weil sie keine bessere Zuflucht hätte finden können; denn durch den schönen und furchtbaren Zufall des Geschehens wurde aus einer Schar von kleinen, zärtlichen Dirnen eine Schar von kleinen, zärtlichen Müttern, die in Erfüllung ihrer neuen Pflichten in einem neuen Feuer brannten.

Unweit Marias kniete die Trankmischerin neben einer Schale mit warmem Wasser und war wohl eben im Begriff gewesen, Grots Tochter, die vor ihr stand, den mageren schmalgliedrigen Körper zu waschen. Aber das Kind hatte ihr den Schwamm aus der Hand genommen und wortlos, mit großer Ernsthaftigkeit, unternommen, das schöne geschminkte Gesicht der Trankmischerin nachdrücklich und unermüdlich abzuwaschen.

Das Mädchen kniete ganz still, mit geschlossenen Augen, und rührte sich auch nicht, als die Hände des Kindes mit rauhem Tuch ihr Gesicht zu trocknen begannen. Aber bei diesem Werk war die Tochter Grots nicht ganz erfolgreich; denn so oft sie auch die Wangen des Mädchens trocknete, immer wieder liefen die raschen, hellen Tropfen darüber. Bis die Tochter Grots das Tuch doch sinken ließ, um das Mädchen, das vor ihr kniete, fragend und nicht ohne Vorwurf zu betrachten. Worauf die Trankmischerin ihre Arme um das Kind schlang und ihre Stirn auf das Herz des kleinen Geschöpfes drückte und Worte der Zärtlichkeit zu diesem Herzen sprach, wie sie nie zuvor gefunden hatte.

Mit lautlosen Schritten ging Maria vorüber.

Als sie die Tür der Halle, in die kein Laut aus der lauten Metropolis zu dringen vermochte, von außen hinter sich schloß, schlug die erzene Stimme des Engels vom Dom ihr wie eine stählerne Faust vor die Brust, daß sie in Betäubung stehenblieb und die Hände zur Stirn hob.

Was schrie Sankt Michael so zornig und wild? Was mischte sich nun das Dröhnen Azraels, des Todesengels, so erschütternd ein?

Sie trat auf die Straße. Da lag die Dunkelheit wie eine dicke Rußschicht über der Stadt, und nur der Dom schimmerte geisterhaft als ein Wunder des Lichts, aber nicht der Gnade.

Die Luft war erfüllt von einer Gespensterschlacht sich streitender Stimmen. Es heulte, lachte und pfiff. Es war, als trotte ein Zug von Mördern und Plünderern vorüber – in Tiefen der Straße, die nicht zu erkennen waren. Dazwischen Gekreisch von Weibern, lustgekitzelt . . .

Marias Augen suchten den Neuen Turm Babel. Sie hatte nur einen Weg im Sinn: zu Joh Fredersen. Den wollte sie gehen. Aber sie ging ihn niemals.

Denn plötzlich war die Luft wie ein blutroter Strom, der sich flackernd ergoß, aus tausend Fackeln gebildet. Und die Fackeln tanzten in den Händen von Menschen, die aus den offenen Toren von Yoshiwara quollen. Die Gesichter der Menschen glänzten im Irrsinn, jeder Mund stand keuchend aufgerissen, und doch waren die Augen, die darüber lohten, die zerplatzenden Augen Erstickender. Jeder tanzte mit seiner eigenen Fackel, rasend um sich gewirbelt, den Totentanz, und zugleich ergab dieser Wirbel von Tänzern einen endlos in sich kreisenden Zug.

»Maohee!« flogen schrille Schreie darüber. »Tanzen – tanzen – tanzen – Maohee!«

Angeführt aber wurde der flammende Zug von einem Mädchen. Das Mädchen war Maria. Und das Mädchen schrie mit der Stimme Marias: »Tanzen – tanzen – tanzen – Maohee!«

Sie kreuzte die Fackeln wie Schwerter über dem Kopf. Sie schwang sie nach rechts und nach links und schüttelte sie, daß Regenschauer von Funken den Weg umtrieften. Zuweilen schien es, als ritte sie auf den Fackeln. Dann hob sie die Knie zur Brust mit einem Gelächter, das alle Tänzer im Zug stöhnen machte.

Aber einer der Tänzer lief vor den Füßen des Mädchens her wie ein Hund und schrie unaufhörlich: »Ich bin Jan! Ich bin der getreue Jan! Erhöre mich endlich, Maria!« –

Das Mädchen aber schlug ihm die sprühende Fackel ins Gesicht.

Seine Kleider fingen Feuer. Er lief eine Weile als lebende Fackel neben dem Mädchen her. Seine Stimme klang schrill aus dem Lohen: »Maria! Maria!«

Dann schwang er sich auf die Brüstung der Straße und stürzte, ein Feuerstreifen, in die Tiefe.

»Maohee!« rief das Mädchen und schüttelte seine Fackeln.

Kein Ende nahm der Zug. Schon war die Straße, so weit das Auge reichte, mit kreisenden Fackeln bedeckt. Das Kreischen der Tänzer mischte sich spitz und schrill in die zornigen Stimmen der Erzengel-Glocken vom Dom. Und hinter dem Zug taumelte, wie von einem unsichtbaren, einem unzerreißbaren Seil nachgezerrt, ein Mädchen, dem der feuchte Kleidersaum um die Knöchel peitschte, dessen Haare sich lösten unter den krallenden Fingern, mit denen es seinen Kopf zusammenpreßte, dessen Lippen in wirkungsloser Beschwörung einen Namen lallten: »Freder . . . Freder . . .«

Die Schwaden der Fackeln schwebten wie graue Flügel von Geistervögeln über dem tanzenden Zug. Da wurden die Tore des Domes weit aufgetan. Da kam aus der Tiefe das Brausen der Orgel. Da mischte sich in den Vierklang der Erzengel-Glocken, in das Brausen der Orgel, das Kreischen der Tänzer ein ehern einherschreitender, gewaltiger Chor.

Die Stunde des Mönches Desertus war gekommen.

Der Mönch Desertus führte die Seinen an.

Zu zwei und zwei schritten, die seine Jünger waren. Sie schritten auf nackten Füßen, in schwarzen Kutten. Sie hatten die Kutten von ihren Schultern gestreift. Sie trugen die schweren Geißeln in beiden Händen. Sie schwangen die schweren Geißeln in beiden Händen nach rechts, nach links, nach rechts, nach links über die nackten

Schultern. Blut tropfte von den gegeißelten Rücken nieder. Die Gotiker sangen. Sie sangen im Takt ihrer Füße. Im Takt ihrer Geißelhiebe sangen sie.

Der Mönch Desertus führte die Gotiker an.

Die Gotiker trugen ein schwarzes Kreuz vor sich her. Das war so schwer, daß zwölf Männer es keuchend schleppten. Es schwankte, an dunklen Stricken hochgezerrt.

Und an dem Kreuz hing der Mönch Desertus.

In dem Weißflammengesicht die schwarzen Flammen der Augen waren auf den Zug der Tänzer gerichtet. Der Kopf erhob sich. Der bleiche Mund tat sich auf.

»Seht!« schrie der Mönch Desertus mit einer Stimme, die den Vierklang der Erzengel-Glocken, das Brausen der Orgel, den Chor der Geißelschwinger und das Kreischen der Tänzer allmächtig übertönte: »Seht, die große Babylon! Die Mutter der Greuel! Der Jüngste Tag bricht an! Weltuntergang!«

»Der Jüngste Tag bricht an! Weltuntergang!« dröhnte der Chor der Seinen gewaltig ihm nach.

»Tanzen – tanzen – tanzen – Maohee!« schrie die Stimme des Mädchens, das die Tänzer führte. Und es schwang seine Fackeln wie Geißeln über die Schultern und schleuderte sie weit von sich und riß das Gewand von Schultern und Brüsten, und stand, eine weiße Fackel, und reckte die Arme und lachte, die Haare schüttelnd: »Tanze mit mir, Desertus – tanze mit mir!«

Da fühlte Maria, die sich am Ende des Tänzerzuges schleppte, wie das Seil, das unsichtbare Seil, an dem sie hing, zerriß. Sie drehte sich um sich selbst mit geschlossenen Augen, und, ohne zu wissen, wohin, begann sie zu laufen – nur fort, nur fort –, gleichgültig, wohin!

Die Straßen tobten in Wirbeln an ihr vorbei. Sie lief und lief, kam tiefer und immer tiefer und sah zuletzt, auf der Sohle der Straße laufend, weit vor sich einen wirren Haufen von Menschen, die ihr entgegenliefen, und sah, daß es Männer in der Blauleinentracht waren, und schluchzte erlöst: »Brüder – Brüder!«

Und streckte die Hände aus.

Aber ein wütendes Brüllen antwortete ihr. Wie eine stürzende Mauer wälzte der Haufen sich her, löste sich auf und begann laut brüllend zu rennen.

»Da ist sie, da ist sie! Die Hündin, die schuld ist an allem! Packt sie! Packt sie!«

Und Weiberstimmen kreischten: »Die Hexe! Schlagt die Hexe tot!

Verbrennt sie, bevor wir alle ersaufen!«

Das Getrampel von rennenden Füßen erfüllte die tote Straße, durch die Maria floh, mit dem Getöse der losgebrochenen Hölle.

Die Häuser tobten in Wirbeln an ihr vorbei. Sie kannte sich in der Dunkelheit nicht aus. Sie hastete vorwärts, sinnlos rennend in einem blinden Schrecken, der um so tiefer war, als sie seine Ursache nicht begriff.

Steine, Knüppel, Stahlbrocken flogen hinter ihr drein. Die Masse brüllte mit nicht mehr menschlicher Stimme: »Ihr nach! Ihr nach! Sie entkommt uns! Schneller! Schneller!«

Maria fühlte ihre Füße nicht mehr. Sie wußte nicht, ob sie auf Steinen lief oder auf Wasser. In kurzen, rauhen Lauten keuchte ihr der Atem über die Lippen, die offenstanden wie die einer Ertrinkenden. Straßen auf, Straßen ab . . . Quirlender Lichterglanz taumelte weit von ihr quer über den Weg . . . Fern, am Ende des riesigen Platzes, an dem auch das Haus von Rotwang lag, lastete die Wucht des Domes schwer und dunkel auf der Erde und zeigte doch einen zarten, tröstlichen Schimmer, der durch die bunten Heiligenfenster aus dem offenstehenden Portal in die Finsternis fiel.

In jähes Schluchzen ausbrechend, warf Maria sich vorwärts mit ihrer letzten, verzweifelten Kraft. Sie stolperte die Stufen des Domes hinauf, stolperte durch das Portal, spürte den Duft von Weihrauch, sah kleine, fromme, fürbittende Kerzen vor dem Bildnis einer sanften Heiligen, die lächelnd litt, und brach auf den Fliesen zusammen.

Sie sah nicht mehr, wie an der Doppelmündung der Straße, die zum Domplatz führte, der Zug der Tänzer und Tänzerinnen aus dem Yoshiwara jäh in den brüllenden Zug der Arbeitermänner und -frauen prallte, hörte nicht das tierhafte Aufkreischen der Weiber beim Anblick des Mädchens, das auf den Schultern seines Tänzers ritt und heruntergerissen wurde und überrannt und eingeholt und zu Boden getreten – sah nicht den kurzen, grausigen und aussichtslosen Kampf der Männer im Frack mit den Männern in blauem Leinen, nicht die lächerliche Flucht der halbnackten Weiber vor den Krallen und Fäusten der Arbeiterfrauen.

Sie lag in tiefem Nichtsmehrwissen in der großen, milden Feierlichkeit des Domes, und aus der Tiefe ihrer Bewußtlosigkeit vermochte nicht einmal die brüllende Stimme der Masse sie aufzuwecken, die für die Hexe vor dem Dom den Scheiterhaufen errichtete.

## 20

»Freder! Grot! Freder!«

Josaphat schrie, daß ihm die Stimme überschlug, und raste mit Sprüngen eines gehetzten Wolfes durch Gänge, über Treppen des großen Pumpwerks. Sein Schreien wurde nicht gehört. Im Maschinenraum quälten sich verwundete Motoren, die gehorchen wollten und es nicht vermochten. Die Tür war verschlossen. Josaphat donnerte mit den Fäusten, mit den Füßen dagegen. Grot war's, der ihm aufmachte, in der Hand den Revolver.

»Was, im Namen der siedenden Hölle . . .«

»Mach, daß du wegkommst! Wo ist Freder?«

»Hier! Was ist denn?«

»Freder, sie haben Maria gefangen!«

»Was?«

»Sie haben Maria gefangen und bringen sie um!«

Freder taumelte. Josaphat riß ihn zur Tür. Grot stand wie ein Glotz mit hängenden Armen, mit lallendem Munde ihnen im Weg und glotzte.

»Das Weib, das meine Maschine umgebracht hat?«

»Halt's Maul, du Rindvieh – weg da!«

»Grot!« Ein Laut aus halbem Wahnsinn.

»Ja, Herr Freder!«

»Du bleibst bei den Maschinen!«

»Ja, Herr Freder!«

»Los, Josaphat!«

Und Laufen, Laufen, das sich spukhaft entfernte.

Grot drehte sich um. Er sah die gelähmten Maschinen. Er holte mit der Faust aus und schlug die Maschine mit voller Kraft seiner Faust, wie einer ein störrisches Pferd zwischen die Augen schlägt.

»Das Weib«, schrie er heulend, »das meine kleinen Kinder gerettet hat!« Und er warf sich mit knirschenden Zähnen auf die Maschine.

»Erzähle«, sprach Freder, fast leise. Es war, als wollte er nicht ein Atom an Kraft verschwenden. Sein Gesicht war ein weißer Stein, in dem zwei Augen flammten wie Juwelen. Er sprang ans Steuer des kleinen Wagens, mit dem Josaphat gekommen war. Denn das Pumpwerk lag am äußersten Ende der großen Metropolis.

Noch war es Nacht.

Der Wagen sprang lautlos an.

»Wir müssen einen bösen Umweg machen«, sagte Josaphat, den

Sucher richtend, »viele Brücken zwischen den Häuserblöcken sind zersprengt.«

»Erzähle«, sagte Freder. Die Zähne schlugen ihm klirrend aufeinander, als fröre er.

»Ich weiß nicht, wer es entdeckt hat. Wahrscheinlich die Weiber, die an die Kinder dachten und nach Hause wollten. Es ist aus dem rasenden Volk nichts herauszubekommen. Aber gewiß ist: Als sie aus den Schächten der Tiefbahn das schwarze Wasser auf sich zustürzen sahen und als sie begriffen hatten, daß durch die Stillegung der Maschinen auch das Pumpwerk, der Schutz ihrer Stadt, zerstört worden war, da sind sie toll geworden in ihrer Verzweiflung. Es heißt, daß manche Mütter, blind und taub gegen alle Vorstellungen, wie Besessene versucht haben, durch die überschwemmten Schächte hinabzutauchen; erst durch die entsetzliche Vollkommenheit des Aussichtslosen jedes Rettungsversuches sind sie zu Bestien geworden und gieren nach Rache.«

»Rache an wem?«

»An dem Menschen, der sie verführt hat.«

»An dem Mädchen?«

»Ja.«

»Weiter.«

»Freder, das Tempo hält der Motor nicht durch.«

»Weiter!«

»Ich weiß nicht, wie es kam, daß ihnen das Mädchen geradewegs in die Hände gelaufen ist. Ich war auf dem Weg zu Ihnen und sah eine Frau mit fliegenden Haaren über den Domplatz rennen, und die brüllende Horde hinter ihr. In dieser Nacht war so schon die Hölle los. Die Gotiker ziehen, sich geißelnd, durch die Stadt und haben den Mönch Desertus ans Kreuz geschlagen. Sie predigen: der Jüngste Tag sei da, und es scheint, daß sie viele bekehrt haben, denn September hockt vor den rauchenden Trümmern von Yoshiwara. Eine Schar von Fackeltänzern hat sich dem Zug der Flagellanten angeschlossen und hat unter geifernden Flüchen auf die Mutter der Greuel, die große Hure Babylon, Yoshiwara bis auf den Grund ausgebrannt.«

»Das Mädchen, Josaphat!«

»Es hat den Dom, in den es sich flüchten wollte, nicht erreicht, Freder. Sie haben es auf der Treppe eingeholt, weil es stürzte auf den Stufen, denn das Kleid hing ihm in Fetzen vom Leibe nieder. Ein Weib, dem der Wahnsinn in weißen Augen glühte, schrie wie eine vom Geist des Sehertums Ergriffene: ›Seht! Seht, die Heiligen sind von den

Postamenten gestiegen und lassen die Hexe nicht in den Dom hinein.‹«

»Und?«

»Und sie schichten vor dem Dom einen Scheiterhaufen, um die Hexe darauf zu verbrennen . . .«

Freder sagte nichts. Er beugte sich tiefer. Der Wagen stöhnte und sprang.

Josaphat krampfte die Hände in Freders Arm.

»Halt, um Gottes willen!«

Der Wagen stand.

»Wir müssen weiter nach links, sehen Sie nicht? Da fehlt die Brücke!«

»Die nächste Brücke?«

»Ist unpassierbar!«

»Horch . . .«

»Was soll ich hören?«

»Das Schreien . . . das ferne Schreien . . .«

»Ich höre nichts.«

»Aber das mußt du doch hören!«

»Wollen Sie nicht weiterfahren, Freder?«

»Und siehst du nicht, daß die Luft da drüben hellrot wird?«

»Von Fackeln, Freder.«

»Die brennen doch nicht so hell!«

»Freder, warum verlieren wir hier Zeit!«

Freder antwortete nicht. Er starrte auf die Fetzen der Eisenbrücke, die in die Schlucht der Straße hinunterbaumelten. Er mußte hinüber; ja, er mußte hinüber, um auf kurzem Wege zum Dom zu gelangen.

Der Gitterträger eines zerrissenen Turmes war diesseits der Straße bis auf die andere Seite hinübergestürzt und gleißte metallen im unbestimmten Licht der schwingenden Nacht.

»Steig aus«, sagte Freder.

»Warum?«

»Steig aus, sag ich dir!«

»Ich will wissen, warum!«

»Weil ich da hinüber will . . .«

»Wo hinüber?«

»Über den Gitterträger.«

»Hinüberfahren?«

»Ja.«

»Das ist Selbstmord, Freder!«

»Ich habe dich nicht gebeten, mich zu begleiten. Steig aus!«

»Das dulde ich nicht! Das ist lichterloher Wahnsinn!«

»Lichterloh brennt da drüben der Scheiterhaufen, Mensch!«

Die Worte schienen nicht aus dem Munde Freders zu kommen. Jede Wunde der sterbenden Stadt schien aus ihnen zu brüllen.

»Fahr zu!« sagte Josaphat mit verbissenen Zähnen. Der Wagen tat einen Sprung. Er kletterte. Mit einem bösen, tückisch-gleißnerischen Laut empfingen die schmalen Eisen die saugenden, rutschenden Räder.

Von den Lippen Freders sickerte Blut.

»Nicht bremsen, nicht bremsen – um Gottes willen nicht bremsen!« kreischte der Mann neben ihm und tat einen Griff des Wahnsinns über Freders Hände hin. Der Wagen, schon halb im Schleudern, schoß wieder vorwärts. Ein Spalt im Gitterwerk – hinüber, hinüber. Hinter ihnen krachte das tote Gitterwerk mit einem schreienden Laut ins Bodenlose.

Sie erreichten jenseits die Straße mit einem Anlauf, der nicht mehr zu hemmen war. Die Räder sausten in Schwärze und Nichts. Der Wagen überschlug sich. Freder stürzte und sprang wieder auf. Der andere blieb liegen.

»Josaphat!«

»Lauf! Es ist nichts. Bei Gott, es ist nichts!« Über weißem Gesicht ein verzerrtes Lächeln. »Denk an Maria, lauf!«

Und Freder rannte.

Josaphat wandte den Kopf. Er sah die Schwärze über den tiefen Straßen hellrot zuckend. Er hörte das Schreien von Tausenden. Er dachte dumpf, mit einem Hieb der Faust ins Leere: Jetzt möchte ich Grot sein, um richtig fluchen zu können.

Dann fiel sein Kopf zurück in den Schutt der Straße, und jedes Bewußtsein schwand außer dem des Schmerzes.

Freder aber lief, wie er noch nie gelaufen war. Es waren nicht seine Füße, die ihn trugen. Es war sein rasendes Herz, es waren seine Gedanken.

Straßen und Treppen und Straßen und endlich der Domplatz. Schwarz im Hintergrund der Dom, entgöttert, lichtlos, der Platz vor den breiten Stufen von Menschen wimmelnd, und inmitten der Menschen, umkläfft von Gelächter irrer Verzweiflung, umheult von Wutgesängen, umschwelt von Fackeln und Bränden, hoch auf dem Holzstoß . . .

»Maria!«

Freder fiel auf die Knie, als hätte man ihm die Sehnen durchgehackt.

Das Mädchen, das er für Maria hielt, hob den Kopf. Es suchte ihn. Es fand ihn mit dem Blick. Es lächelte, lachte.

»Tanze mit mir, mein Liebster!« flog seine Stimme scharf wie ein blitzendes Messer durch den Aufruhr.

Freder raffte sich auf. Die Masse erkannte ihn. Die Masse schwappte ihm schreiend und johlend entgegen.

»Hoooo – oh! Joh Fredersens Sohn! Joh Fredersens Sohn!«

Sie wollten ihn packen. Er hielt sie wild von sich ab. Er warf sich mit dem Rücken gegen die Straßenbrüstung.

»Warum wollt ihr sie töten, ihr Teufel? Sie hat eure Kinder gerettet!«

Ein brüllendes Gelächter antwortete ihm. Weiber schluchzten im Lachen und bissen sich selbst in die Fäuste.

»Jawohl, jawohl – sie hat unsere Kinder gerettet! Mit dem Lied von den toten Maschinen hat sie unsere Kinder gerettet! Mit dem eisigen schwarzen Wasser hat sie unsere Kinder gerettet! Hoch soll sie leben – hoch und dreimal hoch!«

»Lauft doch zum ›Haus der Söhne‹, da sind eure Kinder!«

»Im ›Haus der Söhne‹ sind unsere Kinder nicht! Da wohnt die Brut, die das Geld ausgebrütet hat – Söhne von deiner Art, du Hund mit weißseidenem Fell!«

»So hört doch, um Gottes willen – hört mich doch an!«

»Nichts wollen wir hören!«

»Maria, Liebste! Liebste!«

»Plärre nicht, Joh Fredersens Sohn! Sonst stopfen wir dir das Maul!«

»Tötet mich, wenn ihr töten müßt, aber laßt sie leben!«

»Eins nach dem andern, Joh Fredersens Sohn! Erst sollst du zusehen, wie deine schöne Liebste eines schönen, heißen, prächtigen Todes stirbt!«

Ein Weib, das Weib von Grot, riß sich einen Fetzen vom Rock herunter und fesselte Freders Hände. Mit Stricken band man ihn an der Brüstung fest. Er wehrte sich wie ein wildes Tier und schrie, daß ihm die Adern am Halse zu platzen drohten. Gefesselt, ohnmächtig, warf er den Kopf in den Nacken und sah den Himmel über Metropolis in einem reinen, zarten, grünlichen Blau, denn es wollte Morgen werden nach dieser Nacht.

»Gott!« schrie er und versuchte, sich in seinen Fesseln auf die Knie zu werfen. »Gott, wo bist du?«

Ein wilder roter Schein fiel in seine Augen. Der Holzstoß flammte in langen Flammen auf. Die Männer, die Weiber faßten sich an den Händen und rasten, schneller, schneller, immer schneller, in weiter und weiter werdenden Ringelreihen, lachend, schreiend, mit den Füßen stampfend: »Hexe! Hexe!«, um den Scheiterhaufen.

Freders Fesseln zerrissen. Er stürzte vornüber auf sein Gesicht, den Tanzenden zwischen die Füße.

Und das letzte, das er von dem Mädchen sah, während ihr Kleid und ihr Haar als Feuermantel um sie lohend standen, war das zärtliche Lächeln und das Wunder der Augen – und ihr Todsünden-Mund, der in den Flammen lockte:

»Tanze mit mir, mein Liebster! Tanze mit mir!«


21

Rotwang erwachte; aber er wußte genau, daß er gestorben war. Und dieses Bewußtsein erfüllte ihn mit tiefer Genugtuung. Sein schmerzender Körper ging ihn nichts mehr an. Das war vielleicht ein letzter Rest vom Leben. Aber etwas bekümmerte ihn ernstlich, als er sich mühevoll in die Höhe richtete und sich nach allen Seiten umsah: Hel war nicht da.

Hel aber mußte er finden.

*Ein* Dasein ohne Hel hatte er endlich überstanden. Ein zweites? Nein! Dann lieber gleich tot bleiben.

Er stellte sich auf die Füße. Das ging sehr schwer. Er mußte hübsch lange als Leiche gelegen haben. Auch war es Nacht. Aber draußen tobte ein Feuer, und es ging laut dabei zu. Gekreisch von Menschen . . .

Er hatte gehofft, sie los zu sein. Aber anscheinend kam der allmächtige Schöpfer nirgends ohne sie aus. Nun – einerlei. Er wollte nur seine Hel. Wenn er Hel gefunden hatte, würde er – das gelobte er sich – mit dem Vater der Dinge um nichts in der Welt mehr hadern.

Die Tür zur Straße stand offen und hing ganz schief in den Angeln. Sonderbar. Er trat vor das Haus und sah sich bedächtig um. Was er sah, schien eine Art Metropolis zu sein; aber eine ziemlich verrückte Art von Metropolis. Die Häuser standen da, wie im Veitstanz erstarrt. Und eine ungewöhnlich rohe und unliebenswürdige Sorte von Menschen tobte um einen flammenden Holzstoß herum, auf dem ein

Geschöpf von seltener Schönheit stand, das Rotwang wunderlich vertraut erschien.

Ach – das war's, ja –, daß er in jenem Dasein, das Gott sei Dank weit hinter ihm lag, versucht hatte, für seine verlorene Hel eine andere zu schaffen; ein bißchen dem Schöpfer der Welt ins Handwerk zu pfuschen . . . Nicht übel, nicht übel für den Anfang . . . Aber, du lieber Gott, an Hel gemessen: was für ein Stückwerk! Welch eine Stümperei . . .

Die kreischenden Leute da unten hatten ganz recht, wenn sie das Wesen verbrannten. Obwohl es ihm vorkam, als sei es etwas viel Aufwand von Raserei, um seiner Probearbeit den Garaus zu machen. Aber vielleicht war das in diesem Dasein so Sitte der Menschen, und er wollte ganz gewiß nicht mit ihnen rechten. Er wollte Hel finden, seine Hel, sonst nichts.

Er wußte genau, wo er sie suchen mußte. Sie liebte den Dom so sehr, seine fromme Hel. Und wenn ihn das flackernde Licht des Feuers nicht täuschte – denn der grünliche Himmel gab keinen Schein –, stand seine Hel wie ein Kind, das sich fürchtet, in der Schwärze des Domportals, die schmalen Hände fest vor der Brust gefaltet, daß sie mehr noch als sonst einer Heiligen glich.

An den Menschen vorüber, die den Holzstoß umrasten, immer höflich bedacht, ihnen nicht im Weg zu sein, tappte Rotwang ruhig auf den Dom zu.

Ja, das war seine Hel. Sie wich in den Dom zurück. Er tappte die Stufen hinauf. Wie hoch das Portal schien . . . Wie ihn Kühle und schwebender Weihrauch empfing . . . Alle Heiligen in den Säulennischen hatten fromme und liebe Gesichter und lächelten sanft, als freuten sie sich mit ihm, weil er Hel, seine Hel, nun endlich wiederfinden sollte.

Sie stand am Fuß der Treppe zum Glockenturm. Sie erschien ihm sehr blaß und unaussprechlich rührend. Durch ein schmales Fenster fiel das erste zarte Licht des Morgens auf ihr Haar und ihre Stirn.

»Hel«, sagte Rotwang, und sein Herz strömte über; er streckte die Hände aus. »Komm zu mir, meine Hel . . . Wie lange, wie lange mußte ich ohne dich leben!«

Aber sie kam nicht. Sie wich vor ihm zurück. Das Gesicht voll Grauen, wich sie vor ihm zurück.

»Hel«, bat der Mann, »warum fürchtest du dich vor mir? Ich bin kein Gespenst, obwohl ich gestorben bin. Ich mußte ja sterben, um zu

180

dir zu kommen. Ich habe mich immer und immer nach dir gesehnt. Du hast kein Recht, mich jetzt noch allein zu lassen! Ich will deine Hände! Gib sie mir!«

Aber seine tappenden Finger griffen ins Leere. Aufwärts über die Stufen der steinernen Treppe, die zum Glockenturm führte, hasteten Schritte.

Etwas wie Zorn überkam das Herz von Rotwang. Tief in seiner Seele, die dumpf und gequält war, lag das Erinnern an einen Tag, da Hel auch so vor ihm flüchtete – zu einem andern . . . Nein, nicht denken . . . Nicht daran denken . . . Das gehörte in sein erstes Dasein, und es wäre doch ganz sinnlos, noch einmal das gleiche zu erleben in der anderen und, wie die Menschheit allgemein erhoffte, besseren Welt.

Warum also flüchtete Hel vor ihm?

Er tappte ihr nach. Er kletterte Treppe um Treppe. Immer blieb vor ihm das hastende, angstvolle Laufen. Und je höher die Frau vor ihm floh, je wilder sein Herz schlug in diesem gewaltsamen Klettern, desto röter füllten sich Rotwangs Augen mit Blut, desto grimmiger kochte der Zorn in ihm auf. Sie sollte nicht vor ihm fliehen – sie sollte nicht! Wenn er sie nur bei einer Hand erwischte, er würde sie niemals, niemals wieder lassen! Er würde mit seiner metallenen Hand einen Ring um ihr Handgelenk schmieden, dann sollte sie nur versuchen, ihm noch einmal zu entkommen, zu einem andern!

Sie hatten beide den Glockenstuhl erreicht. Sie jagten sich unter den Glocken. Den Weg zur Treppe vertrat er ihr. Er lachte, traurig und böse.

»Hel, meine Hel, du entkommst mir nicht mehr.«

Sie tat einen jähen, verzweifelten Sprung und hing im Seil der Glocke, die Sankt Michael hieß. Sankt Michael erhob seine erzene Stimme, aber sie klang wie zerbrochen und klagte wild. Rotwangs Gelächter fuhr in den Glockenklang. Sein metallener Arm, dies Wunderwerk eines Meisters, reckte sich wie der Gespensterarm eines Gerippes weit aus dem Ärmel des Rocks und haschte das Glockenseil.

»Hel, meine Hel, du entkommst mir nicht mehr!«

Das Mädchen taumelte auf die Brüstung zurück. Es sah sich um. Es zitterte wie ein Vogel. Zur Treppe hinunter konnte es nicht. Es konnte auch nicht mehr höher. Es war gefangen. Es sah die Augen Rotwangs und sah seine Hände. Und ohne zu zögern, ohne zu überlegen, mit einer Wildheit, die als scharlachne Lohe über die

Blässe ihres Gesichtes flog, schwang sie sich aus dem Fenster des Glockenturms und hing in dem stählernen Seil des Blitzableiters.

»Freder!« schrie sie mit gellender Stimme. »Hilf mir!«

Unten, tief unten neben dem flammenden Holzstoß lag ein zertretener Mensch mit der Stirn im Staub. Aber der Schrei aus der Höhe traf ihn so jäh, daß er auffuhr wie gepeitscht und suchte und sah . . .

Und alle, die um den Scheiterhaufen der Hexe den tobenden Ringelreihen getanzt hatten, sahen erstarrend, versteinernd wie er: das Mädchen, das, einer Schwalbe gleich, an den Turm des Doms geklammert hing, während die Hände Rotwangs sich nach ihm reckten.

Und alle hörten, wie in dem Antwortschrei: »Ich komme, Maria, ich komme!« alle Erlösung und alle Verzweiflung aufschrie, die das Herz eines Menschen erfüllen können, wenn ihm Hölle und Himmel gleich nahe sind.


22


Joh Fredersen stand in dem Kuppelraum des Neuen Turms Babel und wartete auf den Schmalen. Der sollte ihm Nachricht bringen von seinem Sohn.

Eine gespenstische Dunkelheit lag über dem Neuen Turm Babel. Das Licht war erloschen, restlos, als sei es getötet worden in dem Augenblick, da mit einem Gebrüll wie aus den Kehlen von hunderttausend verwundeten Tieren das gigantische Rad der Herz-Maschine von Metropolis sich aus seinem Gefüge löste, noch um sich selber wirbelnd steil bis zur Decke emporgeschleudert wurde, mit zerschmetterndem Krach anschlug und zurückprallte und, dröhnend gleich einem Gong so groß wie der Himmel, auf die auseinandergefetzten Trümmer des einstigen Wunderwerkes aus Stahl niederkrachte und liegenblieb.

Joh Fredersen stand schon eine lange Zeit auf dem gleichen Fleck und wagte nicht, sich zu rühren.

Eine Ewigkeit schien ihm vergangen zu sein, seit er den Schmalen um Nachricht von seinem Sohn ausschickte. Und der Schmale wollte und wollte nicht kommen.

Joh Fredersen fühlte, daß sein ganzer Körper in einer eisigen Kälte gefroren war. Seine willenlos niederhängende Hand hielt die Taschenlampe umklammert.

Er wartete . . .

Joh Fredersen warf einen Blick auf die Uhr. Aber die Zeiger der Riesin standen auf einer sinnlosen Zahl. Der Neue Turm Babel hatte sich selbst verloren. Wo in allen Tagen, fieberlos, das Toben der in ihn mündenden Straßen, das Gebrüll des Verkehrs von fünfzig Millionen, der zauberische Wahnsinn der Geschwindigkeit an ihm hinaufgebrandet waren, hockte nun eine Stille von durchdringender Entsetzlichkeit.

Da jagten stolpernde Schritte auf die Tür des Vorzimmers los.

Joh Fredersen richtete den Keil der Taschenlampe auf diese Tür. Sie flog angelweit auseinander. Der Schmale stand auf der Schwelle. Er taumelte. Er schloß geblendet die Augen. Im übergrellen Licht der starken Lampe erschien sein Gesicht bis in den Hals hinunter grünlich-weiß.

Joh Fredersen wollte eine Frage stellen. Aber nicht der kleinste Laut kam ihm über die Lippen. Eine entsetzliche Dürre verbrannte ihm den Schlund. Die Lampe in seiner Hand begann zu zittern und zu tanzen. Zur Decke, zur Diele, an den Wänden hin torkelte der Lichtkeil . . .

Der Schmale lief auf Joh Fredersen zu. Der Schmale trug ein unauslöschbares Entsetzen in seinen weitklaffenden Augen.

»Ihr Sohn«, stammelte er, fast lallend, »Ihr Sohn, Herr Fredersen . . .«

Joh Fredersen blieb stumm. Er machte keine Bewegung; nur daß er sich ein wenig vorbeugte.

»Ich habe Ihren Sohn nicht gefunden«, sagte der Schmale. Er wartete nicht darauf, was Joh Fredersen ihm erwidern würde. Sein langer, asketisch und grausam wirkender Körper, dessen Bewegungen im Dienst von Joh Fredersen allmählich die unbeteiligte Korrektheit einer Maschine gewonnen hatte, schien ganz aus den Fugen, willenlos durchrüttelt. Seine Stimme fragte, schrill und von einer tiefinnersten Raserei gepackt: »Wissen Sie, Herr Fredersen, was in Metropolis vor sich geht?«

»Was ich will«, antwortete Joh Fredersen. Die Worte klangen mechanisch und als seien sie schon tot gewesen, bevor sie noch gesprochen wurden. »Was heißt das: Sie haben meinen Sohn nicht gefunden?«

»Das heißt, was es heißt«, antwortete der Schmale mit seiner schrillen Stimme. Er trug einen grauenvollen Haß in den Augen. Er stand weit vorgebeugt, als wollte er sich auf Joh Fredersen stürzen, und seine Hände formten sich zu Krallen. »Es heißt, daß Freder, Ihr Sohn, nicht zu finden ist; es heißt, daß es ihn vielleicht gelüstet hat, mit eigenen Augen mit anzusehen, was mit dem Willen Joh Fredersens, seines Vaters, durch ein paar Wahnsinnige aus Metropolis gemacht wird; es heißt, wie mir die halb um den Verstand gekommenen Diener erzählt haben, daß Ihr Sohn in Begleitung eines Mannes, der die Tracht der Arbeiter von Metropolis trug, aus der Sicherheit seines Heimes auf und davon gegangen ist und daß er bis zu diesem Augenblick nicht zurückgekommen ist – und daß es wohl sehr schwer sein dürfte, Herr Fredersen, in dieser Stadt, über die kraft Ihres Willens der Wahnsinn hereingebrochen ist – der zerstörende Wahnsinn, Herr Fredersen, der vernichtende Wahnsinn, Herr Fredersen! –, und die nicht einmal mehr Licht hat, um ihren Wahnsinn zu beleuchten, nach Freder, Ihrem Sohn, zu suchen!«

Der Schmale wollte weitersprechen, aber er kam nicht dazu. Die rechte Hand Joh Fredersens machte eine sinnlos tastende Bewegung in die Luft hinein. Aus seiner Hand fiel die Lampe und brannte am Boden fort. Der mächtigste Mann von Metropolis drehte sich, als habe er einen Schuß bekommen, halb um sich selbst und krachte mit leeren Augen in den Stuhl am Schreibtisch nieder.

Der Schmale beugte sich vor, um Joh Fredersen ins Gesicht zu sehen. Er verstummte vor diesen Augen.

Zehn – zwanzig – dreißig Sekunden lang wagte er nicht, Atem zu holen. Seine entsetzten Blicke folgten den irren Bewegungen der Finger Joh Fredersens, die um sich tasteten, als suchten sie nach irgendeinem rettenden Hebel, den sie nicht finden konnten. Dann plötzlich hob sich die Hand ein wenig von der Tischplatte. Der Zeigefinger reckte sich auf, als wollte er zur Aufmerksamkeit mahnen. Joh Fredersen murmelte etwas. Dann lachte er. Es war ein kleines, müdes, trauriges Lachen, bei dessen Klang der Schmale zu fühlen meinte, wie sich auf seinem Kopf die Haare zu sträuben begannen.

Joh Fredersen sprach vor sich hin. Was sagte er? Der Schmale beugte sich über ihn. Er sah den Zeigefinger der rechten Hand Joh Fredersens langsam über die blanke Schreibtischplatte gleiten, als folge er buchstabierend den Zeilen eines Buches.

Die leise Stimme Joh Fredersens sagte: »Denn was der Mensch säet, das wird er ernten . . .«

Dann fiel die Stirn Joh Fredersens auf das glatte Holz, und seine leise Stimme rief unablässig und mit einem Ton, den außer seiner toten Frau niemals ein Mensch von Joh Fredersen gehört hatte, den Namen seines Sohnes.

Aber dieses Rufen blieb ohne Antwort.

Die Treppen des Neuen Turms Babel hinauf kroch ein Mensch. Es war selten in der großen Metropolis, Joh Fredersens zeitsparender Stadt, daß ein Mensch die Treppen benutzte. Sie waren der Überfüllung aller Fahrstühle und Paternoster vorbehalten, eine Stillegung jeder Fahrgelegenheit, dem Ausbruch von Feuer oder ähnlichen Katastrophen, unwahrscheinlichen Dingen in dieser vollkommenen Menschensiedlung. Aber das Unwahrscheinliche war eingetreten. Aufeinander getürmt, verstopften die abgestürzten Fahrstühle ihre Schächte, und die Zellen der Paternoster-Werke schienen von einer aus der Tiefe heraufschwelenden Höllenglut verborgen und angekohlt zu sein.

Die Treppen des Neuen Turms Babel hinauf schleppte sich Josaphat. Er hatte in den letzten Viertelstunden fluchen gelernt, wie Grot zu fluchen pflegte, und er nutzte die neue Wissenschaft aus. Er brüllte den Schmerz an, der ihm die Glieder folterte. Er spuckte der Qual in seinen Knien ein Übermaß von Haß und Verachtung zu. Wild und sinnreich waren die Verwünschungen, die er jeder neuen Stufe, jedem Absatz, jeder neuen Biegung einer Treppe entgegenschleuderte. Aber er überwand sie alle – hundertundsechs Treppen, jede zu dreißig Stufen.

Er erreichte das Halbrund, auf das die Aufzüge mündeten. In den Winkeln vor der Tür zu Joh Fredersens Räumen ballten sich Knäuel von Menschen, dunkel zusammengedrückt von einem gemeinsamen Druck entsetzlicher Furcht.

Sie wandten die Köpfe und starrten dem Menschen entgegen, der über die Stufen emporkroch und sich an der Mauer emporzerrte.

Seine verwilderten Augen flogen über sie hin.

»Was soll das?« fragte er ohne Atem. »Was wollt ihr hier?«

Stimmen flüsterten gehetzt. Keiner wußte, wer sprach. Worte stürzten übereinander.

»Er hat uns hinuntergejagt in die Stadt, durch die der Tod läuft wie ein Amokläufer . . . Er hat uns ausgeschickt, Freder, seinen Sohn, zu suchen . . . Wir haben ihn nicht gefunden . . . Keiner von uns . . . Wir wagen uns nicht hinein zu Joh Fredersen . . . Niemand wagt, ihm die Nachricht zu bringen, daß wir seinen Sohn nicht gefunden haben . . .«

Eine Stimme schwang sich hoch und spitz aus dem Knäuel: »Wer kann in der Hölle einen einzelnen Verdammten finden?«

Hinter der Tür sprach eine Stimme, als röchelte das Holz: »Wo ist mein Sohn?«

Josaphat taumelte auf die Tür los. Ein keuchender Schrei von vielen wollte ihn hemmen. Hände streckten sich nach ihm aus.

»Nicht, nicht!«

Aber er hatte die Tür schon aufgestoßen. Er sah sich um.

Durch die riesenhaften Fenster quoll das erste Glühen des jungen Tages und lag auf den blanken Dielen wie Lachen von Blut. An der Mauer neben der Tür stand der Schmale, und hart vor ihm stand Joh Fredersen. Seine Fäuste waren rechts und links von dem Mann gegen die Mauer gestemmt und hielten ihn fest, als hätten sie ihn durchbohrt und gekreuzigt.

»Wo ist mein Sohn?« fragte Joh Fredersen. Er fragte, und seine Stimme überschlug sich erstickend: »Wo ist mein Kind?«

Der Kopf des Schmalen schlug gegen die Mauer zurück. Von den aschfarbenen Lippen kamen tonlose Worte: »Es werden morgen viele in Metropolis sein, die auch fragen: ›Joh Fredersen, wo ist mein Kind?‹«

Die Fäuste Joh Fredersens lösten sich. Der ganze Körper schlug herum. Nun sah der Mann, der Herr über die große Metropolis gewesen war, daß noch ein Mensch im Zimmer stand. Er stierte ihn an. Über sein Gesicht sickerte der Schweiß in kalten, langsamen, schweren Tropfen. Das Gesicht zuckte in einer grauenhaften Hilflosigkeit.

»Wo ist mein Sohn?« fragte Joh Fredersen lallend. Er streckte eine Hand aus. Die Hand fuhr ziellos tastend durch die Luft. »Weißt du, wo mein Sohn ist?«

Josaphat gab keine Antwort. Die Antwort schrie ihm in der Kehle, aber er konnte die Worte nicht formen. Da saß eine Faust an seiner Gurgel und schnürte sie ab . . . Gott, war das Joh Fredersen, der vor ihm stand?

Joh Fredersen tat einen irren Schritt auf ihn zu. Er beugte den Kopf vor, um ihn näher anzusehen. Er nickte. Er nickte wieder.

»Ich kenne dich«, sagte er tonlos. »Du bist Josaphat und warst mein Erster Sekretär. Ich habe dich entlassen. Ich war sehr hart gegen dich. Ich habe dich gekränkt und vernichtet . . . Ich bitte dich um Verzeihung . . . Es tut mir leid, daß ich jemals hart gegen dich oder irgendeinen Menschen war . . . Verzeih mir! . . . Verzeihen Sie mir,

Josaphat . . . Seit zehn Stunden weiß ich nicht, wo mein Sohn ist . . . Seit zehn Stunden, Josaphat, jage ich alle Menschen, derer ich habhaft werden kann, hinunter in die verfluchte Stadt, um meinen Sohn zu suchen, und ich weiß, daß es sinnlos ist, daß es keinen Zweck hat, der Tag bricht an, und ich rede und rede und weiß, daß ich ein Narr bin, aber vielleicht, vielleicht wissen Sie, wo mein Sohn ist?«

»Gefangen«, sagte Josaphat, und es war, als fetze er sich das Wort aus dem Schlund und fürchte, daran zu verbluten. »Gefangen.«

Ein blödes Lächeln schwankte über Joh Fredersens Gesicht.

»Was heißt das, gefangen?«

»Die Masse hat ihn gefangen, Joh Fredersen!«

»Meinen Sohn?«

Ein sinnlos jämmerlicher, tierischer Laut kam aus dem Munde Joh Fredersens. Sein Mund stand offen, verzerrt – seine Hände hoben sich wie in kindischer Abwehr gegen einen Schlag, der schon gefallen war. Seine Stimme fragte, ganz hoch und kläglich: »Meinen Sohn?«

»Sie haben ihn gefangen«, riß Josaphat die Worte aus sich heraus, »weil sie ein Opfer suchten für ihre Verzweiflung und die Wut ihres unermeßlichen, unausdenkbaren Schmerzes.«

»Weiter!«

»Sie haben das Mädchen gefangen, dem sie die Schuld an allem Übel geben. Freder wollte sie retten, denn er liebt das Mädchen. Da haben sie ihn gefangen und zwingen ihn, zuzuschauen, wie die Geliebte stirbt. Sie haben den Scheiterhaufen vor dem Dom errichtet und tanzen um den Scheiterhaufen. Sie schreien: ›Wir haben Joh Fredersens Sohn und seine Liebste gefangen.‹ Und ich weiß, er wird es nicht überleben!«

Für die Dauer von Sekunden war in dem großen Raum eine so tiefe und vollkommene Stille, daß die stark und strahlend hervorbrechende Goldglut der Morgensonne wie ein gewaltiges Dröhnen wirkte. Dann drehte Joh Fredersen sich um, begann zu laufen. Er stürzte gegen die Tür. So gewaltsam und unwiderstehlich war diese Bewegung, daß es schien, als hätte selbst die verschlossene Tür sie nicht aufzuhalten vermocht.

Vorüber an den Menschenknäueln lief Joh Fredersen auf die Treppe zu und die Stufen hinunter. Sein Lauf war wie ein unaufhaltsamer Sturz von Sprüngen. Er fühlte die Stufen nicht. Er empfand die Höhe nicht. Mit vorgestreckten Händen lief er stürzend, und das Haar bäumte sich über seiner Stirn wie eine Flamme auf. Sein Mund stand weit offen, und zwischen den zerrissenen Lippen schwebte wie ein lautloser Schrei der ungeschriene Name: Freder!

Endlosigkeit der Treppen . . . Zerklüftung . . . Risse in Mauern . . . gestürzte Quadern . . . verkrümmtes Eisen . . . Chaos . . . Vernichtung . . . Untergang . . .

Die Straße . . .

Rot strömte der Tag auf die Straße hinab.

Geheul in der Luft. Und Flammenschein. Und Rauch.

Stimmen . . . Geschrei, doch nicht frohlockendes Schreien . . . Schreie der Angst, des Entsetzens, der furchtbar gesteigerten Spannung . . .

Endlich: der Domplatz!

Der Scheiterhaufen. Die Masse . . . Männer, Weiber, unübersehbare Massen . . . Aber sie blickten nicht nach dem Scheiterhaufen, auf dem in qualmender Glut ein Geschöpf aus Metall und Glas mit dem Kopf und Körper eines Menschen schwelte.

Aller Augen waren nach oben gewandt, nach der Höhe des Doms, dessen Dach in der Morgensonne funkelte.

Joh Fredersen blieb stehen, als habe er einen Hieb vor die Knie bekommen.

»Was . . .«, stammelte er. Er hob die Augen, er hob die Hände ganz langsam zur Höhe des Kopfes; seine Hände legten sich über sein Haar.

Lautlos, wie hingemäht, brach er auf die Knie nieder.

Auf der Höhe des Domdaches, ineinander verschlungen, ineinander verkrampft, mit der Inbrunst tödlichen Kampfes rangen Freder und Rotwang, gleißend in der Sonne.

Sie rangen Brust gegen Brust und Knie gegen Knie gestemmt. Es brauchte niemand mehr scharfe Augen zu haben, um zu sehen, daß Rotwang der weitaus Stärkere war. Die schmale Gestalt des Jungen in der zerfetzten weißen Seide bog sich unter dem würgenden Griff des großen Erfinders weit und immer weiter rückwärts. Wie ein furchtbarwundervoller Bogen spannte sich die schmale weiße Gestalt, den Kopf zurück, die Knie vorgebogen. Und die Schwärze Rotwangs ragte plump wie ein Berg über dem seidenen Weiß und drückte es nieder. An der schmalen Galerie des Turmes knickte Freder wie ein Sack zusammen, lag im Winkel, rührte sich nicht mehr. Über ihm gereckt, doch vorgebeugt, Rotwang, auf ihn starrend, dann sich wendend . . .

An dem schmalen First des Daches hin, auf ihn zu – nein, auf das matte Bündel weißer Seide zu, taumelte Maria. Ihre Stimme flatterte im Licht des herrlich und gebietend auferstandenen Morgens wie die Klage eines armen Vogels:

»Freder, Freder!«

Über dem Domplatz wachte Raunen auf. Köpfe wandten sich, und Hände zeigten.

»Seht – Joh Fredersen! Seht da – Joh Fredersen!«

Eine Frauenstimme gellte auf: »Siehst du nun selbst, Joh Fredersen, wie es ist, wenn einem das einzige Kind gemordet wird?«

Josaphat sprang vor den Mann hin, der auf den Knien lag und nichts von allem merkte, was um ihn vorging.

»Was wollt ihr?« schrie er. »Was wollt ihr denn? Eure Kinder sind ja gerettet! Im ›Haus der Söhne‹! Maria und der Sohn Joh Fredersens, die haben eure Kinder gerettet!«

Joh Fredersen hörte nichts. Er hörte den Schrei nicht, der plötzlich aus dem Mund der Masse wie ein gebrülltes Gebet zu Gott hinauf schrie.

Er hörte das Rauschen nicht, mit dem sich die Masse neben ihm, weit um ihn her auf die Knie warf. Er hörte weder das Weinen der Weiber noch das Keuchen der Männer, nicht Gebet noch Dank, nicht Stöhnen noch Geloben.

Nur seine Augen hatten noch Leben übrig. Seine Augen, die keine Lider zu haben schienen, hingen am Dach des Domes.

Maria hatte das weiße Bündel erreicht, das zwischen Turm und Dach im Winkel verkrümmt lag. Auf den Knien rutschte sie zu ihm hin, streckte die Hände nach ihm, vom Jammer geblendet.

»Freder . . . Freder . . .«

Mit einem wütenden Knurren, wie eines Raubtieres Knurren, haschte Rotwang nach ihr. Sie wehrte sich schreiend. Er hielt ihr die Lippen zu. Mit einem Ausdruck verzweifelten Nichtbegreifens starrte er dem Mädchen ins überströmte Gesicht.

»Hel, meine Hel . . . Warum wehrst du dich gegen mich?«

Er hielt sie mit seinen eisernen Armen wie eine Beute, die ihm nichts und niemand mehr entreißen sollte. Hart am Turm aufwärts führte eine Leiter zum Dachfirst hinauf. Mit dem tiefen tierischen Knurren des zu Unrecht Verfolgten klomm er die Leiter hinauf, das Mädchen im Arm schleppend.

Dies war das Bild, das in Freders Augen fiel, als er sie aufschlug und sich der halben Betäubung entraffte. Er stemmte sich auf und stürzte zur Leiter hin. Er klomm die Leiter hinauf, fast laufend, mit der blindsicheren Geschwindigkeit der Angst um die Geliebte. Er erreichte Rotwang, der Maria losließ. Sie stürzte. Sie stürzte, aber im Stürzen hielt sie sich und zog sich hinauf und erreichte die goldene Sichel des Mondes, auf der die sterngekrönte Jungfrau stand. Sie streckte die Hand aus, um nach Freder zu greifen. Aber im selben Augenblick warf sich Rotwang von oben her gegen den Tieferstehenden, und eng umschlungen rollten sie über das Dach des Domes hinunter in wütendem Anprall gegen das schmale Geländer der Galerie.

Kreischend kam aus der Tiefe der Angstschrei der Masse. Weder Rotwang noch Freder hörten ihn. Mit einem grauenhaften Fluch raffte Rotwang sich auf. Er sah über sich, scharf in der Bläue des Himmels, die Teufelsfratze eines Wasserspeiers. Sie grinste ihm ins Gesicht. Die lange Zunge bleckte ihm hohnvoll entgegen. Er raffte sich auf und schlug mit geballter Faust nach der grinsenden Fratze . . .

Die Fratze zerbrach.

Unter der Wucht des Schlages verlor er das Gleichgewicht und stürzte, hielt sich aber noch, mit einer Hand hängend, am gotischen Zierat des Domes.

Und aufwärts schauend in die unendliche Bläue des Morgenhimmels, sah er das Antlitz Hels, die er geliebt hatte, und es glich dem Antlitz des schönen Todesengels und lächelte ihm zu und neigte die Lippen auf seine Stirn.

Große schwarze Schwingen breiteten sich aus, stark genug, eine verlorene Welt in den Himmel zu tragen.

»Hel . . .«, sagte der Mann. »Meine Hel . . . Endlich . . .«

Und seine Finger lösten sich, freiwillig . . .

Joh Fredersen sah den Sturz nicht, noch hörte er den Schrei der zurückweichenden Masse. Er sah nur eines: den weißleuchtenden Menschen, der aufrecht und unverletzt, mit den ruhigen Schritten derer, die nichts fürchten, am Dach des Domes entlangging und das Mädchen in seinen Armen trug.

Da neigte sich Joh Fredersen so tief vornüber, daß seine Stirn die Steine des Domplatzes berührten. Und die ihm nah genug waren, hörten das Weinen, das aus seiner Brust heraufquoll wie Quellwasser aus einem Felsen.

Doch als er die Hände von seinem Kopf löste, sahen alle, die um ihn her standen, daß Joh Fredersens Haar schneeweiß geworden war.

## 23

»Geliebte«, sagte Freder, Joh Fredersens Sohn.

Es war das leiseste, das behutsamste Rufen, dessen die Stimme eines Menschen fähig war. Aber Maria antwortete ihm ebensowenig, wie sie dem verzweiflungsvollen Schreien geantwortet hatte, mit dem der Mann, der sie liebte, sie wieder zum Bewußtsein ihrer selbst erwecken wollte.

Sie lag, auf die Stufen des Hochaltars gebettet, schmal ausgestreckt und unbeweglich da, ihr Kopf in Freders Arm, ihre Hände in Freders Hand, und das sanfte Feuer der hohen Kirchenfenster brannte auf ihrem ganz weißen Gesicht und auf ihren ganz weißen Händen. Ihr Herz schlug langsam, kaum merklich. Sie atmete nicht. Sie lag in die Tiefe einer Erschöpfung versunken, aus der kein Schrei, kein Beschwören, kein Ruf der Verzweiflung sie aufzureißen vermochte. Sie glich einer Toten.

Auf Freders Schulter legte sich eine Hand.

Er wandte den Kopf. Er sah ins Gesicht seines Vaters.

War das sein Vater? War das Joh Fredersen, Herr über die große Metropolis? Hatte sein Vater so weißes Haar gehabt? Und eine so zerfolterte Stirn? Und so zermarterte Augen?

Gab es auf dieser Welt, nach dieser Nacht des Irrsinns, nur noch Grauen und Tod und Vernichtung und Qual – ohne Ende?

»Was willst du hier?« fragte Freder, Joh Fredersens Sohn. »Willst du sie mir wegnehmen? Hast du Pläne, die mich und sie trennen? Ist irgendein gewaltiges Unternehmen in Gefahr, dem sie und ich geopfert werden sollen?«

»Mit wem sprichst du, Freder?« fragte sein Vater sehr sanft.

Freder antwortete nicht. Seine Augen taten sich suchend auf, denn er hatte eine nie gehörte Stimme vernommen. Er schwieg.

»Wenn du von Joh Fredersen sprichst«, fuhr die sehr sanfte Stimme fort, »dann laß dir erzählen, daß Joh Fredersen in dieser Nacht eines siebenfachen Todes gestorben ist.«

Die leidverbrannten Augen Freders hoben sich zu den Augen, die über ihm waren. Ein kläglich schluchzender Laut kam von seinen Lippen.

»Ach mein Gott – Vater! Vater . . .«

Joh Fredersen bückte sich über ihn und das Mädchen, das Freder im Schoße lag.

»Sie stirbt, Vater . . . Siehst du nicht, daß sie stirbt?«

Joh Fredersen schüttelte den Kopf.

»Nein, nein«, sagte seine sanfte Stimme. »Nein, Freder. In meinem Leben war eine Stunde, da ich so wie du auf den Knien lag und die Frau, die ich liebte, in den Armen hielt. Aber sie starb mir wirklich. Ich habe die Züge des Sterbens voll ausstudiert. Ich kenne sie ganz und werde sie nie mehr vergessen . . . Das Mädchen schläft nur. Wecke es nicht mit Gewalt.«

Und seine Hand glitt mit einer unaussprechlich zärtlichen Gebärde von der Schulter Freders auf das Haar der Schlafenden.

»Geliebtes Kind!« sagte er. »Geliebtes Kind . . .«

Aus der Tiefe ihres Traumes antwortete ihm die Süßigkeit eines Lächelns, vor dem Joh Fredersen sich neigte wie vor einer Offenbarung, nicht von dieser Welt. Dann ließ er seinen Sohn und das Mädchen und ging durch den Dom, den die bunten Strahlenbänder der Sonne köstlich und heimelig machten.

Freder sah ihm nach, bis sein Blick verschwamm. Und plötzlich, mit einer jähen, heftigen, aufstöhnenden Inbrunst hob er den Mund des Mädchens zu seinem Munde und küßte es, als wollte er daran sterben. Denn aus dem Wunder des zu Bändern gesponnenen Lichts war die Erkenntnis über ihn gekommen, über ihn gestürzt, daß die Nacht vorbei war, daß es Tag war, daß der unverletzliche Wandel von Dunkelheit zur Helle sich groß und gütig über die Welt vollzog.

»Komm zu dir, Maria, Geliebte!« sagte er, sie beschwörend mit seinen Liebkosungen und seiner Zärtlichkeit. »Komm zu *mir*, Geliebte! Komm zu *mir*!«

Die leise Antwort ihres Herzschlags, ihres Atems machte, daß ihm ein Lachen aus der Kehle quoll, und die Inbrunst seines Geflüsters erlosch auf ihren Lippen.

Joh Fredersen hörte das Lachen seines Sohnes noch. Er war schon nahe an der Tür des Doms, blieb stehen und sah sich um, sah die Bündel der Pfeiler, in deren zierlichen Nischen, von Baldachinen geschirmt, die heiligen Männer und Frauen sanft lächelnd standen.

Ihr habt gelitten, dachte sein traumerfülltes Hirn. Ihr seid erlöst vom Leiden. Seid selig gestorben . . . Lohnt es sich zu leiden? – Ja.

Und er ging aus dem Dom auf Füßen, die noch immer wie erstorben waren; tastend trat er durch die schwere Tür, stand geblendet im Licht und schwankte wie trunken.

Denn der Wein des Leidens, den er getrunken hatte, war sehr

schwer und berauschend und glutheiß gewesen.

Seine Seele sprach in ihm, während er taumelnd ging: Ich will nach Hause und meine Mutter suchen.

## 24

»Freder?« fragte die leise Marienstimme.

»Ja, du Geliebte! Sprich zu mir!«

»Wo sind wir?«

»Im Dom.«

»Ist es Tag oder Nacht?«

»Es ist Tag.«

»War nicht dein Vater eben noch bei uns?«

»Ja, Geliebte.«

»Seine Hand war auf meinem Haar?«

»Das hast du gefühlt?«

»Ach, Freder, mir war, während dein Vater hier stand, als hörte ich eine Quelle in einem Felsen rauschen. Eine Quelle mit salzschwerem Wasser und rot von Blut. Aber ich wußte auch: Wenn die Quelle stark genug ist, daß sie den Felsen durchbricht, dann wird sie süßer sein als Tau und weißer als das Licht.«

»Sei gesegnet für deinen Glauben, Maria.«

Sie lächelte. Sie verstummte.

»Warum tust du mir deine Augen nicht auf, Geliebte?« fragte Freders sehnsüchtiger Mund.

»Ich sehe«, antwortete sie. »Ich sehe, Freder. Ich sehe eine Stadt, die im Licht liegt.«

»Soll ich sie bauen?«

»Nein, Freder. Nicht du. Dein Vater.«

»Mein Vater?«

»Ja.«

»Früher, Maria, war nicht dieser Klang von Liebe in deiner Stimme, wenn du von meinem Vater sprachst.«

»Seitdem ist viel geschehen, Freder. Seitdem ist in einem Felsen eine Quelle lebendig geworden, schwer von Tränen und rot von Blut. Seitdem ist das Haar Joh Fredersens weiß geworden vor tödlicher Angst um seinen Sohn. Seitdem sind die, die ich meine Brüder nannte, schuldig geworden aus übergroßem Leid. Seitdem ist Joh Fredersen voll Leid geworden aus übergroßer Schuld. Willst du es beiden nicht gönnen, Freder – deinem Vater wie meinen Brüdern –, daß sie ihre Schuld begleichen und entsühnt werden und versöhnt?«

»Ja, Maria.«

»Willst du ihnen helfen, Mittler du?«

»Ja, Maria.«

Sie schlug die Augen auf und wandte ihm das sanfte Wunder ihrer Bläue zu. Tief über sie gebeugt, sah er mit frommem Staunen, wie sich in ihren zärtlichen Marienaugen das bunte Himmelreich der Heiligenlegenden spiegelte, das aus den schmalen, hohen Kirchenfenstern auf sie niederschaute.

Unwillkürlich hob er den Blick und wurde sich jetzt erst bewußt, wohin er das Mädchen, das er liebte, getragen hatte.

»Gott sieht uns an!« flüsterte er und nahm sie höher an sein Herz mit liebenden Armen. »Gott lächelt uns an, Maria.«

»Amen«, sagte das Mädchen an seinem Herzen.


25

Joh Fredersen kam zu seiner Mutter Haus.

Der Tod war über Metropolis gegangen. Weltuntergang und Jüngstes Gericht hatten aus dem Brüllen der Explosionen, dem Dröhnen der Glocken vom Dom geschrien. Aber Joh Fredersen fand seine Mutter, wie er sie immer fand: im breiten, weichen Stuhl am offenen Fenster, die dunkle Decke auf den gelähmten Knien, auf dem Schrägtisch vor ihr die starke Bibel, in den schönen Altfrauenhänden die zierliche Bildspitze, an der sie nähte.

Sie wandte die Augen zur Tür und gewahrte ihren Sohn.

Der Ausdruck herber Strenge in ihrem Gesicht wurde herber und strenger. Sie sagte nichts. Aber um ihren geschlossenen Mund war ein Zug, der sagte: Schlimm steht deine Sache, Joh Fredersen . . .

Und sie schaute ihn an wie eine Richterin.

Joh Fredersen nahm den Hut vom Kopf. Da sah sie das weiße Haar über seiner Stirn.

»Kind!« sagte sie lautlos und streckte die Hände nach ihm aus.

Joh Fredersen fiel neben seiner Mutter auf die Knie. Er warf die Arme um sie und drückte seinen Kopf in den Schoß, der ihn geboren hatte. Er fühlte ihre Hände auf seinem Haar, fühlte, wie voller Angst, ihm weh zu tun, sie es berührte, als sei dieses weiße Haar Kennzeichen einer unvernarbten, herznahen Wunde, und hörte ihre liebende

Stimme sagen: »Mein armes Kind . . .«

Das Rauschen des Nußbaumes vor dem Fenster erfüllte ein langes Schweigen mit Sehnsucht und Zärtlichkeit. Dann fing Joh Fredersen zu sprechen an. Er sprach mit dem Eifer eines Menschen, der sich in heiligem Wasser wäscht, mit der Inbrunst eines überwundenen Bekenners, mit der Erlöstheit von einem, der zu jeglicher Buße bereit war und begnadigt wurde. Seine Stimme war leise und klang, als käme sie fernher, vom jenseitigen Ufer eines breiten Stroms.

Er sprach von Freder; da versagte seine Stimme ganz. Er erhob sich von den Knien und ging durch das Zimmer. Als er sich umwandte, war in seinen Augen eine lächelnde Einsamkeit und das Wissen um notwendigen Verzicht des Baumes auf die reife Frucht.

»Mir war«, sagte er, ins Leere blickend, »als sähe ich sein Gesicht zum ersten Male . . . Wie er an diesem Morgen zu mir sprach . . . Es ist ein seltsames Gesicht, Mutter. Es ist ganz das meine – und doch ganz sein eigenes. Es ist das Gesicht seiner schönen, toten Mutter, und es ist zugleich doch auch nach den Zügen Marias geformt, als wäre er von diesem jungen, jungfräulichen Geschöpf zum zweiten Male geboren worden. Aber es ist zugleich auch das Gesicht der Masse, ihr vertraut, ihr verwandt und brüderlich nahe.«

»Woher kennst du das Gesicht der Masse, Joh?« fragte seine Mutter sanft.

Joh Fredersen gab lange keine Antwort.

»Du hast recht, daß du so fragst, Mutter«, sagte er dann. »Von der Höhe des Neuen Turmes Babel aus konnte ich es nicht erkennen. Und in der Nacht des Wahnsinns, in der ich es zum ersten Male erblickte, war es im eigenen Grauen so verzerrt, daß es sich selber nicht mehr ähnlich sah.

Doch als ich morgens aus der Domtür trat, stand die Masse wie ein Mann und sah mir entgegen. Da war das Gesicht der Masse mir zugewendet. Da sah ich, es war nicht alt, nicht jung, war leidlos, war glücklos.

›Was wollt ihr?‹ fragte ich. Und einer gab Antwort: ›Wir warten, Herr Fredersen.‹

›Worauf?‹ fragte ich ihn.

›Wir warten darauf‹, fuhr der Sprecher fort, ›daß einer kommt, der uns sagt, welchen Weg wir gehen sollen.‹

»Und dieser eine willst du sein, Joh?«

»Ja, Mutter.«

»Und werden sie dir vertrauen?«

»Ich weiß es nicht, Mutter. Wenn wir ein Jahrtausend früher lebten, so würde ich vielleicht mit Pilgerstab und Muschelhut auf die Landstraße hinausgehen und den Weg nach dem Heiligen Land suchen und nicht eher heimkehren, als bis ich meine wanderheißen Füße im Jordan gekühlt und an den Stätten der Erlösung den Erlöser angebetet hätte . . . Und wäre ich der Mann nicht, der ich bin, dann könnte es geschehen, daß ich mich aufmachte zu einer großen Wanderschaft auf den Straßen der Menschen, die im Schatten gehen. Ich würde vielleicht mit ihnen in den Winkeln des Elends sitzen und ihr Stöhnen und ihre Flüche begreifen lernen, in die das höllische Leben ihre Gebete verwandelt hat . . . Denn aus dem Begreifen kommt die Liebe, und ich sehne mich danach, die Menschen zu lieben, Mutter . . . Aber ich glaube, daß Handeln besser als Pilgern ist und daß eine gute Tat mehr Wert hat als das beste Wort. Ich glaube auch, daß ich den Weg dazu finden werde, denn neben mir sind zwei, die mir helfen wollen.«

»Drei, Joh.«

Die Augen des Sohnes suchten den Blick der Mutter.

»Wer sollte der Dritte sein?«

»Hel.«

»Hel?«

»Ja, Kind.«

Joh Fredersen blieb stumm.

Sie schlug die Seiten der Bibel zurück, bis sie fand, was sie suchte. Es war ein Brief. Sie nahm ihn und sagte, ihn noch zärtlich haltend: »Diesen Brief bekam ich von Hel, bevor sie starb. Und sie trug mir auf, ihn dir zu geben, wenn, wie sie sagte, du heimgefunden hättest zu dir und zu mir.«

Lautlos die Lippen regend, streckte Joh Fredersen die Hand nach dem Brief aus.

Der gelbliche Umschlag enthielt nur ein dünnes Blatt. Darauf stand, in der Schrift einer mädchenhaften Frau:

»Ich gehe zu Gott und weiß nicht, wann Du diese Zeilen lesen wirst, Joh. Aber ich weiß: Einmal wirst Du sie lesen. Und ich will, bis Du kommst, die ewige Seligkeit damit ausschöpfen, Gott zu bitten, daß er mir verzeihe, weil ich mich zweier Worte aus seinem Heiligen Buche bediene, um Dir mein Herz zu geben, Joh. Das eine heißt: Ich habe dich je und je geliebt. Das andere: Siehe, ich bin bei dir alle Tage bis an der Welt Ende! Hel.«

Joh Fredersen brauchte lange Zeit, bevor es ihm glückte, das dünne Briefblatt wieder im Umschlag zu bergen. Seine Augen blickten durch das offene Fenster, an dem die Mutter saß. Er sah an dem sanftblauen Himmel große weiße Wolken ziehen; die waren wie Schiffe, mit Schätzen aus einer fernen Welt befrachtet.

»Woran denkst du, Kind?« sagte die Stimme seiner Mutter behutsam.

Aber Joh Fredersen gab ihr keine Antwort. Sein ganz erlöstes Herz sprach still in ihm:

Bis an der Welt Ende . . . Bis an der Welt Ende!

# Nachwort

Zu meinen frühesten Kindheitserinnerungen gehört ein durchdringender Sirenenton, der in der Geburtsstadt meines Vaters die Arbeiter zu den Textilfabriken rief. Die Zeiteinteilung des ganzen Orts richtete sich nach diesen grellen Signalen aus, die jeden Arbeitstag einleiteten und unerbittlich alle weckten, ob betroffen oder nicht, Kinder und Kranke eingeschlossen.

Ein solcher Ton spielt auch in »Metropolis« eine wichtige Rolle. Es ist der Chefkapitalist selbst, der Herr über die ganze Stadt, der täglich seine Finger auf die kleine, blaue Metallplatte legt und dadurch die Züge der Arbeiter zum Maschinenzentrum auslöst. Derselbe Ton, vom Sohn des Präsidenten ausgelöst, dient aber auch als Warnung vor der Revolution. Ein einziges Mal, ganz gegen das strenge Reglement, verzichtet Joh Fredersen, der gestrenge Herr über Menschen und Maschinen, auf das Signal: um den Genesungsschlaf seines Sohnes nicht zu stören.

Der Einsatz der »brüllenden Urtier-Stimme« von der Chefetage aus ist nur eine Facette in der Geschichte von »Metropolis«, doch sie ist bezeichnend für Darstellung und Denkweise, die sich darin spiegelt. Ob man das Buch meint oder den Film, der davon nicht zu trennen ist: Beide sind überladen von Symbolismen, von Emotionen und von Kitsch – und trotzdem vereinigen sich alle diese Klischees zu einem Gesamtbild von intensivem Ausdruck, ob man die Darstellungsart nun gutheißt oder nicht.

Das Buch entstand in den zwanziger Jahren, in der Zeit des Expressionismus, und manches, was wir heute als unerträglichen Pathos empfinden, war damals der dichterische Stil der Zeit. Zum anderen verzeichnen wir für damals die auslaufende Periode des Stummfilms, dessen Produkte für die Angehörigen des elektronischen Zeitalters höchst lächerliche Züge aufweisen. Die aus dem Chargentheater stammende Gestik wurde in einer Darstellungsform, der das Wort fehlte, zur vorherrschenden Ausdrucksform, und gerade im Kunstfilm verdichtete sie sich zu einer Gesamtheit von Bildern und Bewegungen, aus denen die gemeinte Bedeutung fast gewaltsam herausbricht. Es war das eine Epoche des deutschen Films, die in der Geschichte des Kinos eine bedeutende Rolle einnimmt, expressionistisch ausgerichtet, oft genug phantastischen Visionen verpflichtet . . . eine ganze Reihe großer Namen und Titel sind hier überliefert: 1920 – »Der Golem«,

Regie Paul Wegener, 1922 – »Dr. Mabuse, der Spieler«, Regie Fritz Lang, 1924 – »Orlacs Hände«, Regie Robert Wiene. »Metropolis« war in dieser Entwicklung ein Höhepunkt, vielleicht sogar ein Exzeß, und er bedeutete auch das Ende dieser kurzen und künstlerisch doch so ergiebigen Zeitspanne zwischen dem 1. Weltkrieg und der Machtergreifung durch die Nationalsozialisten. Vielleicht liegt es an den ungelösten sozialen Spannungen, an der Zuspitzung in der politischen Szene, daß gerade damals ein Werk entstanden ist, das ergreifend und abstrus zugleich wirkt, monumental und komisch, ein Film, der alles bisher Dagewesene sprengte: 5 Millionen Reichsmark sollen dafür aufgewandt worden sein, über ein Jahr lang wurde in den UFA-Ateliers gedreht, ein Heer von über 35000 Komparsen unterstützte die Schauspielkunst berühmter Stars. Obwohl noch nie in der Filmgeschichte so viel Ausschuß produziert wurde, kam doch ein mehr als siebenstündiger Film zustande, der in zwei Teilen gezeigt wurde; die heute verfügbare Fassung gibt nur noch einen fragmentarischen Eindruck davon. Trotz des Welterfolgs, den man diesem Film zusprechen kann, spielte er die Ausgaben nicht ein und brachte den UFA-Konzern in Schwierigkeiten. Diese Lage trug dazu bei, den Einfluß des den Nationalsozialisten nahestehenden Alfred Hugenberg zu stärken.

Die rückschauende Kritik unserer Zeit hat einiges an der Behandlung des Themas in »Metropolis« auszusetzen, bringt ihn sogar in die Nähe der Steigbügelhalter für das Dritte Reich. Tatsache aber ist, daß in der Folgezeit Filme dieser Art nicht mehr gedreht wurden – das visionär-phantastische Genre der zwanziger Jahre machte einem weitaus weniger aufregenden Realismus Platz.

Die Idee für »Metropolis« geht auf eine Reise des Regisseurs Fritz Lang nach Amerika zurück; seine Überstadt ist nichts anderes als ein gigantisch überzeichnetes New York. Fritz Lang war damals mit Thea von Harbou, 1888–1954, verheiratet, und sie war es auch, die zunächst den Roman, erstmals erschienen 1926 im August-Scherl-Verlag, Berlin, als Grundlage des von derselben Verfasserin verfaßten Drehbuchs schrieb. Der Film wurde in den Jahren 1925 und 1926 gedreht und im Januar 1927 in Berlin uraufgeführt.

Thea von Harbou war die Tochter eines Forstmeisters und wurde in Tauperlitz bei Hof, Bayern, geboren. Später ging sie nach Berlin, wo sie sich als Schriftstellerin niederließ. Dort heiratete sie Fritz Lang und schrieb für ihn einige Filmdrehbücher. Sie ist die einzige Frau, die zu den deutschen utopischen Schriftstellern der Zwischenkriegszeit gehört, von ihr stammen außer »Metropolis« auch »Frau im Mond« und »Die Insel der Unsterblichen«. Obwohl sie gewiß erst durch die Filme von Fritz Lang bekannt wurde, weist sie, verglichen mit den anderen damaligen Autoren ihres Genres, doch ein beachtliches Ausdrucksvermögen und dichterische Bildhaftigkeit auf. Daß ihr die Kritiker nicht gewogen sind, geht wohl auf ihr Verhalten zurück: Als ihr jüdischer Mann Fritz Lang Deutschland verließ, ließ sie sich von ihm scheiden und blieb in Deutschland.

Es ist schwer, das Buch ohne Hinblick auf den Film zu beurteilen. Ich selbst sah den Film vor der Lektüre des Buchs, und so war ich etwas überrascht, daß es doch weitaus bemerkenswerter ist als manche anderen Bücher, die als Vorbereitung für Filme oder auch zur literarischen Verwertung von Filmstoffen geschrieben wurden. Dabei ist fraglich, ob dieser Eindruck Bestand hätte, wenn man das Buch mit der ungekürzten Gesamtfassung vergleichen könnte. Jedenfalls ist es ein literarisches Zeitdokument, das auch aus heutiger Sicht noch interessant ist. Trotz all seiner Schwächen, ja Peinlichkeiten, trotz der überholten Sichtweise und des antiquierten Stils läßt es einen nicht gleichgültig, fordert zur Stellungnahme heraus. Natürlich sind es insbesondere politische Gesichtspunkte, die aus heutiger Sicht hervortreten, die Einstellung zu Kapital und Arbeiterschaft, die Erwartungshaltung im Vorfeld des Hitler-Reichs. Für die Wirren der damaligen Situation kennzeichnend ist eine Episode, die allerdings für Fritz Lang entscheidende Bedeutung hatte. Trotz seiner jüdischen Abkunft ließ ihn Joseph Goebbels 1933 zu sich rufen und bot ihm die Gesamtleitung der deutschen Filmindustrie an. »Metropolis« hätte ihn, Goebbels, ebenso beeindruckt wie Hitler, und so wäre er von diesem »dazu ausersehen, künftig einmal die Filme des Dritten Reiches in Szene zu setzen«. Als Antwort auf dieses Angebot zog sich Fritz Lang noch am selben Abend aus Deutschland zurück.

Erst nachher, mit Stellungnahmen zu seinem Film konfrontiert, wurde ihm bewußt, daß sich ein solches Thema im Spannungsfeld von Politik und Technik nicht realisieren läßt, ohne in verschiedene Richtungen hin Anstoß zu erregen. So schreibt Manfred Nagl:

»Im Drehbuch zu Fritz Langs Film *Metropolis,* das zunächst als Roman erschien, wird dies womöglich noch deutlicher als im Film selbst, der mit unterschwelligeren Disziplinierungsappellen arbeiten konnte (etwa dem ›Ornament der Masse‹). Film wie Roman – in der kurzen ökonomischen Stabilisierungsphase der Weimarer Republik entstanden – sind eine einzige Stillhalteparole des Bürgertums an die Adresse der Arbeiterschaft.«

Und an anderer Stelle:

»Was das Motto des Romans bereits verrät, wird in der Fabel unentwegt handfest illustriert: Ein Aufstand oder Streik schadet nur den Arbeitern selbst. Gelingt er dennoch, so nur deshalb, weil er von oben geplant und angezettelt worden ist. Im übrigen ist er als politisches Mittel für Veränderungen untauglich, weil die eigentliche Ursache aller Übel in der fehlenden Herzenswärme liegt.«

Es klingt fast ein wenig hilflos, wenn Fritz Lang, der paradoxerweise später, während der McCarthy-Ära, in den USA einer marxistischen Einstellung verdächtigt wurde, darauf hinweist, daß die »Hauptthese« von seiner Frau stamme, er aber doch zu 50 Prozent dafür verantwortlich sei. Und er fügt hinzu:

»Ich war damals nicht so politisch bewußt, wie ich es heute bin. Man kann keinen gesellschaftlich bewußten Film machen, indem man sagt, der Mittler zwischen Hand und Hirn sei das Herz – ich meine, das ist ein Märchen – wirklich. Aber ich interessierte mich für Maschinen . . .«

Auch Thea von Harbou bekam die Schärfe der Kritik zu spüren – noch stärker als Fritz Lang, in dem man immerhin den großen Regisseur achtete. Kein Geringerer als H. G. Wells meinte den Film ebenso wie das Buch, als er schrieb:

». . . verabreicht in ungewöhnlicher Konzentration nahezu jede überhaupt mögliche Dummheit, Klischee, Plattheit und Kuddelmuddel über technischen Fortschritt überhaupt, serviert mit einer Soße von Sentimentalität, die in ihrer Art einzigartig ist . . . Ich glaube nicht, daß es möglich sein könnte, einen noch dümmeren zu machen. Das schlimmste ist, daß dieser phantasielose, verworrene, sentimentale und dumm-täuschende Film einige wirklich schöne Möglichkeiten verschwendet.«

Und der Kunst- und Medientheoretiker Rudolf Arnheim spottete:

»Es zog eine aus, das erlösende Wort der Zeit zu finden – in einem Roman, der sich gleichzeitig zur Verfilmung eignen sollte. Neckisch leuchtet ihr Bubenköpfchen aus dem Programmheft, und doch ist sie gefährlich. Denn sie pflanzt Sentimentalitäten auf einem Gebiet, wo sie ohnehin genügend wuchern und rücksichtslos ausgekrautet werden müßten, wenn es vorwärtsgehen soll in der Welt. Mag die Courths- und Kleinmalerei weiter die sexuelle Sphäre kolorieren – vom Sozialismus halte man manikürte Finger fern!«

Es dürfte wohl die Erwartung Thea von Harbous sein, die in ihrem Buch behandelten Probleme ließen sich durch eine Versöhnung zwischen »Hand« und »Hirn« durch das vermittelnde »Herz« lösen. Diese These muß natürlich manchem ein Dorn im Auge sein, der sich die Befreiung der Arbeitermasse nur als Revolution vorstellen kann, aber auch Utopien dieser Art sind letztlich durch die Realität längst zerstört worden. Die politischen Systeme haben sich in anderer Weise entwickelt, als man es damals, am Beginn der sozialistischen Bewegung, erwarten durfte, und auch das Verhältnis zwischen Mensch und Maschine hat im Zeitalter der elektronischen Automation ganz unerwartete Aspekte gewonnen. Aber selbst wenn man davon absieht, daß wir durch die erlebte Geschichte inzwischen klüger geworden sind, so erscheint mir die über Thea von Harbou ausgegossene Schelte überzogen. Man mag sie der Naivität zeihen, doch müßte dieser Vorwurf dann auch alle anderen Kräfte treffen, die sich um friedliche Wege von Konfliktlösungen bemühen, von Mahatma Ghandi bis zu Martin Luther King, von der Kirche bis zur Friedensbewegung. Ob die Methoden, für die sie sich stark machen, nun praktikabel sind oder nicht, so wird ihnen doch allgemein Respekt gezollt. Sollte der Schlüssel für die ätzende Absage vielleicht wieder in der Tatsache liegen, daß es die Mittel der Science Fiction sind, mit denen hier gearbeitet wurde? Man muß einräumen, daß die Autorin tatsächlich eine ganze Reihe von Klischees dieses Genres einsetzt: den Roboter, die vermenschlichte Maschine, den verruchten Wissenschaftler, die Orgie der Zerstörung. Dazu kommt eine Mixtur verschiedener mystischer Elemente, vom Kreuzzeichen der Kirche bis zum Pentagramm der Kabbala, dazu kommt schließlich eine unglaubwürdige Liebesgeschichte; dabei agiert Thea von Harbou gewagter als manche ihrer zeitgenössischen Schriftstellerkollegen, indem sie erotische Momente ins Spiel bringt, Sex gegen Liebe ausspielt – der Roboter fasziniert nicht zuletzt durch seine weiblich-verführerische Ausstrahlung, und die Zuneigung der edlen Frauengestalt Maria umfaßt in gleicher Weise den Geliebten wie die bedrohten Arbeiterkinder. Das alles ist in hektische Action aufgelöst, mit Flucht, Verfolgung, Gewalt, Katastrophe – in einer dem künftigen Film angemessenen extrovertierten, ja exhibitionistischen Offenheit. Dazu kommt zuletzt noch der wabernde Sprachschwulst mit antiquierten Bildern – Häuserzeilen mit Gesichtern, Augen aus blaustrahlendem Stahl.

Vor allem sind es die von Harbou vorbereiteten und von Fritz Lang ausgeführten Massenszenen, die die Assoziationen zum Nationalsozialismus auslösen, der Mensch als Drähtchen in einem großen, klaglos funktionierenden Werk, die Masse, die nur noch Werkzeug ist, um hohe Ziele zu erreichen – das wurde in den späteren Jahren bis zur Vernichtung durchexerziert – und in Fritz Langs Film vorweggenommen. Dieser Umgang mit den Komparsen, die Menschen zu geometrischen Figuren angeordnet, in die Architektur einbezogen, die Massenszenen, in denen der einzelne seine Individualität verliert, das alles macht den Film zum Monumentalwerk, zum Markstein in der Filmgeschichte – ähnlich wie »Panzerkreuzer Potemkin« –, doch gerade das setzt den Regisseur den Vorwürfen aus. In einer Filmkritik 1927 schrieb Paul Ickes:

> »Ihr Unglück, sehr geehrter Fritz Lang, ist es, daß Ihnen die Idee nichts gilt, sondern nur das Bild. Sie kleben am Gemälde.«

Es ist also gerade die mit dem Namen des Regisseurs verbundene ästhetische Qualität, die man ihm negativ ankreidet – im Sinne der alten Diskussion über die Wechselwirkungen zwischen Kunst und Politik. Und Lang ist nicht der erste Künstler, der sich die Einwände zu Herzen nimmt, er hat sich später von »Metropolis« distanziert. Daher zum Abschluß dieser Problematik ein Wort von Georg Seeßlen:

> »Der Hitlerismus entsprach vielleicht einer ähnlichen politischen Psychologie, eine Vorahnung, wie oft behauptet wird, waren diese ›Tyrannenfilme‹ indes kaum, und noch viel weniger waren sie rationale Versuche, vor politischen Herrschaftsformen zu warnen. Sie waren Reaktionen auf eine Verunsicherung, auf Risse in der Mythologie der bürgerlichen Gesellschaft, die mit den Mitteln der ›Unterhaltung‹ gekittet wurden, nachdem ihnen die schlimmsten Gespenster und Nachtmahre entwichen waren.«

Es gibt allerdings auch eine Positiv-Seite der Bilanz: Festzustellen ist, daß hier ein Thema höchster Aktualität erkannt und aufgegriffen wurde, daß in Buch und Film immerhin der Versuch einer künstlerischen Bewältigung vorliegt, die nicht unbedingt richtige Lösungen parat haben muß. Schon die Vision »Metropolis« ist grandios: Vorwegnahme jenes Lebensraums, in dem sich der Mensch von der ihm angestammten freien Natur völlig gelöst hat und dafür eine andere, künstliche aus Beton und Glas erhält. Auch wenn es keinen Fritz Lang gegeben hätte, der diese Vorstellung in Bilder gesetzt hat, wäre die Vorstellung bewundernswürdig geblieben. Zu berichten ist auch die Vielfalt beziehungsreicher Anspielungen – auf Kirchen und Tempel, auf den Turm von Babel, auf den amerikanischen Wolkenkratzer –, von dessen Dachgeschoß aus die eigentlichen Entscheidungen getroffen werden.

Die Stadt ist aber nur der Ausdruck einer Entwicklung, in der die Technik den Menschen zum Sklaven macht. Diese Vorstellung mag veraltet erscheinen – in einer Welt, in der für jede Art unangenehmer, schwerer, schmutziger oder langweiliger Arbeit Automaten zur Verfügung stehen, in der wir nur noch 35 Stunden in der Woche arbeiten wollen und können. Damals aber bestand noch der Schock der ersten industriellen Revolution mit allen Erscheinungen der Ausbeutung vom Hungerlohn bis zur Kinderarbeit. Aus den dadurch entstehenden Spannungen ergeben sich Konflikte, die ebenso wert sind, behandelt zu werden, wie die klassischen Konfliktsituationen des Dramas mit seinen Familienproblemen. Der Versuch, die Thematik aufzugreifen, mag Thea von Harbou mißlungen sein, doch wenn sie damit scheiterte, dann doch an einer großen Aufgabe, die ihre Mittel – vielleicht – überforderte.

Kunst ist nur sinnvoll, wenn sie zur Kommunikation wird, eine Forderung, die im Zeitalter der Massenmedien oft schwer zu erfüllen ist. Autor wie auch Regisseur treten einer anonymen Masse gegenüber, der er sein Werk anbietet, und oft genug scheint sein Ruf im leeren Raum zu verhallen . . . Das, was als Antwort reflektiert wird, erscheint dürftig und apathisch. Im Fall von »Metropolis« befinden wir uns in einer weitaus glücklicheren Lage: Selten liegen so viele Stellungnahmen zu einem Kunstwerk vor, und so ist der Leser des Buchs oder der Besucher des Films, der über die Rezeption hinaus etwas über die Hintergründe wissen will, in der glücklichen Lage, auf die verschiedentönenden Stimmen zurückgreifen zu können; von dieser Möglichkeit habe ich Gebrauch gemacht, die Vielfalt der

Reaktionen erscheint mir aufhellender als die Erklärungsversuche einzelner. Das intensive Echo aber, das nun schon Jahrzehnte anhält, scheint mir – abgesehen von allen Stärken oder Schwächen des Werks – ein Beweis dafür zu sein, daß sich hier die utopische Phantasie auf einen Angelpunkt des Systems Mensch/Technik gerichtet hat. Damit wurde etwas erreicht, was sich jeder Künstler nur wünschen mag: die Herausforderung zum Nachdenken.

*Herbert W. Franke*

**Literatur**

Ronald M. Hahn, Volker Jansen: »Lexikon des Science-Fiction-Films«. Heyne Verlag, München, 1983

Christian Hellmann: »Der Science-Fiction-Film«. Heyne Verlag, München, 1983

Manfred Nagl: »Science Fiction in Deutschland«. Tübinger Vereinigung für Volkskunde e. V., Tübingen, 1972

Georg Seeßlen: »Kino des Utopischen«. Rowohlt Taschenbuch Verlag, Reinbek bei Hamburg, 1980

# Karel Čapek

# Krakatit

Roman

Ullstein Buch 20445

Was verbirgt sich hinter der geheimnisvollen Bezeichnung Krakatit? – Ein Sprengstoff von ungeheurer Zerstörungskraft. Der Erfinder: ein Mann namens Prokop, eine menschenscheue, in sich zerrissene Gestalt; ein Mann, den nur die Geheimnisse interessieren, in die er während der von ihm betriebenen Forschungen vordringt. Ein Mann, der plötzlich in die Situation versetzt wird, die viel kompliziertere Natur des Menschen verstehen zu müssen – denn nun sieht er sich den Versuchungen der Macht, des Kapitals und der Politik ausgesetzt. Prokop hat keine andere Wahl, als gleichzeitig nach innen und außen zu kämpfen: gegen sich selbst und jene Mächte, die ihn korrumpieren wollen. Seine Erfindung hat dazu geführt, daß das Schicksal der Welt nun in seinen Händen liegt . . .

Ozeanische Bibliothek
1984

# Hellmuth Lange

# Blumen wachsen im Himmel

Roman

Ullstein Buch 20448

Die Sonne ist erloschen. In den Eiswüsten, die die Welt bedecken, leben nur noch wenige Menschen. Sie tragen dicke Schutzanzüge, die einen körperlichen Kontakt unmöglich machen. Als ein Forscher mit primitiven Mitteln Kernenergie freisetzt, entsteht im ewigen Eis eine winzige, warme Oase. Endlich können die Menschen sich ihrer Schutzkleidung entledigen. Doch das, was sie zunächst als Segen empfinden, wird schließlich zum Fluch. Man hat verlernt, miteinander umzugehen und kann den Anblick nackter Körper und Gesichter nicht mehr ertragen. Niemand ist mehr imstande, einen menschlichen Gesichtsausdruck zu deuten. Es kommt zum Chaos. Die letzten Menschen kämpfen den letzten Kampf – gegen sich selbst . . .

Ozeanische Bibliothek
1984